이별과 이별할 때

간호조무사가 된 시인이
1246일 동안 기록한
생의 마지막 풍경

# 이별과
# 이별할 때

서석화 글 · 이영철 그림

엔트리

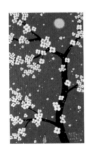

詩

# 이별과 이별할 때

서석화


내게 양보 못할 꿈이 있다면

수의壽衣를 입기 전

창틀에 걸린 달빛 잘라
끝 숨 걸어오는 길 따뜻하게 데우고
살아내느라 외로웠던 시간 꽃으로 피워
칸칸이 꽃밭인 열차를 출발시키는 것

너덜거리는 꿈과 빈약했던 투쟁
서사는 왜곡되고 서정은 부풀려져
머리부터 발끝까지 헤진 벌판 같았던 몸

긴 장대에 널어 햇볕에 말린 뒤
유리처럼 빛나는 이마 고요하게 떨구고
그대들 잠 속에서 또렷한 음절로 말해주는 것

그래서 1분쯤 더 살고
그래서 1미리쯤 더 깊어졌으며
그래서 한 발자국쯤 더 걷고
그래서 한 번쯤 더 숨 쉬었다고

혹시나 화들짝 놀라 깨어난 사람 있으면
멀어지는 기적汽笛처럼 그리운 바람 되어
적막한 등에 너울로 감기는 것

그리고

내 이름 때문에 우는 이 있다면
사랑했다, 사랑한다, 사랑할 거다
노을 짙은 서쪽 하늘에
잊히지 않을 음성으로 새 별 하나 거는 것

내게 양보 못 할 꿈이 있다면

그렇게 이별과 이별하는 것

# 그 정거장엔 _____ _____ 배차 시간표가 없다

매일, 이별했고
매일, 상봉했다.

어머니가 병상에 계셨던 16년, 어머니를 뵈러 갈 때마다 이 산가족 만나듯 치솟는 설렘에 체온은 3도쯤 뜨거워졌다. 그러 나 어머니를 두고 돌아올 시간이 되면 무서웠다. 저 모습이 내 가 세상에서 보는 어머니의 마지막 모습이 아닐까?

웃고 계실 때나, 조심해서 가라며 손을 흔들고 계실 때나, 휠 체어를 타고 엘리베이터 앞까지 따라 나와 문이 열릴 때까지 등을 토닥여주실 때나, 나는 무서웠다.

저 선한 웃음, 저 따뜻한 손 배웅, 눈도 깜빡이지 않고 딸의 모습을 쫓는 저 시선… 오늘 어머니를 마지막으로 보는 건 아닐까? 무섭고 두려웠다. 겁이 났고 슬펐다. 정말 그런 거라면… 손톱, 발톱 끝부터 머리까지 불안이 진을 쳤다.

세상의 불길한 상상은 다 내 몫이었다. 긍정과 안심, 여유 등은 이미 나와 내 일상을 떠난 단어였고, 당연히 나는 늘 가파른 빙벽 위에 매달려 있었다. 체온은 뚝 떨어져 대낮에도 나는 벌벌 떨었다.

완쾌가 불가능한 부모, 형제가 있는 세상의 모든 핏줄들은 다 그럴 것이다. 그곳이 병원이든 요양 시설이든 내 품 안에 두지 못하고 남의 손에 맡긴 모든 핏줄은 정말, 다 그럴 것이다.

나는 그렇게 16년을 살았다. 설렜다가 무서워 떨고, 어머니를 보면 다시 안도하고, 돌아서 오는 순간부터는 극심한 불안에 몸 안의 피란 피는 죄다 붉은 고드름이 되는, 16년이었다.

어머니가 아프지 않았다면, 어머니와의 이별에 대한 두려움으로 숨이 막히는 공포를 느끼지 않았다면, 그래서 가고 있는 시간, 시간이 무섭지 않았다면, '백 세 유병시대'란 말이 동굴 속 음파처럼 계속 가슴에서 울리지 않았다면, 나는 '요양병원'이란 곳을 몰랐을 것이다. 알려고도 하지 않았을 것이다. 아니 무엇보다 주변 사람 모두에게 충격(?)과 온갖 궁금증을 안기며 간호조무사 옷을 입을 일은 단연코 없었을 것이다.

또 하나, 남들처럼 형제자매가 있어 어머니의 긴 병에 혼자라는 외로움을 뼈에 새기지 않았다면, 역시 지나쳤을 것이다. 무남독녀인 나에게는 같이 어머니를 걱정할 피붙이 하나 없었다. 그건 정말 심장이 줄어들고, 뼈에 구멍이 나며, 폭염에도 덜덜 온몸이 떨리는 외로움이었다.


"간호조무사? 왜 그 일을 하는데? 글만 쓰던 시인이 진짜, 왜?"

지난 3년 동안 참 많이도 받아온 질문이다. 어쩌다 알게 된 문단 동료들은 모르는 세상의 이해하지 못할 뉴스를 들은 것처럼 따지듯 묻고 또 물었다.

근무하는 병원에서도 3년 내내 지겹도록 많이 들어왔다.

"선생님은 이 일 안 하셔도 되잖아요? 그런데 왜 하세요?"

안 하셔도 된다니! 무슨 근거로? 왜 하냐고? 그것이 왜 궁금할까! 하던 강의도 그만두고 1년 동안 성실하게 준비해 정당한 자격을 갖춰 입사를 했는데, 왜 그런 말을 들어야 하는지, 업무보다도 처신이 조심스러워 힘들었던 3년이었다.

가족들도 낯설다는 듯 말을 아꼈다. 살아온 테두리를 벗어나도 너무 벗어난 어떤 이변을 보는 것 같은 눈빛이 무성했다.

생각해본다. 왜 나는 간호조무사가 되었을까? 작품을 쓰며 시 창작 강의를 하던 내가 간호조무사가 된 건 도대체 무엇 때문일까? 누구의 말처럼 말도 안 되는 도발이었을까? 이타성에 매료되어 그것을 실천하고자 하는 욕구의 발현이었을까?

근무를 마치고 병원 문을 나서며 내가 제일 먼저 하는 일은 하늘을 보는 거였다. 어머니 돌아가시고 하늘은 내겐 어머니를 찾는 자리였고, 어머니의 기척을 느끼는 공간이었다. 시간에 따라 변하는 색깔과 내가 있는 위치에 따라 변하는 구름 모양 등 어느 한 가지도 예사롭지 않았다.

어머니가 가신 곳이기 때문이었다. 하늘은… 그리고 나는 어머니를 같이 그리워할 형제자매 하나 없는 무남독녀였다.

그래, 바로 그거였구나! 그래서 내가 이 일을 하고 있구나! 나는 마음으로 긴 답변을 쓰기 시작했다.

## 이별을 준비하는 정거장이 있다

어딘지 모르고 들어선 사람들. 밥 먹다가, 자다가, 사랑하는 사람들과 따뜻한 시간을 보내다가, 혹은 사랑이 끝나버려 추수 끝난 들판처럼 휑한 외로움의 무게에 깔려 있다가, 폭풍처럼 혹은 너무도 아무렇지 않게, 그 정거장에 들어선 사람들.

더러는 떠날 준비를 오래전부터 하고는 있으나 당장 갈 것은 아니라며 담담히 견디는 사람들. 그곳의 시간에 맞춰 눈 뜨고, 살고, 잠드는 일상을 살고 있는 사람들. 그리고 그들을 배웅하기 위해 곁에 있는 이들… 이별이 그렇듯 당연히, 습하다.

나는 그 정거장에서 어머니를 떠나보냈다. 그러나 나는 그 정거장을 떠나오지 못했다. 아직도 남아 있는 사람들, 새로 그 정거장으로 들어오고 있는 사람들, 지금 막 떠난 사람들 곁에서, 기다리는 시간이 조금은 덜 쓸쓸하도록, 조금은 덜 막막하도록, 그래서 두려움이 조금은 잦아들도록, 그냥 곁에 있어주고 싶었다.

내 어머니를 배웅해준 많은 사람들을 기억한다. 그들의 땀에 전 부산한 발걸음과 온 어깨로 지탱해준 어머니의 마지막 시간을 기억한다. 혈육보다도 뜨거운 그들의 수고를 기억한다.

어머니가 떠나기 전 그 정거장에서 보이던 간호학원을 찾아간 것은 그 때문이다. 내 나이가 마흔만 되었어도 당연히 간호대학을 갔을 것이다. 하지만 그러기에는 당시 쉰다섯이라는 내 나이를 생각해보니 시간이 없었다. 1년을 수업과 실습으로 채우고, 국가고시를 거쳐 '간호조무사' 자격을 취득했다. 어머니 떠나시기 꼭 석 달 전에 일어난, 나로선 엄청난 변신이었다.

나는 1991년에 등단한 시인이다. 그동안 시집은 물론 다수의 산문집과 소설을 출간했으며, 대학원에서 시를 전공하고 시 창작 강의도 했다. 그러나 내 글과 삶이 주변과 세상에 선하고 유익한 영향력을 끼쳤는가를 반문해볼 때마다 사실 늘 고개가 가로저어졌다.

시인이 쓴다고 다 시이며, 작가가 쓴다고 다 문학일까? 겪어보지 않고, 마음과 온몸에 그 상황과 그 절실함을 들여놓은 적 없이, 상상으로 혹은 들은 것으로 쓴 시와 글에, 감동을 요구받은 적이 너무 많았다는 자각에 오랜 세월 뼈아팠다.

하던 강의도 미련 없이 버리고 '간호조무사'란 명찰을 가슴에 붙인 것은 그 때문이다. 단 한 사람도 찬성하지 않는 '외로운 이직'이었다! 심지어 '미쳤다, 허황된 공명심에 사로잡혔다.'는 억울한 비난까지 들었다.

## 생의 마지막 정거장, 요양병원

오래 사는, 오래 살 수밖에 없는, 최첨단 의료시대를 사는 우리들. 그래서 당신도 나도 갈 수 있는 곳. 아니 어쩌면 당연히 가야 될 곳!

나는 그곳에서 직접 보았다. 직접 들었다. 직접 느꼈다. 그래서 쓰기로 했다. 써서 알리기로 했다.

오는 것은 분명하고, 분명해서 기다리지만, 언제 도착한다는 배차 시간표가 없는 생의 마지막 정거장. 그곳에서 저쪽 세상으로 데려다줄, 차를 기다리는 사람들과 그를 배웅하는 가족들의 시간을 나는 함께 겪었다. 막막함과 그 막막함이 너무 생생해서 울고 또 울었던 나날들이었다.

어제도 나는 두 사람을 차에 태워 떠나보냈다. 벌어지고 굽은 두 팔과 다리를 가지런히 하여, 최대한 편안하게 탑승하게 하느라 두 다리가 부을 만큼 종종거렸다. 수액을 제거하고 소변줄을 뽑고 그의 마지막 시간을 고스란히 보여주며 1분 1초를 남은 사람 숨 가쁘게 했던 온갖 모니터의 선들을 떼어내며, 가족보다도 먼저 긴 작별을 했다. 어느덧 습관이 된 기도가 안에서 중얼거려지는 입 안이 썼다.

그러면서 먼저 떠난 내 어머니를 생각했다. 내 어머니에게 그렇게 했을 사람들을 생각했다. 간호부 말단에서 궂은일, 힘든 일 도맡아 오늘도 두 다리가 붓도록 종종거릴 전국의 간호조무사들을 생각했다.

나는 그 정거장에서 내가 보고, 듣고, 느끼며 내 마음에 불었던 수많은 바람의 결이 세상과 사람들에게 정직하게 전해지기를 바라며 이 글을 쓴다. 그리고 그 정거장을 오간, 그리고 아직도 언제 올지 알 수 없는 차를 기다리고 있는 사람과, 그를 배웅하러 곁을 지키고 있는 사람들의 시간을 잊지 않기 위해 쓴다.

물론, 나는 글 쓰는 사람이다. 따라서 이 글은 '문학적'인 장치를 배제한 순수 기록물은 아니다. 이 글에 등장하는 인물들의 이름은 가명이며, 각 편마다 주제는 살리되 그것의 이해를 돕는 에피소드에는 작가의 상상이 포함되어 있음을 미리 밝힌다.

우리는 누구나, 언젠가는, 배차 시간표도 없는 차를 기다리는 정거장에 있게 될 것이다. 나는 그 정거장에서 이 글을 쓴다. 언젠간 나도 당신들도 그 정거장에서 탑승을 기다려야 하는 유한한 생명을 받은 '사람들'이기 때문이다.

그 정거장엔 배차 시간표가 없다!

# 1부

이별은 '순간'이라 말할 수 없다

할머니를 따라간
초록 개구리

영옥 할머니가 떠났다. 할머니를 태워간 차는 새벽에, 갑자기 들이닥쳤다. 출근을 해서 병실을 돌며 인사할 때만 해도 환하게 웃으며 반겨주던 영옥 할머니였다. 웃는 모습이 선하고 예뻐 '아기 부처' 같다는 별칭이 붙었던 할머니의 미소는 업무 시간 내내 우리들에겐 비타민이었고 산소였으며 달콤한 간식과도 같았다.

그랬는데 20분 남짓한 간호부 인수인계가 끝나고 석션을 하기 위해 1호 병실로 석션 카를 몰고 들어서던 순간이었다. 기저귀 케어를 하러 4호 병실로 들어가던 요양보호사가 도로 돌아나오는 모습이 예사롭게 느껴지지 않더니, 아침 약 준비를 하던 간호사가 급하게 4호 병실로 뛰어 들어가는 게 보였다.

'또 누군가가 떠날 준비를 하는구나….'

오랜 지병으로 더 이상 가족이 돌볼 여력이 없을 때 들어오는 곳이 요양병원이다. 대학병원이나 대형 종합병원에서 생존에 가능한 모든 치료를 끝내고도 치유 가망이 없을 때 머물며 죽음을 기다리는 곳이기도 하다. 그중에서도 중환자 병동은 임종을 앞둔 환자들이 자신들이 타고 떠날 차를 기다리는 마지막 정거장이다. 따라서 그런 모든 상황이 놀랄 만한 일은 아니었다. 각 병실의 환자 모두가 심전도 모니터를 달고 있을 만큼 생사의 촌각을 다투는 위기가 몇 날 며칠 지속되고 있기도 하다.

'누구지? 4호엔 위독한 분이 없는데?'

무심하게 석션을 시작하려고 첫 번째 기계 스위치를 올리다가 다시 끈 것은 문득 든 그 생각 때문이었다. 1호나 3호, 아니 다른 병실이었다면 우선적으로 떠오르는 환자들도 있었다. 그러나 여자 병실인 4호엔 긴 병력에 임종이 멀지 않았다고는 해도 당장 위독한 사람은 없었다. 때문에 임종 환자의 경우에나 볼 수 있는 부산한 움직임이 이해가 되지 않았다.

나는 4호 병실로 뛰어갔다. 그리고 보았다. 입구에서 두 번째 침대, 영옥 할머니의 꼭 잠긴 두 눈을! 늘 바깥쪽으로 돌아

누워 우리들의 움직임을 미소로 지켜봐주던 영옥 할머니가 죽어 있었다! 죽고 말았다!

20분 전까지만 해도 살아서 여기 계셨는데, 이 정거장의 직원 누구도 차가 들어온다는 걸 눈치도 못 챘는데, 혹여 차가 온대도 영옥 할머니의 탑승 순서는 절대 아니었는데….

흔히 죽음의 호흡이라고 하는 체인스톡 호흡 한 번 쉰 적 없이, 삶이 빠져나가는 환자들에게서 간혹 볼 수 있는 사지의 경련이나 환각, 환시 한 번 없이, 생명이 닫히는 시간 동안 뿜어져 나와 이승에서의 정을 떼는 독한 체취 한 번 뿌리는 일 없이, 아침 인사로 보여준 아기 부처 같은 미소가 생애 마지막 작별 인사였다니….

"에고, 이게 뭐라고 이걸 손가락에 걸고 가셨나."

영옥 할머니를 바로 눕히기 위해 할머니 어깨를 돌리던 요양보호사들이 멍하니 입구에 서 있던 나를 돌아보았다. 나는 순간 요양보호사들을 밀치고 할머니 곁으로 다가갔다. 옆으로 누워 두 팔을 ㄴ자로 오므리고 있는 할머니의 오른쪽 엄지에서 달랑거리는 무언가가 보였기 때문이었다.

"잠깐, 그대로 두세요."

플라스틱으로 만든 초록 개구리가 달려 있는 열쇠고리였다.

며칠 전 보험회사에 다니면서 요양보호사 일도 하는 우리 층 요양보호사 중 한 명이 회사에서 고객들에게 주는 사은품이라며 수십 개의 열쇠고리를 가져와 직원들에게 나눠주었다. 얼결에 나도 몇 개를 받아 사물함에 넣어뒀다가 찾아오는 보호자도 한 명 없는 영옥 할머니에게 한 개를 가져갔다.


"어르신, 이거 뭐예요?"

'개구리, 초록 개구리.'

입 모양으로 대답하는 할머니의 눈이 아이같이 반짝였다.

'예쁘다… 참… 귀엽다….'

"할머니 드릴게요."

'정말?'

"엄지에 걸어드릴까요? 할머니 친구하면 되겠다. 그렇죠?"

'고마워. 참 예쁘다… 진짜 고마워.'

그렇게 내가 엄지에 걸어드린 초록 개구리를 영옥 할머니는 하루 종일 바라보다가, 내가 지나가면 팔을 까닥거리며 개구리를 흔들어주기도 했다.


요양보호사들과 함께 할머니를 수습하는데 초록 개구리가

사랑 풍경, 50.5cm x 50.5cm, acrylic on canvas, 2018

할머니의 움직임을 따라 계속 딸랑거렸다. 모든 장치들을 제거하고 시트를 덮기 전 나는 할머니의 손가락에서 조심스럽게 초록 개구리가 달려 있는 열쇠고리를 빼냈다. 그리고 할머니 침대 머리 위 선반 구석에 개구리를 세워 놓았다.

그날은 내가 타인의 죽음에 가장 슬픈 속울음을 운 날이었을 것이다.


영옥 할머니는 혼자였다. 끝까지 배웅해줄 단 한 사람도 곁에 없었다. 오래전부터 들고 다닌 듯 손잡이와 귀퉁이가 닳아 반질반질해진 큰 가방이 유일하게 그녀를 지키고 있었다.

멀리서 봐도 성한 데가 없고, 쌓인 먼지처럼 금방이라도 풀썩 주저앉을 것만 같은 몸, 입원하던 날 어디가 아프냐고 물을 수조차 없었던 것은 목에서부터 가슴까지 굵고 길게 이어진 선명한 수술 자국과 온몸을 뒤덮은 붉고 시퍼런 반점 때문이었다.

침상으로 안내된 그녀의 첫 말은 '나는 혼자예요.'였다. 물론 음성으로 들은 말은 아니었다. 그녀는 목소리가 나오지 않았고 우리는 당연히 그녀의 입 모양에 집중했다. 이미 함께 도착한 이전의 병력과 기타 서류로 주 보호자가 없다는 걸 알고 있던 우리는 누가 먼저랄 것도 없이 고개를 끄덕이며 눈으로 대답했다.

환의로 갈아입히는데 그녀가 침대 옆 좁은 협탁 위에 있던 자신의 가방을 가리켰다.

"어르신, 뭐 꺼내 드려요?"

그녀가 다시 입 모양으로 '지퍼 속주머니'라고 대답했다. 반쯤 열려 있던 주머니엔 겉표지가 뜯겨 나간 얇은 수첩이 하나 들어 있었다.

수첩을 꺼내 손에 쥐어주자 그녀가 멍든 자갈밭 같은 팔을 들어 가슴에 꼭 안았다. 그러더니 제일 앞장을 보여주는데 거기엔 두 사람의 이름과 전화번호가 적혀 있었다.

동네 친구 진희 엄마
아들

'나 떠나면 알려줘. 그 전에는 말고 나 떠나면.'

늘 보호자들이 초췌한 얼굴로 드나드는 중환자 병동이고 내 업무에 바빠 그날 영옥 할머니의 아들이 왔는지에 대해선 알 수 없다. 동네 친구라는 할머니 한 분이 허겁지겁 신발을 신은 채로 들어와 실내용 슬리퍼를 갖다준 것만 기억될 뿐이다.

그리고 할머니를 따라간 초록 개구리… 남들은 뭐라고 할지 모르나 할머니가 그 개구리 때문에 조금은 덜 외롭고, 조금은 덜 심심하고, 조금은 덜 무서웠을 거라는 걸 나는 안다. 외롭고 막막한 비탈에 서 있는 사람들에겐 말 못하고 체온 없는 초라한 사물이라도 참 따뜻한 동행이 될 수 있음을 믿기 때문이다.

아기 부처 같던 영옥 할머니를 사랑했던 것 같다. 나는…!

# 병국 씨, 꼭 집으로 퇴원하세요

내 목소리가 들렸을까? 분명히 들었을 거야. 403호에 들어갈 때마다 10개월째 꼭 들려주는 내 말을 못 들었을 리가 없어. 내가 한 말의 횟수가 쌓여갈수록 애타는 마음도 자꾸 커졌다. 그리고 커지는 애틋함만큼 자꾸, 목소리가 커졌다.

"병국 씨, 꼭 집으로 퇴원하세요!"

서른다섯 살, 아름다운 청년이었다. 피부가 희고 맑은 데다 반듯한 이목구비에 훤칠한 신장과 딱 보기 좋을 만큼의 살집을 가진, 잘생긴 청년이었다. 아깝지 않은 생명이 어디 있으랴, 하지만 10개월 전 H대학 병원에서 앰뷸런스로 이송되어 온 병국 씨를 맞는 중환자 병동 직원들의 입에서 동시에 한숨이 터졌다. 어쩌나… 어쩌나… 벌써 누군가는 피붙이를 보는 것 같은 안타까움으로 목소리가 메었고, 누군가는 답답한 숨을 토해내기 위해 두 손으로 자기 가슴을 두드렸다.

교통사고. 외상은 없으나 의식불명! 대학병원에서 더 이상 해줄 것이 없어 요양병원으로 이송.

그리고 벌써 10개월이 지났다. 10개월 동안 하루도 빠짐없이 오후 다섯 시면 병원으로 와 두 시간 남짓 병국 씨를 돌보는 병국 씨 형, 그의 동생 돌봄은 경이로울 만큼 특이했고 특별했다. 그냥 쳐다보기만 하다가, 혹은 침대 옆에 앉아만 있다가, 혹 좀 더 살가운 사람들은 환자 손을 꼭 잡고 서 있기만 하다가 돌아가는 것이 대부분인 보호자들 틈에서 병국 씨 형은 단연 시선을 끌 수밖에 없는 보호자였다.

병국 씨 곁에 머무는 시간 동안 그는 단 1분도 그냥 있지 않았다. 걱정과 연민으로 그늘진 얼굴 표정을 감추지 못하고 환자 옆과 병동을 오락가락하다가 한숨을 쉬며 돌아가는 대부분의 보호자들과는 달라도 너무 달랐다. 그가 오면 가장 먼저 하는 일이 여러 차례 수건을 빨아가며 병국 씨 온몸을 닦이는 것이었다.

"오늘 이 방 목욕했어요."

그랬으니 오늘은 쉬셔도 된다는 말이 그의 씨익 웃는 모습에 잦아들었다.

"그래도 저녁이니까 씻고 자야죠?"

그러면서 병국 씨 형은 준비해온 시트로 된 팩을 꺼내 동생의 얼굴을 빠짐없이 덮어주곤 잘 스며들라고 톡톡 두드려주었다. 수많은 환자와 보호자들을 봐왔지만 시트 팩을 덮고 있는 환자와 그것을 의식처럼 해주는 보호자를 본 건 처음이라 솔직히 당황스러웠다.

"누워만 있으니까 탄력이 떨어질까봐 그래요. 우리 평소에 둘이 이거 덮어쓰고 누워 '거울아, 거울아, 세상에서 누가 제일 잘났니?' 하며 재밌게 지냈거든요. 우습죠? 남자들이 그런 장난하고 놀았다는 게."

"아….'

"아마 제 동생 지금 그때 기억하고 있을 거예요. 말이 안 나올 뿐이지. 그때처럼 '내가 제일 잘났지.' 하며 마음 같아선 다리로 저를 툭, 치고 싶을 걸요?"

"그러게요. 그런데 지금은 형이 너무 고마워 '우리 형이 제일 예쁘다.'라고 할 것 같은데요?"

두 형제를 바라보다 갑자기 온도를 올린 방에 들어온 것처럼 마음에 뜨끈한 열기가 퍼졌다. 형제가 없는 무남독녀인 나로선 부럽다 못해 간절한 장면이었다. 시트가 마르면 로션과 크림까지 꼼꼼히 발라준 다음 병국 씨 형은 갈 때까지 동생의 두 팔과 다리를 주무르고 지압하는 일을 계속했다. 사지마비는 아니나 의식이 없다 보니 시간이 흐를수록 구부러지고 뻣뻣해지는 온몸을 병국 씨 형은 자신의 온 힘으로 펴고 주무르고 두드리며 막아내고 있었다. 병국 씨만큼 잘생긴 형의 얼굴과 목에 식은 땀이 송골송골 맺혔다. 힘을 쏟아야 하는 일이다 보니 전신에 벌건 열이 오를 때도 많았다.

"병국 씨가 형이 얼마나 고마울까요?"
"아니요. 얼마나 고마운 동생이었는데요. 내가 하는 건 아무것도 아니에요. 형들이 있지만 택시 운전을 하며 온 식구를 벌어 먹인 착한 놈입니다. 정말 착한 놈이었어요."
그렇게 착한 사람이 지금 눈만 뜨고 있지 아무것도 할 수 없는 무방비의 몸이 되어 요양병원 중환자 병동에 누워 있다는 사실에 남이지만 화가 났다. 아직 저렇게 젊고, 저렇게 아름답고, 저렇게 착했던 사람을 왜 이 지경으로 만들었냐고 세상의 신이란 신은 다 불러 따지고 싶은 마음이 갈수록 커졌다.

획 돌아서 나오지도 못하고 주춤주춤 뒷걸음질로 병실을 나오는데 발길을 멈추는 형의 목소리가 들렸다.

"2년 정도 지나면 깨어날 수도 있다고… 그런 기적이 올 수도 있다고… 대학병원에서 요양병원으로 이송할 때 박사님이 말씀하셨어요. 저와 저희 가족 모두는 그 분 말씀을 믿습니다. 봐요. 수술도 안 했어요. 그렇게 큰 사고였는데도 피 한 방울 흘리지 않았어요. 그냥, 너무 심하게 부딪쳐 오래… 멍하게 있을 뿐인 것 같아요."

나는 아무런 호응도 하지 못했다. 아마 고개는 끄덕였던 것 같다. 그러나 분명한 건 그 뒤부터였다. 나는 병국 씨를 보러 그 방에 들어갈 때마다 바이탈을 잴 때나, 석션을 할 때나, 구강케어를 할 때나, 그냥 라운딩을 돌 때나, 습관처럼 병국 씨 얼굴을 보며 귀에 대고 같은 말을 했다.

"병국 씨, 꼭 집으로 퇴원하세요. 다른 데로 가지 말고 꼭 집으로 퇴원! 알았죠?"


병국 씨가 사고를 당한 지 2년이 가까워온다. 형의 수고는 점점 더 뜨거워지고 점점 더 속도를 내고 있는 것 같다. 사실 요양병원, 그것도 중환자 병동에서 퇴원한다는 것은 거의 99.9퍼센트가 사망 후 영안실로의 이동이다. 그래서 '퇴원'이란 단어를 쓸 일이 거의 없는 곳이기도 하다. 물론 병원비를 감당하지 못하는 보호자들이 환자의 장애 등급을 받아 요양원으로 이송시키는 일은 가끔 있다. 그러나 그건 '퇴원'이 아니고 '전원'으로 불리고 기록된다.

병이 난 환자가 그 병이 나아 완치 판정을 받고 집으로 돌아가는 '퇴원'과는 확연히 구별되는 슬픈 '이송'인 것이다.

그래서 나는 병국 씨에게 '퇴원'을 말했다. 퇴원이란 단어를 말할 때는 목소리에 힘이 들어가고 힘이 들어가는 만큼 차가워졌으며 또박또박 발음도 더 선명해지고 강해졌다.

오늘도 나는 병국 씨에게 서너 차례나 집으로 퇴원하라는 말을 했다. 처음에 이송될 당시만 해도 최고 혈압 190을 오르내리고 고열과 과도하게 뿜어져 나오던 가래 때문에 우리를 긴장시키던 병국 씨의 요즘 상태는 비교적 안정적이다. 아무것도 모르고 보면 잘생긴 청년이 편안한 잠을 자는 것처럼 보인다. 눈을 뜨고 있을 때는 금방이라도 무슨 말을 할 것처럼 시선도 또렷해 보인다.

시간이 흐를수록 병국 씨 형이 말했던 '2년'이 지나갈까봐 마음이 조급해진다. 그래서일까? 병국 씨를 보채는 말의 횟수가 자꾸 늘어간다. 너보다 한참 어른인 내 말이 말 같지 않느냐고 꾸중이라도 하고 싶다. 그래서 또 한다. 목소리에 화가 덕지덕지 붙어 있다.

"병국 씨, 꼭 집으로 퇴원하세요. 이제 퇴원하라구요. 집으로! 제발 집으로, 퇴원 좀, 하세요."

혹시 … 우리 영감,
새장가 갔어?

질문하는 누군가 앞에서 이렇게 당황해본 적이 없었다. 예상치 못한 기습 질문에도 답은 했었다. 정확하게, 아니면 엉터리라도, 그것도 아니면 침묵으로라도! 침묵도 답이 될 수 있음을 나는 내가 질문을 던져보고 알았다.

내가 무언가를 물었을 때 보여주던 상대의 '침묵'으로 나는 내 눈에 전자현미경이 달린 건 아닌가 두려울 만큼 그의 대답을 읽을 수 있었다. 침묵은 묻는 질문에 대한 긍정이었다. '예스'보다 더 정확하고 정직한 '대답'이었다. 침묵은 그 의미의 반경이 넓은 듯했으나 가장 좁고, 따라서 가장 빠르며 정확한 대답이었다.

그렇다. 모든 질문엔 답이 있다. 정답이든 오답이든 침묵이
든 답변이 가능하다는 말이다. 질문에 대한 반응이기 때문이다.

문희 할머니가 묻는다. 오늘만 해도 벌써 서른 번도 넘는다.
섬망과 환청, 자아분열까지 겪고 있는 중증 치매환자인 문희
할머니가 토씨와 말의 속도, 느낌까지 일관되게 자꾸 물으신다.
"혹시… 우리 영감, 새장가 갔어?"
나는 대답을 할 수 없다. 침묵은 더더욱 할 수 없다. 이미 죽
어 저세상 사람이 된 사람에 대해 무슨 말로 대답할 수 있는가.
중증 치매에다 척추 수술 후유증으로 허리 아래부터 쓰지를 못
해 요양병원에 누워 있는 그 아내에게! 웃지도 울지도 그냥 있
지도 못해 급한 일이 생각난 사람처럼 획 돌아서 뛰어나온다.

문희 할머니 남편이 돌아가셨다. 입원 사흘 만에, 아내가 있
는 병원 다른 입원실에서….
하루 두 번 꼭 아내를 만나러 오시던 분이었다. 아침엔 요구
르트 두 개, 저녁엔 우유 한 팩이 담긴 검정 비닐봉지가 지팡이
를 짚은 반대 손에서 심하게 떨렸다. 빨아 입지 못한 것이 분명
한 온갖 얼룩으로 구겨진 바지 속 두 다리는 나무젓가락만큼이
나 가늘고 휘청거렸다.

별나무 연가, 45.5cm x 53cm, acrylic on canvas, 2019

할아버지는 엘리베이터에서 내려 병실까지, 그 짧은 거리도 두 번은 선 채로 숨을 몰아쉬며 쉬었다 들어가곤 하셨다. 얼굴은 뼈에다 검은 막 하나 겨우 덮어놓은 것처럼 말랐고 인사를 하시지만 목소리는 거의 들리지 않았다. 그렇게 30년 넘게 당뇨를 앓고 계신 할아버지는 병원에 누워 있는 할머니보다 더 환자 같았다. 더 수척했고 더 불안했으며 그래서 보면 더 마음 아팠다.

"어르신, 힘드신데 이렇게 하루에 두 번씩이나 오시지 않으셔도 돼요. 저희가 할머니 안전하게 잘 모실게요."

간호사들도, 간호조무사인 우리들도, 요양보호사들도 할아버지를 볼 때마다 만류했지만 할아버지는 고개를 저으셨다.

"아니야. 내가 평생 쌀가게를 했어. 집에서 새벽에 나와 가게 문을 열고 밤 열 시에 문을 닫았지. 그때 우리 마누라는 하루도 놓치지 않고 꼭 두 번씩 찬합에 밥해서 가게로 나 보러 왔어. 비 올 때 쓰고 오던 비닐우산이 뒤집어져 철철 비를 맞으면서도 밥이 식을까봐 두 손으로 찬합만 싸안고 오던 사람이었다 말이야. 마누라는 평생도 그랬는데 이깟 몇 년 내가 못 할까?"

그즈음 문희 할머니의 아들이 아버지께 입원을 권유했다. 최근에 할아버지의 혈당이 전혀 조절되지 않고 있는 데다 위태로

울 만큼 기력이 떨어져, 의사들이 할아버지가 먼저 가실 수도 있다고 조언을 했기 때문이었다.

그렇게 할아버지는 문희 할머니가 계신 바로 아래층 병동에 입원하셨다. 입원하던 날 아들이 할머니를 휠체어에 태워 할아버지가 계신 병실로 갔을 때 할머니는 할아버지를 알아보지 못했다.

"이놈의 마누라, 남편도 몰라보네. 이젠 내가 없어도 안 찾겠네. 할망구야, 다행이야. 정신 줄 놓아줘서 정말 다행이야."

그것이 문희 할머니와 할아버지의 이승에서의 마지막 만남이었다. 할머니가 정신 줄을 놓아줘서 정말, 다행이라는 말이 할아버지가 이승에서 한 마지막 말이었다.

입원 만 사흘을 못 채우고 할아버지가 돌아가셨다. 장례를 치르고 아들이 문희 할머니를 보러 왔다. 남편이 세상을 떠난 줄도 모르고 있는 어머니를 보는 아들의 쓸쓸한 눈이 붉어졌다.

"엄마, 아버지 몰라? 생각 안 나?"

말이라고는 하지 않겠다고 결심한 사람처럼 평소에 말이 없던 문희 할머니에게 아들이 답을 바라고 한 말은 아니었을 것이다.

"왜 몰라? 알지."

할머니의 즉답에 아들이 놀라고 곁에 있던 우리들도 놀랐다.

"그런데 왜 안 오냐고 안 물어? 벌써 며칠 못 봤잖아?"

"……"

"아버지 좋은 데 갔어."

"……"

"어디 갔는지 안 궁금해? 엄마 두고 혼자 갔는데?"

누워서 아들을 바라보고 있는 문희 할머니가 오른손으로 왼손을 가만가만 주무르며 말이 없다. 또 생각이 어디를 떠돌고 있는 표정이다. 감았다 떴다를 반복하는 눈에 눈물이 고인다.

"아버지, 진짜 좋은 데 갔어. 엄마 이제 어쩔래? 아버지 다시는 안 오면."

아들은 그렇게라도 정신이 흐린 어머니에게 아버지의 죽음을 알리고 싶었을 것이다. 아무리 흐린 정신이고 날개 꺾인 새처럼 누워 있는 어머니지만, 그래서 날을 받아놓은 것처럼 죽음을 향해 가고 있는 어머니지만, 남편의 죽음은 알아야 한다고 생각했을 것이다.

"혹시… 네 아버지 새장가 갔냐? 잘 갔다. 잘했어. 네 아버지 불쌍해 내가 여직 있는 거야. 이젠 내가 가도 되겠네. 네가 장가 보냈니? 너도 네 아버지 불쌍해서?"

아들이 어머니를 끌어안았다. 그 자리에 있던 모두가 울었다.

문희 할머니가 오늘도 묻는다.
"혹시… 우리 영감, 새장가 갔어?"

# 엄마! 우리 아가, 아파도 죽지 마

'뭐 저렇게 버릇없는 딸이 다 있나?'는 생각에 눈살이 찌푸려 졌다. 올 때마다 화장품 케이스를 들고 와 누워 있는 엄마 얼굴에 색조화장까지 해대는 딸의 모습에 처음엔 화도 났다.

"에구, 우리 아가. 오늘은 기분이 어때? 좋다고? 그럼, 그래야지. 아프다고? 그래도 참아. 알았지? 아파도, 우리 아가, 가면 안 돼. 내가 안 보낼 거야. 내 허락 없이는 우리 아가, 여기 내 곁에 있어야 돼. 한 발자국도 나한테서 멀어지면 안 돼. '네.' 하고 대답해야지. '네.' 해봐. '네.'라고 대답하라고."

점점 점입가경이다. 기어다니는 아기를 다루는 엄마처럼 따듯하고 다정하며 때론 엄하게도 들리는 혜숙 씨의 목소리가 들린다. 일주일 전에 입원한 김상희 할머니의 딸이다.

눈썹은 물론 아이라인까지 두 모녀는 똑같이 문신을 했다. 검은색 선이 선명하게 그려진 눈으로 할머니가 딸을 본다. 누구냐고 묻는 눈빛이다. 검은색 선이 할머니보다 두 배는 짙게 그려진 눈으로 혜숙 씨가 어머니의 얼굴을 붙잡고 시선을 맞춘다. 말이 이어진다.

"저승사자? 웃기지 마. 내가 저승사자야. 그러니 내가 데려가지 않으면 제아무리 무서운 저승사자가 와도 엄마는 못 떠나. 이렇게 아기로 만들어 놓고 내가 키울 시간도 안 주고 엄마를 데려간다고? 우리 아가, 또 화장하자. 아무리 고화질 사진을 들고 저승사자가 찾아와도 절대 못 찾도록. 오늘은 요즘 유행하는 주황으로 눈 화장 해줄게."

화를 내고 있는 나 자신에게 화가 나던 순간이었다. 폐암 3기, 혼수와 반혼수를 오가고 있는 김상희 할머니의 움푹 꺼진 볼에서 이리저리 밀리고 있는 파운데이션이 건너갈까 말까 망설이고 있는 배 같다.

건너갈까 감은 눈으로 흔들리다가도 딸이 아이섀도를 바르면 다시 열리는 할머니의 흐린 동공, 더는 못 견디겠다고 발을 뗐다가도 루주를 발라주는 딸의 손길에 다시 터져 나오는 숨, 아가, 아가, 우리 아가…. 딸이 부르는 소리는 그렇게 할머니를 붙잡고 있었다.

"저런 일도 있네요. 아직도 저렇게 부모를 못 보내는 자식이 있긴 하네요."

누구 입에서 나온 게 아니라 모두의 입에서 나온 말이었다.

"자식이 저러는데, 저렇게 기를 쓰고 잡고 있는데 어떻게 가요? 천지신명과 맞짱을 떠서라도 명을 애원하지 나 아프다고 어떻게 가겠다고 나설 수 있겠어요?"

말을 할 수 없어서 그렇지 환자가 겪는 고통은 상상 이상일 거라고 간호사들이 말했다. 그래서 붙잡는 게 옳지 않다는 말이었다.

"기적은 사방에서 자주도 일어나던데…. 우리도 그 목격자가 될 수 있으면…. 평생 병원에서 일했는데 그런 호사쯤은 일어나줘야 되는 거 아닌가?"

간호사들이 쓸쓸하게 웃었다. 그래, 정말 쓸쓸하게 웃었다.

상희 할머니의 병실에서 들려오는 혜숙 씨의 목소리가 점점 커졌다.

"우리 아기… 눈 떠. 눈 감지 말라고. 나 화낸다? 착하지? 그래그래, 봐. 눈 뜨니까 얼마나 예뻐? 주황 새도가 정말 어울려. 볼래? 자, 거울 봐. 엄마 같지 않지? 죽은 아버지도 엄마 몰라보겠지? 암, 당연히 저승사자도 그냥 갈 거야."

나도 모르게 두 손이 모아지고 화살처럼 빠르게 하느님께 속삭였다.

'하느님, 저 딸이 당신도 못 알아보도록 상희 할머니에게 화장하는 거 보세요. 그러니 조금만, 조금만 할머니에게 시간을 주세요. 엄마에게 엄마가 되어 끌어안고 버둥거리는 혜숙 씨의 저 시간을 모른다 하지 마세요. 아기가 된 상희 할머니가 엄마가 된 딸을 울게 하지 말아주세요.'

무거운 화장 케이스를 들고 혜숙 씨가 병실을 나왔다.
"내일 제가 올 때까지 우리 엄마 얼굴 닦이지 마세요. 제가 와서 닦일게요. 절대 세수 시키면 안 돼요."
모두들 고개를 끄덕이는데 신발을 신던 혜숙 씨가 고함을 지르며 나갔다.
"우리 아가, 엄마 말 잘 듣지? 엄마 절대 어디 가지 말라고 말했다? 아파도 참아. 아프고 나면 커. 알았지?"

쓰라린 속이 기어코 뭉치는지 위가 아팠다.

나는 엄마를 얼마나 붙잡았을까? 우리 엄마는 내가 단 한 번이라도 엄마처럼 느껴진 적 있었을까? 우리 엄마는 얼마나 아파서 그렇게 가버렸을까? 내가 붙잡는 힘이 약해서 혹시, 내가 가라고 허락했다고 믿은 건 아닐까?

아… 엄마… 집에 돌아와 오랜만에 펑펑 운 날이었다.

# 안 죽는 게 아니라 못 죽는 거여!

주 보호자도 아닌 사람이 간호부 데스크로 와서 소리 질렀다. 이준영 할아버지의 형이라고 했다. 어림으로 봐도 백 살 가까이 되지 않았나 생각될 정도로 얼굴과 손에 겨울 커튼 같은 무거운 주름이 가득하다. 그를 붙잡고 있는 사람들도 칠십이 넘어 보이는 노인들이었다.

"아버지, 여기 와서 그런 말씀하시면 어떡해요? 작은아버지 잘 계시는데 왜 그러세요. 수고하시는 선생님들께 감사 인사는 못 드릴망정 이러시면 안 되죠."

할아버지의 아들인 듯했다. 꼬장꼬장한 할아버지에 비해 목소리가 낮고 점잖았다. 난감해하는 표정이 자기 아버지의 무례에 당황하고 있음을 고스란히 보여주고 있었다.

"병원에 들어갔다고 해서 살 만한 사람을 치료하는 줄 알았지. 나도 늙고 기운이 빠져 오늘내일하다가 그래도 핏줄이라 맘에서 안 떠나 겨우 와봤더니, 저게 사람 형상이요?"

"이준영 어르신께서 워낙 중환이시라 놀라셨죠? 네. 그래서 그래요. 놀라시는 거 당연하죠."

차트를 쓰고 있던 간호사가 데스크 밖으로 달려 나가 할아버지 팔을 붙들고 설명을 반복했다. 할아버지가 진저리를 치듯이 간호사의 손을 털어냈다. 고함은 계속되었다.

"살 수 없는 사람이면 집으로 보내야 할 거 아니요? 코에 불알에 호스란 호스는 다 끼워 놓고 영양식이다 뭐다 하며 미숫가루보다 못한 멀건 물이나 밀어 넣고, 저렇게 날수만 늘이면 될 일이요? 아무리 돈 버는 데는 선산도 팔아먹는 세상이지만, 죽을 사람을 죽지도 못하게 하는 게 이게 될 말이냐 말이오."


"아버지, 그래도 작은아버지를 병원에다 모셨으니 지금 저 정도라도 버티시는 거죠. 아니었으면 작은아버지 벌써 저세상 사람이에요. 다 아시면서 왜 맘에도 없는 화를 내세요?"

아들의 머리가 자꾸 숙여졌다.

"그래서 너도, 때 되면 나를 이런 데 처넣을 거냐? 저렇게 뼈만 남은 몸 무거워 터지게 주렁주렁 호스 매달아? 그러고도 자식 도리 한다며 천지 사방에 자랑할 거고?

죄인처럼 서 있던 준영 할아버지의 아들이 사촌 형을 밀치며 할아버지 앞으로 성큼 걸어왔다.

"큰아버지, 여기 오면 진통제라도 주잖아요. 그래서 아버지가 덜 아프잖아요. 음식은 삼키지도 못하시는데 그럼 집에서 굶겨 죽여요? 여기선 콧줄로라도 하루 세 끼 곡기는 들어가잖아요. 이미 열린 항문으론 밤낮으로 속엣 게 흘러나오는데 누가 그걸 감당해요? 여기선 보호사님들이 시간 맞춰 닦이고, 씻기고… 다 해주잖아요?"

"누가 그런 걸 말하는 거야? 사람을 쓰면 되잖아. 저런 사람들 집으로도 와서 해준다더라. 씻기고 기저귀 갈고 집에서 하면 될 거 아니야?"

"그럼 식사는요? 못 먹으니 그냥 돌아가시게 해요? 통증은요? 말 못 하시니 그냥 참으라고 해요? 여기 형한테 물어보세요. 형 같으면 큰아버지를 집에서 그렇게 돌아가시게 하겠냐고요. 병원에서 이만큼이라도 하고 있으니 아버지가 아직은 세상 사람이라고요."

다른 병실에 있던 보호자들이 모두 문 앞으로 걸어와 귀를 기울였다. 몇 사람은 병실에서 나와 주변을 서성거렸다.

"죽게 하라고! 죽어야 될 사람은 죽게 돼야 그게 그 사람을 위하는 일이라고! 뭐? 아직도 세상 사람? 네 놈 눈에는 네 아버지가 지금 산 사람으로 보이냐? 이놈아, 네 아버지는 지금 안 죽는 게 아니라 못 죽는 거여. 죽고 싶어 죽겠는데, 네놈 그 얼빠진 효심 때문에 못 죽고 있는 거라고. 얼마나 더 사람 꼴 상해야 네 아버지 보낼래? 집에 뒀으면 벌써 황천길 떠나 편해졌을 사람을, 저 사람이야 아프든 말든, 지가 못 느끼는 고통이라고 짐승 밥 주듯 남이 밀어 넣는 멀건 물 먹여 배 불리고, 시간 맞춰 진통젠가 뭔가 주사 찔러 죽어가면서도 고통도 모르는 바보 만들고…."

밖으로 나왔던 다른 병실 보호자들이 잠깐 동안에 핼쑥한 얼굴들이 되어 병실로 들어갔다.

"세상 제일 괴로운 형벌이 죽고 싶어도 안 죽어지는 거다. 아니지. 죽어가는데도 자꾸 살려놓는 거다. 네 아버지, 퇴원시켜라. 절대 오래 안 간다. 봐라, 내 말이 틀리면 열두 번이라도 손에 장을 지지마. 죽게 해. 못 죽게 그만하고. 이런 불효는 없다. 옛날엔 다 그렇게들 세상 떠났어. 의사 한 번 못 만나도 저렇게 짐승만도 못한 꼴은 안 보였어. 안 보이고도 죽을 수 있었단 말이다. 의사, 간호사 있다고 다 병원이야? 병을 낫게도 못하면서 죽게도 못하는 이런 데가 요즘 유행이란 요양병원이란 데야? 옛날 고려장도 이보단 나았어. 쌀 떨어지면 그대로 죽어졌으니까. 여긴, 뭐냐? 밥 주고 약 주고 숨만 붙여 놓는 여기는!"

할아버지와 그 아들들이 빠져나간 병동에서 뒤를 이어 다른 병실 보호자들도 서둘러 나갔다. 수고하시라는 그들의 인사도, 안녕히 가시라는 직원들의 대답도 그날은 들리지 않았다.

퇴근 무렵 다음 근무에 들어온 간호사와 조무사가 병동의 무거운 공기에 대해 물었다.

"안 가시는 게 아니라, 못 가시게 해서… 어쩌면 그게 맞는 말 같아서… 내가 뭐하는 사람인지 모르겠어요."

"무슨 말이에요?"

동료 조무사가 동그랗게 눈을 뜨며 물었다. 나는 대답 대신 준영 할아버지의 병실로 들어가며 고개만 흔들었다. 뭉친 어깨에서 삐거덕거리는 소리가 났다.

# 의식불명이 얼마나 부처님의 자비인데요

"이것 좀 드세요. 기다렸다가 방금 만든 거 사 왔어요."

김갑순 할머니의 딸이 오늘도 방문자 서류에 사인을 하며 들어왔다. 짧게 커트를 하여 뽀글뽀글하게 파마한 머리 아래로 한쪽이 풀어져 흘러내린 목도리가 아슬아슬하게 걸쳐져 있었다. 그런 모습의 그녀를 보는 순간, 병원 오는 데 온 신경이 가 있음이 저절로 느껴졌다.

검은 비닐봉지 안에 뽀얀 김이 가득했다. 보기만 해도 군침 도는 떡볶이, 오징어와 김말이 튀김, 컵라면 다섯 개가 간호부 데스크 위에 펼쳐졌다.

오전 열 시, 아침 근무조로 나온 직원들의 배에서 참고 있었

52

던 시장기 알람이 울려대는 시간이다. 아침 일곱 시부터 오후 세 시까지가 근무 시간인 아침 근무조는 100프로 아침 식사를 거르고 출근한다. 근무는 일곱 시부터지만 그전에 인수인계를 받아야 하므로 새벽 여섯 시 반에는 무조건 병원에 도착해야 한다. 그러려면 다섯 시 기상은 고양이 세수만 하고 뛰어온대도 지켜야 하는 법칙이다. 아침 근무조로 걸리면 전날부터 긴장이 되는 것도 이른 출근 시간 때문이다. 그래서 허기가 절정에 이르는 열 시에 받는 먹을거리야말로 선물 중의 선물이다.

물론 받는다고 다 먹을 수 있는 것도 아니다. 병동 환자들의 상태에 따라 뜨거웠던 음식이 식고, 식은 음식이 높은 실내온도에 상해서 먹지 못하게 되는 경우가 허다하니 말이다. 아니, 거의 대부분이다. 병원 근무를 하는 동안 보호자들이 사다 주는 간식이나 과일 등을 자리에 앉아 편안하게 먹어본 기억이 없다. 따라서 병동에서 먹는 일은 그림 속 떡처럼 고마움으로 시장기를 채우게 되는 일이다.


오늘은 다행히도 병동이 편안하다. 특별히 고열이 나는 어르신도 없고, 혈압이 떨어져 긴장시키는 어르신도 없다. 그리고 새로운 환자가 입원할 거라는 통보도 받지 않았다.

"감사합니다. 산해진미 진수성찬도 이보단 덜 반가울 거예요. 그런데 자꾸 이렇게 안 사 오셔도 돼요. 의식 없는 어머니를 보시는 것만도 힘들 텐데… 뭐하러 저희까지 챙기세요?"

봉지를 펼쳐 보이던 박 간호사가 진심으로 말했다.

"아니에요. 의식 없는 엄마라서 얼마나 다행인데요. 엄마가 정신을 놓아버려서 얼마나 고마운데요. 엄마가 받은 부처님의 자비죠. 저희 엄마 사실 불경 한 줄도 못 읽는 까막눈이세요. 부처님이 누구인지도 관심 없었죠. 그런데도 열심히 절에 다니셨어요. 왜 그렇게 열심히 가느냐고 물으면 항상 대답은 하나였어요. '절하려고, 절하는 게 좋아서, 절하는 사람을 내치는 사람은 없다.'고 하셨죠."

김갑순 할머니의 딸이 환하게 웃었다. 정말, 환하게.

"엄마 말이 맞았어요. 절하는 사람을 내치는 사람은 없다고 하시더니 부처님이 엄마를 잘 보셨나봐요. 그러니 뇌출혈로 쓰러지며 놓은 의식이 저렇게 돌아오지 않고 있잖아요. 절에 갈 때마다 수를 셀 줄 모르시니 한 시간이고 두 시간이고 절만 하셨거든요. 그게 부처님께 쌓은 공덕이 됐나봐요."


공복에 겨우 하나 들어간 떡볶이의 매운맛이 식도 아래쯤에서 내려가지도 못하고 걸린다. 의식이 없어서 다행이라니! 정신을 놓아버려서 고맙다니! 돌아오지 않는 의식이 절을 많이 한 공덕이라니! 아마 나와 같은 느낌이었을 것이다. 봉지에서 음식의 반을 덜어가던 요양보호사의 걸음이 멈칫, 하는 게 보였다.

박 간호사도 이을 말을 못 찾고 있음이 느껴졌다. 하지만 나는 김갑순 할머니의 딸이 하는 말, 그 말에 담긴 그녀의 마음이 그대로 읽혔다. 읽히는 것뿐만이 아니다. 바로 내 마음이 되었다.

나도 그런 생각을 했었다. 물론 어머니는 김갑순 할머니와는 정반대에 있는 분이었다. 너무도 명료한 정신을 갖고 계셨다. 뇌출혈로 쓰러져 16년을 앓는 동안 위급한 상황도 여러 차례 맞았지만, 당신이 살아온 삶의 일부분도 잃은 적이 없었다. 과거는 정확히 기억했고, 현재는 냉철하게 인식했다. 당연히 미래도 확실하게 그리고 계셨다.

그래서 어머니의 무남독녀인 나는 더 슬펐다. 더 아팠다. 더 힘들었다. 어머니의 정확한 기억과 냉철한 현실 인식, 자신의 죽음조차 어떤 모습이어야 하는지 기도를 쉬지 않는 어머니가 그래서, 더 불쌍했다.

어머니가 쓰러진 후 나의 첫 기도는 지금도 기억한다. 이거 한 가지였다.

'우리 엄마, 제발 아무것도 모르게 해주세요. 자신에게 어떤 일이 벌어졌는지, 앞으로 어떤 시간을 살게 될지 아무 생각도 할 수 없게 해주세요. 눈은 뜨고 있어도 저를 못 알아보게 해주세요. 딸을 알아보면, 여기가 어디며, 자신에게 닥친 일이 무엇인지 알게 되면, 우리 엄마 불쌍해서 안 돼요. 우리 엄마 괴로워서 못 산다고요.'

그러나 하느님은 그 기도를 들어주시지 않으셨다. 어머니가 돌아가신 후 지금까지도 나를 아프게 하는 건, 어머니를 잃은 상실감보다 갈수록 거세게 밀어닥치는 이 생각 때문이다.

'우리 엄마 얼마나 괴로웠을까? 얼마나 내게 미안해 하셨을까? 하나밖에 없는 딸이 얼마나 불쌍했을까? 그래서 얼마나 죽고 싶으셨을까?'


김갑순 할머니의 딸이 "엄마" 하고 큰 소리로 부르며 할머니가 있는 병실로 들어간다. 그 목소리를 따라 내 기억도 어머니가 계시던 ㅎ요양병원 301호로 들어간다. 단 한 번도 자신의 절망을 보여주지 않고 나보다 더 씩씩하셨던 어머니! '에이뿔' 환자라고 병원 식구들에게 칭찬과 존경을 받던 내 어머니!


보고 싶다. 만지고 싶다! 기어이 또 울음이 쌓이는 가슴이… 무겁다.

엄마가 길이다, 21.7cm x 29.5cm, acrylic on card board, 2017

# 애자 할머니의 공주님

문득, 그러나 앞으로도 오래, 떠올릴 때마다 내 머리에 화관을 씌워주고 어깨에 비단 너울을 드리워 아름답고 선한 표정을 갖게 해줄 할머니를 알고 있다.

"세상에서 제일 착한 사람이야. 세상에서 제일 고운 사람이야. 세상에서 내가 제일 좋아하는 사람이야. 세상에서 나랑 제일 친한 사람이야. 공주야. 공주님이야."

애자 할머니! 실습했던 요양병원에서 만난 할머니다. 노인성 치매로 돌볼 가족이 마땅치 않아 입원했다고 했다. 포항에 사는 딸이 이모가 병원 부근에 살고 있다는 이유로 어머니를 멀리 서울까지 모셔와 입원시켰다고 들었다.

잔주름이 자글자글한 애자 할머니는 웃을 때는 온 얼굴로 웃었다. 오래 누워 계시느라 거동은 못 하셨지만 웃음만큼은 시간이 갈수록 아기 같아지는 할머니였다. 처음엔 입술 끝이 약간 올라갈 듯 말 듯 웃으시는 건지, 하고 싶은 말이 있는 건지 도통 분간이 어려웠다.

그러나 실습 780시간을 채우는 동안 할머니는 입술은 물론이고 뺨으로, 콧잔등으로, 양미간으로, 이마까지 온 얼굴로 웃는 기적을 보여주셨다. 그것은 지금까지도 내 인생에서 가장 보람 있는 일로 흐트러지려는 나를 바로잡아주는 귀한 기억이 되었다.

아침 아홉 시부터 오후 다섯 시까지 실습을 했던 나는 애자 할머니의 점심을 챙겼다. 물론 누가 시킨 일은 아니었다. 너무도 작고 마른 애자 할머니에게 첫눈에 마음이 갔다는 게 아마 동기일 것이다. 게다가 늘 문 쪽으로 돌아누워 누군가를 기다리는 듯한 긴 시선이 마음에 걸렸다는 것도 이유일 것이다.

바로 아래 3층에 계시는 어머니! 실습 전에도 거의 매일 어머니를 뵈러 갔었고, 실습을 어머니가 계시는 병원에서 한 이유도 매일 어머니를 보고, 또 내가 같은 병원에 있다는 것이 어머니께 든든한 힘이 될 거라는 이유에서였다. 그러나 24시간을 곁에만 있을 수 없는 딸을 기다리는 동안, 내 어머니도 애자 할머니 같은 시간을 살고, 견디고, 계셨을 것이다.

그래서 애자 할머니의 기다림이 가득한 눈은 내 어머니의 눈이 되어 나를 끌었다. 실습이 끝나는 날, 병실마다 작별인사를 드리다 마지막으로 애자 할머니를 뵈러 갔다.

"이상해. 이상해."

누워 계신 할머니를 목 밑으로 팔을 넣어 꼭 끌어안는 내 귀에 할머니의 웃음기 없는 목소리가 들렸다.

"할머니, 왜요? 뭐가 이상해요?"

"공주님, 내 공주님. 어디 가?"

그때 그 병실 간병인이 뭘 다 아시나보다 하더니 할머니 옆으로 다가왔다.

"애자 어르신, 우리 학생 선생님 이제 실습 끝났어요. 이제 안 와. 어쩌누? 우리 애자 할머니 공주님 못 봐서."

"그렇지? 이제 안 오지? 봐, 내가 다 알지."

할머니를 안고 있는 팔부터 할머니 목소리가 들리는 귀까지 저릿한 습기가 차오르는데 수간호사가 병실로 들어왔다. 간호 일을 하는 사람은 절대 환자 앞에서 눈물을 보이면 안 된다고 그녀는 늘 말했었다.

"애자 어르신, 공주는 많아. 여기 다 공주잖아?"

그러더니 나에게 손짓을 했다.

"학생 샘, 어서 나가요. 그나저나 학생 샘 안 오면 할머니 또 밥 안 드시겠다고 도리질만 하실까 걱정되네."

나는 그렇게 애자 할머니를 떠나왔다.


밥을 떠먹여 드리면 다 빠진 이빨로 잇몸으로만 오물오물 씹으시다가 밥알이 흘러내리는데도 말을 하시던 할머니. 온 얼굴로 웃는 웃음이 그대로 내 마음속에 들어와 환한 공간이 만들어졌다. 그 환한 공간에서 어느덧 나는 공주가 되어 있었다.

"세상에서 제일 착한 사람이야. 세상에서 제일 고운 사람이야. 세상에서 내가 제일 좋아하는 사람이야. 세상에서 나랑 제일 친한 사람이야. 공주야. 공주님이야."

간호조무사로 일한 지 3년이 된 지금, 애자 할머니의 공주님은 어디 갔을까?


가끔, 아니 자주 생각한다. 우리 병동에 계신 어른들께 기적처럼 1분 동안 맑은 정신이 주어진다면 과연 몇 분이나 내게 고맙다는 말씀을 하실까? 공주라고는 불러주시지 않더라도 과연 몇 분이나 따뜻하게 손을 잡아주실까?

아무도 없을 거라는 대답이 나오는 내 양심이 부끄럽고 죄스럽다. 알게 모르게 이미 타성에 젖은 지금의 내 모습에 연일 마음이 볶임을 숨길 재간이 없다.

'내 어머니가 받고 싶은 간호, 내 어머니에게 이렇게 해주면 좋겠다고 보호자로서 생각해왔던 것을, 내가 하리라. 내가 해드리리라.' 그것이 간호조무사가 되겠다는 결심을 할 때 내 의지였고, 포부였고, 각오였다.

학원 동기들이 긴 실습 기간을 두고 불평불만과 후회를 반복하다가 겨우 780시간을 채우는 날, 딱 그 시간에서 멈추고 미련 없이 나갈 때도, 나는 네 시간을 더한 뒤 평소대로 다섯 시까지 병동에 남아 일을 했었다. 그런 후에도 실습 확인서를 받아 병동을 나오는 한 걸음 한 걸음이 무겁고 자꾸 돌아봐졌다.

그만큼 나는 늙고 병들고 외로운 노인들 곁에 있는 나를 사랑했다. 천직인가? 그런 생각도 했었다.

그래서 이런 표현이 어떨지 모르지만 다 참을 수 있었다. 직급이 엄연히 다른 간호사들로부터 받을 수밖에 없는 자존심의 상처도, 간호사도 아니고 요양보호사도 아닌 어정쩡한 입지가 주는 외로움도, 늙고 병든 환자들에게서 날 수밖에 없는 몸 냄새와 그들이 쏟아내는 오물 냄새도 다 참을 수 있었다. 주변 지인들 하나같이 신기하다는 말을 거듭하며 나를 멈추게 하려고 애썼지만 나는 흔들리지 않았다.

그랬던 내가 언제부턴가 거의 매일 '이 일을 하는 날수만큼 나는 죄를 짓는다!'라고 생각하고 있다. 드러나지 않았는지는 모르지만, 인지 기능을 상실한 노인들에게 나는 지쳐갔고 하대와 욕설을 들을 때는 화가 났다. 실습 때는 어르신들이 갑자기 왈칵 쏟아내는 가래도 맨손으로 받아냈었다. 그것을 본 사람들이 놀라면 손은 씻으면 된다고 했던 나였다.

그랬는데 언젠가부터 더럽다는 생각을 하는 나를 본다. 환자한테 상식과 경우를 들먹이며 따지고 싶어 하는 나를 본다. 간호사라는 지위만으로 조무사나 요양보호사들을 못 배운 사람들, 엄하게 다스려야 하는 미개한 존재들이라고 생각하는 몇몇 간호사들에게 대들고 싶어 하는 나를 본다. 그러다가 자청해서 들어온 노인 요양병원을 살아서 보는 '연옥'이라며 진저리를 치고 있는 나를 본다.

나는 애자 할머니의 공주였는데… 애자 할머니는 내가 세상에서 제일 착하고, 제일 곱고, 제일 친하며, 제일 고마운 공주라고 하셨는데… 말이다.

할머니가 아직 세상에 계시는지 떠나셨는지는 알 수 없다. 그러나 오늘 할머니께 꼭 드리고 싶은 말이 있다.

"애자 할머니, 할머니가 제 공주랍니다. 저도 할머니의 영원한 공주가 될 수 있도록 그때의 저로 돌려세워 주세요."

고백은 용기이자 죄에 대한 보속補贖(가톨릭에서 지은 죄에 대한 댓가를 치르는 것을 의미)이다. 애자 할머니를 생각하다가 내 마음속 아수라장을 적나라하게 만난 이 시간, '반성'과 '새로운 다짐'이란 선물을 할머니께 얻었다.

지호 씨의 개운죽은
오늘도 잘 자랍니다

자꾸만 눈이 간다. 자꾸만 만져진다. 플라스틱 커피 잔에 담긴 세 그루의 키 작은 개운죽!

대나무처럼 보이는 줄기가 어느새 또 한 마디를 늘였다. 그새 또 물은 절반이 줄었다. 물을 담으러 세면대 쪽으로 가는데 빛바랜 구석 하나도 없이 푸른 이파리들이 손등을 스친다. 습관이 된 말이 나온다. 그래, 습관이 됐다. 어느새.

"지호 씨, 잘 있죠? 거기… 지낼 만하나요?"

윤지호 씨! 초등학교 앞에서 20여 년 문방구를 했다는 쉰여덟 살의 남자, 수년간 심한 변비로 고생하다가 변을 볼 때 시작된 하혈이 한 달 이상 계속되어 동네 병원에서 대장내시경, 급하게 큰 병원으로 가라는 의사 권유로 대학병원행. 거기서 또 대장내시경과 여러 부수적인 검사로 대장암 판정. 이미 폐까지 전이. 미혼이며 보호자로는 위암을 앓고 있는 남동생 하나. 쉰여덟 살, 나랑 동갑이었다.

병원에 있으면서 가장 마음이 아리고 그래서 한 번이라도 더 들여다보게 되는 환자들이 있다. 나랑 비슷한 연배이거나 나보다 아래인 나이를 가진 아직은 늙지 않은 사람들, 그리고 피붙이 하나 없거나 있더라도 형제자매 없는 외딸, 외아들을 가진 노인들, 즉 외로운 사람들이었다.

지호 씨는 나와 동갑이라는 이유만으로도 입원할 때부터 안타까운 한숨이 절로 나왔다. 중병을 가졌으나 인지 기능에 영향을 끼치는 건 아니어서 정신이 명료했다.

명료한 정신! 어머니가 돌아가시고 내가 불에 덴 것처럼 비명을 지르며 울었던 것은 돌아가실 때까지 어머니가 갖고 계셨던 '명료한 정신' 때문이었다. 뇌출혈로 쓰러질 때 정신까지 놓아버렸다면 어쩌면 어머니가 덜 가여웠을 것이다.

얼마나 기가 막혔을까? 얼마나 억울했을까? 얼마나 막막했을까? 지호 씨는 내게 어머니를 연상시켰다. 저 사람 지금 얼마나 기가 막힐까? 얼마나 억울할까? 그리고 얼마나 견뎌야 하는 시간이 막막할까?

"어디 불편한 데 없어요? 조금이라도 도움이 필요하면 침대 옆에 달아 놓은 콜벨 누르세요."

타인의 연민도 환자들에겐 때론 독이다. 그래서 최대한 감정을 억제하며 설명하는데 담담한 그의 대답이 결국 가슴에 또 하나의 울음풍선을 만든다.

"괜찮아요. 선생님, 있잖아요. 이 나이까지 살았으면 더 살면 좋고, 그만 살아도 아까울 것 없지 않아요? 선생님은 나보다 나이가 아래니까 아직 모르시겠죠? 나으면 좋고 죽게 된대도 그리 억울하지 않다 이 말이에요."

내가 당신과 동갑이라고 말하려는데 그의 말이 이어졌다.

"발가벗은 몸으로 태어나 60년 가까이 먹고, 입고, 좋은 데 구경도 하고, 좋은 사람들도 만나고… 그랬으면 됐지요. 그래서 항암이다 방사선이다 하는 치료를 거부하고 순리적으로 떠나려고 여기에 왔어요. 나 갈 때 혹시 입이 벌어지거나 눈을 뜨고 있으면 꼭 다물어주고 감겨주세요. 위암 투병 중인 내 동생한테 험한 꼴 보여주기는 정말 싫네요."

나는 아무 대답도 못한 채 누구에겐지 분간이 안 되는 분노로 지호 씨를 노려보다가 병실을 나왔다. 병실을 나오는데 숨이 찼다. 눈물을 참으려고 숨을 몰아쉰 탓이었다.

'뭐? 더 살면 좋고 그만 살아도 아까울 것 없다고? 나으면 좋고 죽게 된대도 그리 억울하지 않다고? 쉰여덟, 당신과 내 나이가 그런 나이라고? 그래서 치료도 거부하고 오는 죽음을 맞으려고 요양병원으로 왔다고?'

병원만 아니고, 내가 병원 직원만 아니라면 아마 나는 그렇게 소리쳤을 것이다. 안타까워서였다. 불쌍해서였다, 아니 더 솔직히 말한다면 그의 생각과 오래 품었던 내 생각이 같았기 때문이었다. 어머니가 떠나시고 3년째 요양병원에 근무하면서 죽음보다 무서웠던 건, 어느 날 갑자기 잃게 될지도 모르는 '정신'과 '몸'이었다.

자신이 누구인지도 잊은 채 짐승의 형상을 닮아가는 치매 환자들과, 하루아침에 수족처럼 부리던 몸이 마비되어 돌아눕는 것조차 스스로 하지 못해 온몸이 웅덩이처럼 파여 썩는 욕창 환자들, 기저귀가 오물로 질퍽거려도 요양보호사들의 기저귀 케어 시간까지 속수무책 기다려야 하는 의식상실의 환자들…

내게는 그런 요양병원 환자들이 죽은 사람들보다 더 불쌍했다. 더 끔찍했다.

그것이 자극이 되고 반성이 되어 열심히 운동하며 보약을 달고 사는 직원들 사이에서, 언제부턴가 나는 말도 안 되는 생각을 가지기 시작했다.

'건강을 지켜서 저런 병에 걸리지 말아야지!'가 아니었다. '저런 병에 걸리기 전에 죽어야지!'였다. 분명 비난과 원성을 들을 생각임에는 틀림없다. 하지만 그만큼 요양병원의 실상은 무서웠다. 공포는 당연하게 뒤따라오는 감정이었다.


지호 씨는 조용한 환자였다. 그는 신음 한 번 내지 않았다. 콜벨도 눌러본 적 없었다. 하루 세 번 정해진 시간에 독한 마약성 진통제인 패치를 붙여주며 바라보는 지호 씨의 얼굴은 신기할 만큼 평화로웠다.

"아프지 않아요?"

내가 물었다.

"아프대요. 많이 아플 거라고 했어요."

지호 씨가 대답했다.

"…대요, …했어요, 이런 거 말고 환자 분이 지금 어떤지 묻는 거예요."

거의 윽박지르듯이 내가 말했다.

"그러려니 해요. 이런 게 암이라니까요."

한 번 더 속을 뒤집는 지호 씨의 대답에 나는 또 병실을 화가 난 채로 나오고야 말았다.

어느 날 위암 투병 중이라는 지호 씨의 동생이 왔다. 허리는 꼿꼿했지만 회색이 자욱한 동공은 이미 저세상으로 건너가고 있는 사람의 것처럼 텅 비어 있었다. 동생은 형의 증세에 대해서 한 마디도 묻지 않았다. 대신 신문에 싼 개운죽 세 그루를 내밀었다.

"형 침대 옆에 놓아주세요. 잘 안 죽는대요. 물에만 담가 놓으면 키도 쑥쑥 자란대요. 하루를 1년처럼 그렇게 산대요. 우리처럼요."

나는 쓰레기통을 뒤져 마침 누가 마시고 버린 플라스틱 커피 용기를 찾아냈다. 그리고 깨끗이 씻어 물을 담은 뒤 개운죽을 꽂았다.

"예쁘죠? 동생이 형 보라고 사왔네요."

잘 안 죽는 식물이라고, 그러니 당신들도 힘내라는 말이 잠깐 입 안에 머물렀지만, 나는 하지 못했다. 내가 저 형제들 입장이라면 누가 개운죽 하나 갖다주면서 힘내라는 말이 어떻게 들릴까? 그 생각이 들자 정말 한 마디도 할 수 없었다.

이틀 뒤 동생의 사망 소식이 전해졌지만 지호 씨에게는 알리지 않았다. 그리고 입원 8개월 만에 지호 씨도 떠났다. 간호부에서는 번갈아가며 개운죽의 물을 갈아주고 있다.

오늘은 내 차례다.

"지호 씨, 당신의 개운죽은 오늘도 잘 자랍니다!"

## 바람둥이 할아버지의 마지막 말

왜 저렇게들 부르나, 했다. 자식들은 물론 신대철 할아버지의 형제들도, 함께 온 할아버지 친구도 모두들 그렇게 불렀다.

바람둥이 아버지, 바람둥이 형, 어이, 바람둥이⋯ 자꾸 들어서 듣는 대로 기억에 저장된 걸까? 조심을 한다고는 하지만 어느새 우리들도 우리끼리 말할 때는 '바람둥이 할아버지'로 신대철 어르신을 불렀다.

치매 외에 특별한 병은 없었다. 여든네 살. 정신이 흐린 데다 노환으로 거동이 불편해 낙상 위험이 크다는 게 입원 이유였다. 임종 때까지 지내게 할 거라고 큰아들은 말했다.

"아마 한 10년은 여기서 지내시지 않을까요? 저희 바람둥이 아버지 다른 병은 없거든요."

할아버지의 딸이라는 여자가 너무도 환하게 웃으며 말했다. 403호 병실 창가 침대에는 여기가 어딘지도 모르는 눈빛의 신대철 할아버지가 멀뚱한 눈빛으로 사방을 둘러보고 계셨다.

"아니 평생을 그 수많은 여자와 바람을 폈는데 그래 단 며칠도 데리고 있어줄 여자가 없어? 뭐한 거야? 네 아버지란 저 양반 말이다."

할아버지의 동생인 듯 보이는 남자가 403호 병실을 바라보더니 한숨과 함께 툭 던진 말이다.

"선생님, 그냥 먹여주고, 재워주고, 침대에서 안 떨어지게 묶든지, 지킬 수 있으면 풀어놓든지, 암튼 저희들 더 이상 신경 쓰는 일만 없게 해주세요. 집에서도 방문 고리에 손을 묶어놨었는데 어찌나 힘이 센지 방문 나사가 빠져 넘어지는 바람에 식구들 죄다 압사할 뻔했다니까요?"

할아버지의 딸이 그때의 기억이 나는지 호들갑스러운 몸짓으로 진저리를 쳤다.

"그렇게 바람을 피워댔으면 힘이 빠질 만도 한데, 우리 바람둥이 아버지는 고래 체력인가봐."

아들이 또 거든다. 식구들의 말잔치에 한참을 차트만 보고 있던 간호사가 말을 끊을 의도로 큰 목소리로 물었다.

"할머니는 안 계세요? 주 보호자를 어느 분으로 해야 할지…."

"엄마는… 여기 안 오세요. 그렇게 평생 여자 문제로 속을 썩였는데, 뭐 이쁘다고 병원에 드나드시겠어요? 우리야 자식이고 형제니 어쩔 도리가 없지만요. 주 보호자는 저로 하세요. 얼마나 사실지 모르지만 병원비도 제 이름으로 입금될 거고요."

아들의 얼굴에 갑자기 그늘이 졌다. 자식으로서 아버지를 요양병원에 모신 자책 같지는 않았다. 짜증과 역겨움이 뒤섞인 미간이 파르르 떨리고 있었다. 아무리 좋게 보아도 그건 걱정의 그늘이 아니었다. 오래 살면 어쩌나 하는 부담과 지겨움을 그는 숨기지 못했다.

"자식들이 십시일반 보태서 병원비를 내지만 송금인은 오빠 이름이 될 거예요. 오빠가 모아서 보낼 거니까요."

그런 자리에서도 부모의 병원비에 대한 자식으로서의 공헌도를 짚고 넘어가는 딸, 보고 있는 마음이 서늘해지는데 아들의 볼멘소리가 들렸다.

"야, 너 참 산수 잘한다. 여기 선생님들 들으면 네가 절반, 아니 그건 너무 과분하고, 자식이 세 명이니 한 3분의 1쯤이라도 내는 줄 아시겠다? 야, 너 10만 원 내겠다고 했어. 뭐? 십시일 반 보태서 병원비를 낸다고?"

"오빠, 그건 아니지. 딸은 출가외인이야. 사실은 10만 원도 안 내도 되는 거 아냐? 그래도 이 서방이니까 바람둥이 아버지도 장인이라고 그거라도 군말 안 하고 주는 거지."

"어이, 바람둥이! 너 일찍 죽어야겠다. 이러다 네 자식들 너 때문에 서로 호적 판다고 하겠어. 멍청한 사람, 평생을 그따위로 살았으니 자식들한테 이런 거지만도 못한 대접 받지. 네 자식 놈들 지금 하는 짓들 봐라. 호로상놈도 이러진 않을 거다. 에 잇, 자업자득이지."

그때까지 한 마디도 안 하고 병실 문 앞에서 안쓰러운 눈빛으로 신대철 할아버지를 바라보고만 있던 한 할아버지가 소리쳤다. 연민과 분노가 절절이 읽히는 목소리였다.

"우리 바람둥이 아버지한테 아직까지 남아 있는 유일한 친구분이세요. 오늘 기어코 따라오시겠다고 하셔서… 또 우리만 상놈에 죄인이 되네요."

이런 풍경을 처음 본 건 아니었다. 병원비 때문에 고민하다 약간의 언쟁이 오가는 것도 이미 보았다. 그러나 신대철 할아버지의 경우는 우리가 흔히 생각할 수 있는 범주를 넘어가 있었다.

신혼 만월, 24.5cm x 41.2cm, acrylic on canvas, 2019

사람들이 돌아가고 병동은 한동안 적막에 쌓였다. 누군가의 한숨과 누군가의 혀 차는 소리가 이따금 들릴 뿐이었다.

그때였다.

"여보, 정순아!"

똑똑하고 정확한 발음으로 부르는 목소리가 들렸다. 신대철 할아버지 병실에서 나는 목소리였다. 우리는 누가 먼저랄 것도 없이 우르르 403호 병실로 뛰어갔다.

"어르신, 저희 부르셨어요?"

"여보, 여보! 여보… 정순아, 정순아….'"

"바람둥이라는데 여보가 누굴 부르는 건지 알 수가 있나?"

"정순이라는데? 조강지처 이름인가? 아니면?"

누군가의 말에 웃음인지 한숨인지 모를 소리가 각자 흘러나왔다.


신대철 할아버지는 병원에 들어와서 1년을 사셨다. 열 배로 부풀려 고민하고 싸우던 자식들은 보기 좋게 한 방 먹었다. 한 사람의 죽음 앞에서 나는 죽은 이에게 승리의 화관을 씌워주고 싶었다. 어쩌면 나는 1년 동안 할아버지를 응원하고 있었는지도 모르겠다. 할아버지가 어떻게 살아왔든 그건 내가 알 바 아니었다. 나는 그 자식들에게 화가 나 있었던 것이다.

그 이후로 우리는 입원할 때 온 자식들과 동생, 단 하나뿐이라는 친구 할아버지를 보지 못했다. 임종을 하고 장례를 위해 영안실로 옮길 때도 그들은 병동에 나타나지 않았다. 그들은 1층 원무과에서 계산을 하고 바로 장례식장 앰뷸런스만 불러놓고 떠났다고 했다.

다음날 담당 의사로부터 신대철 할아버지 사망진단서 일곱 부를 받아 병동으로 들어오던 수간호사가 핼쑥한 표정으로 말했다.

"할머니였네. 신대철 할아버지가 1년 동안 수천 번도 더 불렀던 '여보'가…, 이정순, 여기 등본에 배우자라고 되어 있어요."

순간 입 안에 뜨거운 침이 가득 고였다. 신대철 할아버지의 목소리가 사방에서 들려왔다.

"여보, 여보… 정순아, 정순아…."

# 나는 저 사람의 '애인'입니다

그가 도착한 날, 우리의 모든 시선은 보호자로 따라온 한 여인에게로 집중됐다. 50대 후반쯤 됐을까?

"김귀희라고 합니다."

그 여인은 자신의 이름을 한 자 한 자 정말, 성의를 다해 말했다. 환자에 대한 정보 외에 보호자가 자신의 이름을 말하는 건 처음 있는 일이었다. 사실 병원 측으로서는 알 필요도 없는 일이어서 아무도 새겨듣지 않았다. 그런 분위기가 느껴졌을까? 그녀가 다시 말했다.

"저… 매일, 종일, 병원에 있어도 될까요? 취침 시간엔 돌아 갈게요."

이전 병원에서 보내온 기록지를 살펴보던 수간호사의 눈이 그녀를 향했다.

"환자와 관계가 어떻게 되시는지요? 아, 죄송합니다. 저희가 받은 전 병원 기록지의 보호자 성함이 아니라서요."

"보호자는 아닙니다. 그러나 저는 저 사람 옆에 있어야 합니다."

"무슨 말씀이신지… 여기는 병원이고 저흰 환자를 보호하고 주변을 통제할 의무가 있는 이곳의 직원들입니다. 보호자 동의 없이 '아무나' 환자 곁에, 그것도 하루 종일, 머물게 할 수는 없어요. 죄송합니다."


말투가 조리 있기로 유명한 수간호사였다. 그러나 수간호사는 자신이 말한 '아무나'에 마음이 걸리는지 김귀희 씨와 눈을 맞추지는 못했다. 대신 한 마디를 덧붙였다.

"보호자의 동의를 받아오시면 그렇게 하셔도 돼요. 사실 종일 계신다는 건 이례적인 일이긴 합니다. 병원엔 나름 규칙이 있어서요. 하지만 보호자 동의를 받으시면 제가 병원 측에 허락을 얻어드릴게요."

그때 김귀희 씨의 눈에 뭐라고 이름 붙일 수 없는 냉기가 피어올랐다. 차갑고 섬뜩하며 단호한 기운이었다.

"보호자 동의요? 그런 거 받아올 수 없는데요? 아니, 보호자요? 그게 뭐지요?"

어쩔 수 없이 간호부 데스크 쪽으로 병동의 모든 시선이 몰렸다. 각자 업무를 하면서도 두 귀가 데스크 쪽으로 열리고 있는 사람들이 저마다 한 번씩 김귀희 씨를 훑었다.

"저기… 그렇게 말씀하시면 곤란하죠. 환자와 어떻게 되시는데요? 하루 종일 환자 곁에 있겠다고 하시려면 '관계' 정도는 저희가 알아야 해요. 가족은 아니신 것 같은데 그럼 형제나 아니면 친척이신가요?"

"아닙니다. 저는 저 사람의 '애인'입니다. 왜, 안 되나요?"

숨이 턱, 막혔다. 그래, 정말, 턱! 막혔다. 애인! 듣기에도 생경하고 말하기에는 이미 내 언어 목록에서 사라진 단어!

그런 단어를 여기에서 듣다니, 여기에서 다시 만나다니! 그것도 요양병원 중환자 병동에서 기대 수명 3개월 선고를 받고 입원한 환자의 '애인'에게서 말이다.

나는 수간호사의 허락을 얻어 환자의 차트를 봤다. 차트를 펼치는 손이 떨렸다. 신비한 전설을 처음 읽게 되는 희열마저 느껴졌다. 왠지 모를 눈물이 자꾸 차올랐다.

강성규. 68세, 전립선암, 방광과 척추까지 전이, 가족으로는 두 딸이 있으나 15년 전 이혼한 전처를 따라 뉴질랜드 거주, 주보호자는 큰딸, 비상 연락은 전처. 그리고 열 개의 각기 다른 이름과 전화번호가 보호자란에 죽 나열돼 적혀 있었다. 특이사항은 그 아래 쓰여 있는 글이었다.

강성규 환자에겐 위의 사람들만 방문, 간병, 보호가 가능합니다. 위 번호를 가진 사람 외에는 환자가 위급 상황이 온대도 불가합니다.

"어쩌죠? 전 병원에 입원할 때부터 작성된 것 같은데… 우리가 오는 사람들 이름을 일일이 물어볼 수도 없고, 전화번호는 더더욱 어떻게 물어? 더구나 오늘 입원하는 날 따라온 저 여자분을 여기에 적히지 않은 사람이라 해서 어떻게 가라고 해요?"

미간을 찌푸리면서도 수간호사의 입가에 선한 미소가 흘렀다.

"병원에 이런 걸 해달라는 사람들이 문제죠. 여기가 동네 파출소도 아니고 무슨 수로 접근 금지를 시켜요? 아니 보호자들이 참 이상한 사람이네. 자기들은 3개월밖에 남지 않은 사람이 입원하는데 코빼기도 안 보이면서… 보호자라고 총 열세 사람이 적혀 있는데 환자 혼자 보내면 뭐 오다가 죽으란 말이야? 저 여자라도 같이 왔으니까 다행이지 않아요? 애인도 저 정도면 부인이나 자식보다 낫지. 당당하게 말하는 것 봐요. 자기가 강성규의 애인이라고요."

입원 수속을 도와주러 3층에서 올라온 송 간호사가 숨도 안 쉬고 말을 하곤 내려갔다. 다시 어색한 정적이 흘렀다. 조마조마해진 마음으로 드레싱 카를 정리하는데 수간호사의 목소리가 들렸다. 귀에 들리는 목소리만으로도 꽉 막혀 있던 숨이 터졌다. 수간호사의 목소리는 낮았고 다정했다.

"그렇게 하세요. 오셔서 계시고 싶은 만큼 강성규 환자 곁에 계시다 가세요. 단, 이건 저희로서도 힘든 결정입니다. 다른 환자들이나 면회 온 보호자들께 부담이나 불편은 주지 마시고요. 아, 개인 간병인이라고 하면 어떨까요? 드물게 개인 간병인을 두는 환자도 있거든요. 병원 측엔 그렇게 보고하겠습니다."

왜 내가 고마웠을까? 왜 내가 '다행이다, 다행이다.'라는 말을 쉴 새 없이 말하며 가슴을 쓸어내렸을까? 사람의 진심을 본다는 것은 그래서 무서운 일이다. 사람의 사랑을 인정한다는 건 그래서 신비한 일이다.


강성규 씨는 예상했던 3개월보다 6개월을 더 살고 세상을 떠났다. 그의 '애인' 김귀희 씨가 보여준 9개월간의 시간은 우리 모두에게 '사랑'이라는 화두를 남겼다. 통통한 얼굴에 웃는 모습이 유난히 예뻤던 김귀희 씨는 어떤 부인, 어떤 가족보다도 귀한 '보호자'상을 남겼다.

강성규 씨가 임종하던 날, 김귀희 씨는 겨울인데도 시폰으로 된 하얀 원피스를 입고 있었다. 언제든지 서든 데스(돌발적인 죽음)가 가능하다는 담당의사의 말 때문이었을 것이다.

강성규 씨는 숨을 거두는 순간에도 정신을 놓지 않았다. 우리는 그날 김귀희 씨의 울음을 처음으로 봤다. 9개월 동안 한 번도 보이지 않았던 울음이었다.

"예쁘다. 우리 귀희… 웨딩드레스 입은 것 같네?"

"잘 아네요. 웨딩드레스… 맞아요. 나 자기한테 시집가려고요."

아마 또 내가 먼저 울었을 것이다. 수간호사한테 질책을 받을 것이 뻔했지만 멈추고 싶지 않았다. 김귀희 씨가 울고 있었다. 그녀의 시폰 원피스 가슴으로 비처럼 쏟아지는 눈물을 나는 보았다.

"울지 마, 나… 당신 잠 속으로 들어가는 것이니….'

강성규 씨의 마지막 말이었다. 잠시 온 세상이 잠에 든 것처럼 조용했다.

　나는 세상 떠나는 날, 그의 잠 속으로 들어가고 싶은 누군가를 갖고 있는가… 내 잠 속에 들어와 살고 있는 누군가가 내겐 있는가… 가난해진 마음에 강성규, 김귀희 씨의 한목소리가 들린다.
　"우리는 서로에게 '애인'입니다! 애인, '사랑하는 사람'입니다."

꽃길 — 봄의 노래, 53.5cm x 53cm, acrylic on canvas, 2019

DNR? 그게 뭐요?
그냥 죽이자는 거요?

당연했다. 너무도 당연했다. 그 어떤 분노도, 분노로 인한 그 어떤 소란도, 사이사이 터져 나오는 욕설과 삿대질, 심지어 의자를 집어던지는 등의 폭행까지도 당연했다.

영교 할머니의 남편이 벌써 한 시간째 병동 간호 데스크 앞에서 짐승처럼 날뛰고 있다. 벗겨진 이마 위로 땀에 젖은 몇 올의 머리카락이 내려와 있었다. 의자를 내려치느라 휘두른 지팡이가 손잡이가 부러진 채 406호 병실 문 앞에 던져져 있지만, 아무도 그걸 치울 엄두를 못 내고 있었다.

"여보시오. 여기가 병원이요? 사람 죽여 내보내는 인간 도살

장이요? 집사람, 늙고 병든 소처럼 눈 멀겋게 뜨고 저렇게 누워 있어도 산 사람이오. 숨 쉬고 오줌 똥 싸는 산 사람이란 말이오. 하품도 하고 재채기도 합니다. DNR? 그 살인동의서에 지금 뭘 하라고?"

분노와 황망함으로 덜덜 떨리는 할아버지의 목소리에선 흘러간 시간에 대한 늙은 남자의 뼈아픈 울음이 섞여 있었다.

"어르신, 어르신…"

그날 근무인 양 간호사가 할아버지를 계속 불렀다. 그러나 벌써 한 시간째 다음 말을 잇지 못하고 있었다.

"사람을 살리려고 하는 거라면 저 사람 몸을 반으로 갈라 통째로 기계를 집어넣어야 한다고 해도 나는 할 거요. 머릿속 골을 다 쏟아내고 거죽만 꿰매 놓아야 한다고 해도 나는 고맙다고 한다고요. 그런데, 뭐요? 저렇게 살아있는 사람을, 저렇게 살아있는 사람에게 뭘 하라고?"

가쁜 숨이 오르내리는 어깨가 심하게 떨리는가 싶더니 결국 할아버지의 목에서 뜨거운 울음이 터져 나왔다.


울고 있었다. 그 울음이 너무 당연해서 우리 중 누구도 할아버지를 다독이거나 위로하지 못했다.

"어르신, 이건 만일을 위한 가족의 의향을 묻는 제도예요. 지금처럼 영교 어르신이 안정 상태일 때는 전혀 필요 없어요. 하지만 나중에, 정말 나중에요, 영교 어르신처럼 중한 환자들은 사실 시간이 흐를수록 상태가 더 나빠진다는 것은 아시잖아요? 그때, 나아질 가능성은 전혀 없고 환자의 고통만 심해질 때, 병원에서 억지로 인공호흡기나 다른 약물을 투여해서 '인위적'으로 생명연장을 하지 않는 것에, 어떻게 생각하시는지 그걸 여쭈는 거예요. 그런 걸 한다고 상태가 좋아지진 않아요. 생명이 연장된다고는 해도 환자에겐 치명적인 고통이거든요."

울음이 터져서 말이 끊긴 할아버지에게 다가가 양 간호사는 그의 손을 잡고 조근조근 차분하게 설명을 했다.

"의식 있는 환자들 중에는 본인이 먼저 요구하는 경우도 많아요. 심폐소생술(CPR)이라고 하는데요, 중병으로 마를 대로 마른 환자들이 그거 받다가 갈비뼈가 부러지거나 다른 장기까지 상하는 경우도 많아요. 또 기도로 기계를 삽관해서 인공적으로 숨을 쉬게 하는 방법도 있는데, 환자가 의식이 없어서 그렇지 그 고통이 말할 수 없어요. 그래서 말씀드린 심폐소생거부, DNR(Do Not Resuscitate)은 오래 병환으로 고통받아온 환자에게 죽음 앞에서조차 더 이상의 고통은 주지 말아야겠다는 의도로 채택된 '연명의료법'상의 제도예요."

"어떻게 설명해도, 어차피, 죽을 사람, 더 이상 아무것도, 하지 말고, 죽게, 두자, 이 말 아니오?"

울음은 잦아들었지만 할아버지의 목소리는 강경했다. 노여움으로 단어와 단어 사이에 차가운 공백이 흘렀다.

"아니죠. 충분히 보존 치료와 생명 유지를 위한 모든 처치를 다 하다가 환자의 심장이나 호흡이 멈추는 어떤 상황이 오면, 그때 억지로 살아있게 하려고 환자에게 또 다른 고통을 주지 말자는 거죠. 환자를 위한 제도예요. 가족들이야 어떻게 해서라도 환자가 살아만 있어주길 바라는 게 당연하지만, 사실 환자들은 그걸 원하지 않아요. 충분히 아프고 고통받았는데 소생 가망이 전혀 없는 지경에 또다시 갈비뼈가 부러지고 목 안으로 기계를 집어넣어 숨만 쉬게 해주는 걸 바라는 사람이 있을까요? 아니 어르신이라면, 어르신이 여기 누워 계신 환자라면 어떠시겠어요?"

한참 동안 할아버지는 말이 없었다. 어디를 보는지 알 수 없는 눈에선 가늘어진 눈물이 얼굴로 흘러내리고 있었다.

"어르신, 이건 동의서예요. 동의하시고 거부하시고는 전적으로 어르신 의향이에요. 다만 이런 제도에 대한 설명을 드려야 하는 게 저희 입장이라 말씀드린 거니 노여움 푸세요. 그리고 지금 당장 결정하지 않으셔도 돼요."

양 간호사는 부러진 채 뒹굴고 있는 지팡이를 집어 손잡이를 테이프로 여물게 감아 할아버지 손에 들려주었다.

"우리 아들은 압니까? 그놈은 뭐라 합디까? 아들도 길길이 날뛰었겠지요? 지 어머니라면 끔찍이 아끼는 놈이니…."

조금 진정된 듯 보여 물이라도 드리려고 정수기 쪽으로 걸어가고 있던 내 귀에 할아버지의 목소리가 들렸다. 뭔가 자신에게 동조하는 큰 세력을 갖고 있는 뿌듯함과 든든함, 그것을 힘없이 늙어버린 자신과 세월에 대한 일말의 보답이라 믿고 싶은 마음이 읽히는 목소리였다.

"네, 아드님은 동의하셨습니다. 하지만 최종 결정은 아버님이 하셔야 한다며 사인은 하지 않으셨어요. 미리 알고 계시더라고요. 저희에게 먼저 물으셔서 설명 드렸습니다."

"뭐라고요? 이미 동의를 했다? 그것도 지가 먼저 나서서?"

할아버지를 지켜보는 것이 힘들었다. 화내며 욕하고 의자를 던질 때도, 그냥 그럴 수 있다고만 느꼈다. 이미 수차례 봐온 풍경이었기 때문이다. 그런데 아들이 동의했다는 양 간호사의 대답을 들은 할아버지는 무너졌다. 그 마음의 무너짐이 너무도 확실하게 보여 내가 무너질 것 같았다.

"그거 주시오. 내 이름만 거기 적으면 우리 집사람 저세상 편히 가게 해준다며?"


김관식. 자신의 이름을 적던 할아버지가 중요한 무엇이 갑자기 생각난 듯 고개를 들고 우리를 쳐다보았다. 깨물었다가 침을 발랐다가 헛기침을 했다가 할아버지의 입술은 지금 중요한 말이 만들어지고 있음을 보여주었다.

"만약에, 내가 저 지경이 되면 우리 아들이 해야 하는 거지? 이 사인이라는 거! 나 그런 부담 아들한테 주기 싫소. 그러려면 어떻게 해야 되오?"

"아, 그건 '사전연명의료의향서'라는 게 있어요. 의향서를 본인이 직접 작성해서 국립연명의료관리기관에 등록하면 되고요. 존엄사와 동일한 의미로 보시면 이해가 쉬우실 거예요. 후일에 혹시 자신에게 발생될지도 모르는 위급 상황에 자신의 연명치료 중단 등에 관한 결정 및 호스피스에 관한 의사를 직접 문서로 작성해 해당 기관에 보관하는 거예요."

"세상 참 변해도 너무 변했네. 인권 어쩌고 하며 시끄럽게들 떠들어대지만, 결국은 죽을 사람은 빨리 죽어라… 덜 아프게 해줄 테니 그냥 가라… 그러면서도 존엄사니 뭐니 잔칫상처럼 번쩍하게 꾸며대니 참… 하여튼 이제 알았으니 나는 그거 해야 겠네. 꼴사나운 모습 덜 보이고 죽으려면….”

그날 나는 퇴근 후 인터넷에서 '사전연명의료의향서'를 샅샅이 검색했다. 한숨도 못 잔 날이었다.

할아버지의 말씀은 다 맞다. 그렇게 사람의 시간은 냉정하다. 앞으로도 살아가야 할 사람이든, 이미 받아놓은 밥상처럼 죽음이 발등에 와 있는 사람이든, 시간 앞에서는 누구나 이기주의가 되는 것도 사실이다. 이타성은 평온할 때만 일어나는 잠깐의 순간일 뿐이다. 고통 앞에서는 누구나 자신이 먼저다.

DNR 동의서! 어쩌면 환자의 고통보다는 그 고통을 지켜봐야 하는 자신의 고통에 대한 방지가 아닐까? 하는 생각을 해본다. 본인이 직접 작성하는 '사전연명의료의향서'도 마찬가지다. 뒤늦게 그 사실을 안 자식들의 애통함보다는, '자신이 더 이상의 고통은 받고 싶지 않다는 강력한 의지 표명이 아닐까?' 하는 생각도 이어진다. 그 고민과 판단이 의무가 된 세상에 우리가 살고 있다.

## 내 자식 아비는 내가 수발할 거야

어디서 저런 힘이 나는 걸까? 어디서 저런 마음이 나오는 걸까? 저런 당당함, 저런 의지는 도대체 어디서 온 걸까? 건들면 넘어질 것 같은 여윈 몸, 누가 큰 소리라도 지르면 금방 울 것처럼 그렁그렁한 눈, 몸 안의 핏줄이 그대로 보이는 얇은 살갗.

그런데 강하다. 무섭다. 독하다. 아니다. 솔직히 말해 불쌍하다. 불쌍해서 밉다. 미운데도 존경스럽다. 그래서… 슬프다.

혜진 할머니가 오늘도 하루를 종종거리며 402호와 병동 수돗가를 왔다 갔다 한다. 몇 번째인지 모르겠다. 새벽에 올 때마다 쇼핑백에 열 개도 넘는 타월을 가지고 와 할아버지를 닦이고 또 닦인다. 침만 조금 흘려도 따뜻한 물에 수건을 적셔 닦이고, 하도 닦여서 말갛게 깨끗한데도 두 시간만 지나면 환의를 벗기곤 가슴이며 등, 팔과 다리를 또 닦인다.

혜진 할머니는 김현기 어르신의 아내다. 사실 법적으론 40년 전에 이혼했다고 하니 '아내'라고 할 수는 없는 처지다. 하지만 우리 중 누구도 혜진 할머니에게 아내가 아니라고 말할 사람은 없다. 어느 아내가 혜진 할머니처럼 지극정성인가.

김현기 어르신은 40년 전 아내와 이혼 후 혼자 살아왔다고 했다. 그러다가 나이가 들어 몸이 노쇠해지자 하나뿐인 딸이 모시려고 했지만 극구 반대, 방도를 찾지 못한 딸이 할아버지의 건강과 안전을 위해 요양병원으로 모셨다.

딸네 집보다는 정당하게 돈을 지불하고 케어를 받는 병원이 편하셨는지 입원 후 한동안은 편안해 보였다. 침대에 앉아 혼자 바둑도 두시고, 신문도 일간지와 경제지까지 세 개를 구독해 보셨다.

그러나 멀쩡한 사람은 올 리도 없겠지만, 멀쩡한 사람이라고 해도 환의로 갈아입는 순간 환자처럼 보이고, 마침내 환자가 되는 곳이 병원이다. 김현기 어르신도 예외는 아니었다.

처음에 입원할 때, 몹시도 예민하고 그래서 신경질도 많은 분이라고, 화를 낼 때는 제정신이 아닌 것 같다며 초기 치매가 의심된다고 한 딸의 말이 그대로 드러나기 시작했다.

같은 병실에 있는 다른 환자가 내는 신음에도 잔뜩 짜증을 묻혀 화를 내기 시작했고, 신문이 조금만 늦으면 신문사 지국으로 전화를 해 고함을 질렀다. 평상시엔 별 반응이 없다가도 신경이 예민해진 날에는 혈압을 재기도 어려웠다. 압력이 가해지는 혈압기 퍼프가 아프다며 다른 손으로 잡아 뜯기도 일쑤였다. 그럴 때는 온갖 쌍욕을 할아버지 분이 풀릴 때까지 들어야 했다. S대 출신의 대기업 임원이었다는 게 믿어지지 않았다.

그랬다. 김현기 어르신은 이미 중증 치매 환자였다. 아픈 사람, 그것도 대부분이 치매에 사지마비로 온갖 괴성과 불유쾌한 냄새가 날 수밖에 없는 병원이란 환경 탓일까? 현기 어르신의 치매는 가속이 붙었다. 딸도 못 알아보고 자신의 이름도 한참을 생각한 후에야 겨우 말했다.

혜진 할머니가 병원에 나타난 것은 그때부터였다. 면회 시간이 따로 있지는 않았지만 저녁 여덟 시경에는 자연스럽게 비워지는 병동에 혜진 할머니만 유일하게 남아 있기 시작했다.

만들어온 반찬으로 현기 할아버지 삼시 세끼를 챙기는 것은 물론, 직접 갈아온 주스 역시 떨어지지 않았다. 현기 할아버지 손발톱은 하루가 멀다고 깎이는 할머니 덕분에 늘 단정했고, 당연히 전기면도기로 단정하게 정리한 턱이며 입 주위는 파르스름하게 정갈했다. 요양보호사들이 기저귀를 갈아주면, 다시 풀어 꼭 수건을 빨아 몇 번이고 닦인 뒤 로션을 바르고서야 기저귀를 채웠다.

"이혼한 지가 언젠데 뭐하러 엄마가 이 고생을 자청해서 하냐고 말렸지만 듣지 않으세요."

사흘에 한 번은 꼭 드나드는 딸이 푸념하듯 말했다.

"그렇지 않아요? 사실 엄마도 지금 성한 데가 없으시거든요. 고혈압, 고지혈증, 관절이며 허리, 저렇게 걸어다니시는 게 신기할 정도란 말이에요. 하도 아버지를 쫓아다녀서 '그렇게 마음이 쓰이면 개인 간병인이라도 둘까?'라고 했더니 저희 엄마 대답이 뭐였는지 아세요?"

"40년 전에 이혼하셨다는 게 믿어지지 않을 만큼 할머니는 정말 대단하신 것 같아요. 저희는 매일 할머니 덕분에 감동, 감동의 연속이랍니다. 현기 할아버지 보세요. 어디 그렇게 깨끗한 환자가 있어요? 할머니가 할아버지를 많이 사랑하셨나봐요."

박 간호사의 말에 한참을 대답 없던 딸이 쓸쓸하게 웃었다.

"사랑이야 하셨죠. 무엇 때문에 이혼하셨는지는 사실 저도 잘 몰라요. 저는 그때 고등학생이었고, 공부 때문에 바빴고요. 대학에 들어가고 엄마 아빠가 두 집으로 완전 분리되면서 '아, 우리 부모가 이혼했구나.' 하고 깨달은 거죠. 그로부터 40년… 긴 세월인데… 두 분 모두 재혼도 안 하시고 혼자 사시다가 아버지가 저리되신 거죠."

"우리도 결혼해서 살아보지만, 이혼의 사유야 지극히 주관적인 것이어서 물을 수도, 말할 수도 없더라고요. 하지만 할머니를 보면 미워하거나 싫어해서 하신 이혼은 아닌 것 같아요."


'그때, 그 시간'이 이혼의 사유였을 거라고 나는 말하고 싶었다. 모든 원인도, 모든 책임도 '그때, 그 시간'일 거라고 말해주고 싶었다. 가슴에서 한바탕 바람이 불었다.

"참, 엄마 대답이 뭐였는지 말하려다가 딴 데로 샜네요. 글쎄, 이러시는 거예요. 내 자식 아비는 내가 수발할 거야!"

"…"

"엄만 아내라는 자리는 내놨는지 잃었는지 암튼 없지만, 아버지 자식의 엄마라는 자리만으로도 아버지에게 세상에서 제일 가까운 사람이라는 걸 말하고 싶으셨나봐요. 어쩌겠어요? 그 힘으로 평생 살아왔다는 생각이 드는데, 이혼했다고 두 분을 남남이라고 어떻게 말하겠어요? 내 자식 아비는 내가 수발할 거야! 그 말을 듣고 참 많이 울었네요."

요양병원에 근무하다 보면 하루에 적어도 한 번 이상은 '감동'이란 걸 경험하게 된다. 그것이 책이나 뉴스를 통해 느끼는 것이 아니고 직접 보고 듣는 것이어서 감동의 파장은 깊고도 넓다.

밤 열 시! 혜진 할머니가 퇴근하는 시간이다. 나는 할머니를 큰 소리로 배웅했다.

"할머니, 방문객들을 보면요, 제일 가깝고 제일 사랑하는 사람이, 제일 오래 머물다 가시더라고요. 내일은 무슨 주스 만들어 오실 거예요?"

## 만기 출소일이 다가옵니다

신기한 일이 계속되고 있었다. 뭔가에 완벽하게 속고 있는 것 같은데, 그 '속임'에 더 철저하게 '속고' 싶은 이상한 날들이 흘러갔다. 그러다 보니 속이는 사람보다 속고 있는 내가 더 뿌듯하고, 더 편안한, 말도 안 되는 행복을 갖게 되었다.

이상한 기도가 시작되었다.

'오늘은 어제보다 더 '속게' 해주소서. 오늘은 어제보다 그 '속임'에 더 열광하게 해주소서. 오늘은 어제보다 저를 속이는 그에게 더 '힘'을 주시고, 저에게는 더 속을 수 있는 '믿음'을 주소서. 오늘은 그에게 또 한 사람을 더 속일 수 있는 '지혜'를 주

시고, 그 지혜에 속수무책 당하는 '선량한' 무리가 태어나게 하
소서.'

　기도를 하며 살아왔다. 기도를 해서 살아올 수 있었다는 게
더 맞겠다. 물론 가족을 위한 기도가 기도 시간의 99.99퍼센트
를 차지하고 있음은 말할 것도 없다. 그러나 기도의 끝 시간엔
남을 위한 기도도 빠뜨리지 않았다. 친구나 지인, 심지어 몇 단
계 건너 전해 들은 모르는 사람들도, 기도가 필요하다 생각되
면 막무가내로 도와달라고 떼를 썼다.
　그러고 나면 우선 내가 편안해졌다. 내가 뿌듯해졌고, 내가
평화로워졌다. 내가 좋은 사람 같았고 그런 내가 좋아졌다. 그
랬다. 내가 하는 남을 위한 기도는 '남'이 아니라 '나를' 위한 거
였다.

　그런데, 정말 이상한 일이 벌어졌다. 기도의 끝 시간에 구구
단 외우기를 검사받는 사람처럼 후다닥 치렀던 남을 위한 기
도가 순서도 질서도 무시한 채 아무 때나 튀어나오기 시작했
다. 시간도 기하급수적으로 늘어났다. 심지어 남을 위한 기도로
99.99퍼센트 기도 시간을 채우다가, 깜짝 놀란 적도 많았다.
　오태영 할아버지 때문이었다. 79세, 1년 전 노인정에서 화장

실에 가다가 쓰러져 실려 간 대형병원에서 위암 발견, 이미 장기 곳곳에 전이, 수술 불가 상태에서 방사선, 항암 등 일체의 치료 거부로 의사와 간호사의 조력을 받으며 임종하기 위해 요양병원으로 온 환자였다. 담당의사는 정말 드라마 속에서 튀어나와 대사를 하는 사람처럼 '아마 4~5개월 정도로 보면 될' 거라는 말을 했다.

오태영 할아버지는 '대낮' 같은 사람이었다. 밝았고 쾌활했고 유머도 개그맨이 울고 갈 만큼 탁월했다. 출근해서 인사를 하러 병실에 들어가면 내가 인사하기도 전에 동트는 새벽처럼 맑은 목소리로 '굿모닝!' 하시며 웃으셨고, 침대를 세우고 눕히는 사소한 도움 하나에도 '고마워, 꼭! 복 받아.' 하시며 또 웃으셨다.

그러나 그런 사람이기만 했다면 비슷한 분들도 그간 더러 계셨다. 삶에 대한 경외감을 저절로 깨우쳐주고 가신 분들을 보내며 병원 식구들은 또 각자의 감동만큼 시간의 질을 높여왔다.

죽음 앞에서도 도망가지 않고 끝까지 삶에 대한 의지로 맞서다 가신 분, 자신은 잊은 채 가족을 위로하는 것에 남은 자신의 전 시간을 다 쏟고 가신 분, 흐려지는 정신으로도 어쩌다 찬 샘물처럼 반짝 정신이 들면 고3 손자를 위해 기도하던 분, 자신은 눈 뜬 채로 분명히 죽을 것이니 필리핀에서 식당을 하는 아들이 오기 전엔 절대로 눈을 감기지 말라고 거듭 부탁하던 분… 나는 짧게라도 그분들을 위한 기도를 잊지 않았다.

내가 편했고 내가 따뜻해졌기 때문이었다. 내 슬픔이 위로받고 내가 안정되었기 때문이었다.


그런데 오태영 할아버지는… 오태영 할아버지를 위한 기도는 달랐다.

"아마 이 계절이 가기 전에 나는 여기서 나가겠지? 만기 출소일이 다가오고 있어."

침대를 조금만 세워달라고 하셔서 머리 쪽을 45도쯤 세워드리고 나오려던 순간이었다. 나는 평소 하던 대로 할아버지 쪽으로 몸을 돌려 잠시 할아버지와 눈을 맞추었다. 눈을 맞추며 환자의 눈 속에 내 안타까움을 넣어드리고, 내 눈 속에 환자의 시간을 넣는 것이 내가 하는 위로와 공감의 방식이었기 때문이었다.


그렇게 시선과 시선을 통하여 터득되는 것은 무엇으로도 설명이 불가능한 '동행'의 의미를 가져다줬다.

"그런데 이거 알아? 지금 내가 얼마나 가슴 뛰고 설레는지?"

구름 인생, 21.7cm x 29.5cm, acrylic on card board, 2017

아마 내 눈이 먼저 흔들렸을 것이다. 죽음 앞에서 의연한 사람은 적지 않게 봐왔다. 그러나 오태영 할아버지가 방금 말한 가슴 뛰고 설렌다는 말을 어떻게 이해해야 할까. 나는 조금 더 가까이 할아버지 앞으로 다가갔다.

"나는, 지금 만기 출소를 앞두고 있거든. 만기 출소, 알지?"

"…"

"분명히 더 좋은 세상이 나를 기다리고 있을 거야. 요행이나 운도 없이 꾸역꾸역 이 생에서의 시간을 나름 충실히 살았으니, 여기서 출소하면 분명히 더 좋은 곳으로 나는 가게 될 거야. 그렇지? 여기서 나가면 나는 더 열심히 살 거야. 80년 가까이 살아본 경험도 있으니 말이야. 거기서는 뭘 하며 살까? 의사가 한번 되어볼까? 국선 변호사가 되는 것도 좋겠다."

만기 출소! 죄를 지은 사람이 형을 받고 구치소에서 살다가 그 기간이 끝나 세상으로 나오는 것! 당연히 이후의 시간은 자유와 희망이 내포되어 있다.


오태영 할아버지는 그걸 믿고 있었다. 아니 믿는 것뿐만 아니라 만기 출소 후의 세상에 대해 희망으로 부풀어 있었다.

"아, 그렇다고 내 삶이 징역 사는 것 같았다는 건 아니야. 하지만 이제 저세상으로 간다고 생각하니까 이곳에서의 삶보단 분명 좋은 곳이 날 기다리고 있다는 생각이 드는 거야. 만기 출소를 앞둔 사람들이 지금 나 같겠구나… 그래서 하루하루가 너무 길어. 어서 햇살이 쨍한 날씨에 큰 쇠문이 열려 새 옷으로 갈아입고 출소했으면 좋겠어. 며칠 남았지?"

그래서 기도하기 시작했다. 내가 편하기 위해서가 아니었다. 오태영 할아버지를 위해서 말이다. 그의 믿음을 나도 믿게 해달라고! 할아버지가 죽음에 대한 두려움을 말로라도 이기려고 만기 출소 운운하며 자신을 속이고 있는 거라면, 그리고 나까지 속여 그 믿음에 가속을 붙이고 싶다면, 진짜 속게 해달라고, 나는 기도했다.
'더, 철저히, 완벽하게, 속게 해주세요. 오태영 할아버지는 죽는 게 아니라 만기 출소하는 겁니다.'

신기했다. 동참하는 이가 있을 때 생각은 신념이 되고, 신념은 절대성을 가진다. 할아버지가 돌아가시고 그의 몸에서 수액이랑 모니터의 각종 선을 떼어내는데, 내가 걷어내고 풀고 있는 여러 개의 선들이 내게는 수갑처럼 느껴졌다. 그리고 시트로 덮은 할아버지가 들것에 실려 나가는데 정말, 만기 출소하는 '새 사람'처럼 보였다.

햇살이 쨍한 날씨였다. 엘리베이터 문이 그 날은 큰 쇠문처럼 장엄하게 열렸다. 흰색 시트로 몸을 감은 할아버지가 더 좋은 세상으로 나서고 있었다. 나는 속으로 할아버지에게 마지막 말을 전했다.

"오태영 할아버지! 만기 출소를 축하합니다!"

# 이별은, '순간', 이라 말할 수 없다

살아 보니 모든 건 '순간'이었다. 순간보다도 더 짧은 무언가가 있다면 그것을 삶이라고 해도 되겠다. 죽을 때 품고 갈 사무치는 사랑도, 사랑했던 이름도, 결국은 순간 저장된 것일 뿐, 그것이 지속적인 진행형을 말하는 건 아니었다.

삶이란 그런 거다! 이 순간을 저 순간이 덮고, 그래서 저 순간이 또 이 순간이 되고… 그렇게 순간이 순간을 덮으며 나이 드는 것이다. 때문에 기가 막히는 어떤 상황도 어떤 순간도 곧 또 다른 순간이 와 덮을 것이고. 다른 색깔로 채색되어 사라질 것이다. 우리가 절망도, 희망도, 외로움과 두려움까지도 무서워할 필요가 없는 이유다.

그런데 이별은, 더구나 죽음으로 맞이한 이별도 그럴까? 이별도 또 다른 어떤 순간이 와서 그 아픔을 덮고, 슬픔을 덮어 다른 곳으로 보내줄까? 아니, 이별을 덮을 만한 거대한 순간이 있기는 한 걸까?

시간이 지나면 잊힌다고 사람들은 말한다. 시간 앞에 장사 없다고, 시간은 모든 걸 덮는 불가사의한 힘을 가진 거라고 말한다. 그런데, 정말, 그럴까?

20여 년을 혈관성 치매를 앓다가 3년 전부터 노인성 치매까지 보태져 입원하신 할머니가 있다. 그녀는 정말 치매 중에서도 가장 심한 상태였다. 대소변을 못 가리고 가족도 못 알아보는 것은 물론, 자기가 사람인지 짐승인지조차도 모를 정도로 이상한 괴성을 하루 종일 질러댔다.

한 사람이 어쩌면 저렇게 많은 짐승의 소리를 낼 수 있을까? 우리는 진저리를 쳤다. 병아리가 삐악삐악 하며 돌아다니는 것 같기도 하다가, 덩치 큰 불도그가 으르렁거리며 성난 무엇을 표현하는 것 같기도 하다가, 휘영청 달 밝은 밤 산꼭대기에서 우는 기괴한 늑대 울음 같기도 하다가, 심장을 파먹을 것 같은 밤 부엉이처럼 부릅뜬 눈으로 노려보기도 하다가….

"저 방은 정말 짐승 우리 같아. 다른 어르신들 아무리 씻고 닦이면 뭐해? 한 사람이 내는 냄새에 금방 다 옮는데."

누군가가 한 말이었지만 사실은 우리 모두가 한 말이었다. 병원 규칙상 모든 환자들은 일주일에 한 번 요양보호사들이 병실 순번대로 목욕을 시킨다. 거기다 중환자 병동인 우리 병동은 하루 두 번씩 조무사들이 환자들의 눈과 구강, 손과 성기를 닦이고 소독한다. 그래서 병원 특유의 소독 냄새와 늙은 환자들이 갖고 있는 보편적인 냄새 외에는 나름 쾌적한 상태를 유지하고 있다.

그런데 그녀, 정옥순 할머니만은 어쩔 도리가 없다. 몸무게 48킬로의 여윈 몸이지만 온갖 짐승이 다 들어앉은 그녀를 제어할 힘은 아무도 갖고 있지 못했다. 아무리 사지를 튼튼하게 묶어도 어디서 그런 힘을 내는지 침대는 막무가내로 흔들렸고, 마침내 묶은 끈이 찢어져 나가기 일쑤였다. 한쪽 팔이 풀리자마자 옥순 할머니의 손은 번개보다도 빠르게 곁에 있는 요양보호사 머리채를 휘감았고 놔주지 않았다.

"못해요. 못하겠어요. 저분은 이미 사람이 아니에요."

목욕실에서 나온 요양보호사는 거의 울면서 소리쳤다. 당연한 반응이었다. 너무 당연해서 모두는 공포에 질린 눈으로 서로를 바라보기만 했다. 그러나 사람을, 그것도 일흔이 넘은 노인을 벗겨놓을 수는 없는 일이었다. 비누칠도 채 덜 된 옥순 할머니를 다시 또 옷을 입히기 위해 누군가는 손에 상처가 났고, 누군가는 그녀의 발길에 가슴이며 팔을 채여야 했다.

옥순 할머니 방은 체취와 덜 마른 물 냄새, 욕설과 깨물림으로 방치돼 온 시간이 보태져 정말, '짐승 우리' 같았다.

"저런 사람이 아니었어요. 정갈하기가 매일 삶아 빤 행주보다도 더했고, 얌전하기는 숨도 안 쉬는 사람 같았어요. 혈관성 치매를 오래 앓았지만 욕은 물론 이상한 고집 한 번 부려본 적 없었고요. 그런데 3년 전, 같은 해에 세 사람이 엄마 곁을 떠났어요. 죽었죠."

조심스럽게 다른 곳으로의 전원을 요구하는 간호사에게 할머니의 딸이 거의 비는 모습으로 울먹였다.

"외할머니, 이모, 그리고 저희 아버지요. 그때부터 저러더라고요. 죽음이 뭔지 아는 듯 울기만 하시더니 어느 날부터 갑자기 저래요. 사람들이 데려갔다는 거예요. 그러니 빨리 도로 데려다 놓으라는 거예요. 죽었다고, 그래서 다시는 데려올 수 없다고, 영원히 이별한 거라고 하니까 '영원'이란 말을 하지 말라고 소리치시더니, 그때부터 사람 소리를 내지 않더라고요."

간호사의 난감한 표정이 슬픈 표정으로 바뀐다.

"할머니가 그렇게 덤비듯 몰아닥친 이별을 겪으셨군요."

요양병원이란 정거장, 세상에서 유일하게 '납득' 안 되는 어떤 것도 없는 곳! 처음의 비난도 동조로 물들고, 처음의 놀람도 익숙한 이해가 되는 곳! 거부도 거절도 무력해지고 마침내 안고 가는 요람 같은 곳이 바로 요양병원이다.

나는 또 하나를 배운다. 그래, 이별이란, 죽어서 이별한다는 것이란, 다른 어떤 순간이 덮어줄 수 있는 것이 아니구나… 그래서 이별이란 슬픈 것이구나… 영원해서 슬픈 것이구나….

사람들이 데려갔다고 믿는 어머니와 언니와 남편을 찾는 옥순 할머니가 오늘도 울고 있다. 짐승의 목소리로!

이별은 '순간'이 아니기 때문이다. 무엇으로도 덮을 수 없고, 덮어지지 않는 것, 그것이 이별이다.

# 2부

또, 마지막 생일 케이크

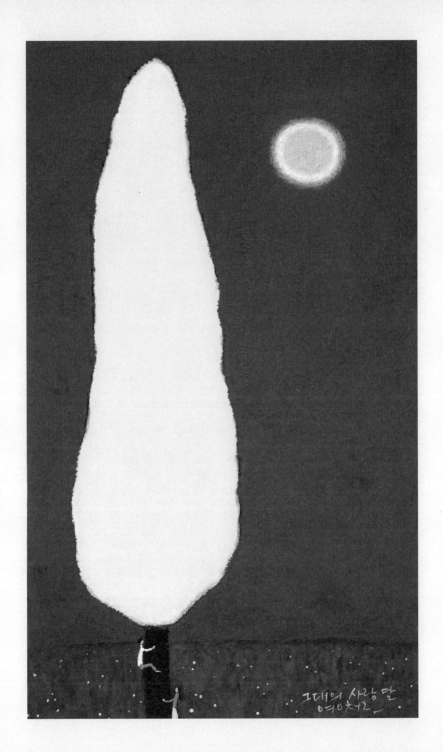

그대의 사랑만
있으면_

애숙 할머니의
스케치북

오래된 상형문자 같았다. 검지와 가운데 손가락 사이에 끼워준 볼펜은 바닥으로 향하지 못하고 자꾸 하늘로 치솟았다. 온 주먹의 힘을 모아 겨우 바닥에 닿은 볼펜 심이 비뚤비뚤 새의 날개처럼 구부러지고 꺾이며 할머니의 말을 적었다.

하지만 도대체 무엇을 쓰셨는지, 무슨 말이 하고 싶으신지 알아낼 재간이 없었다. ㅁ 비슷한 게 보이면 '어르신, 물 드려요?' 하고 묻다가 단호하게 고개를 흔드는 할머니의 기세에 눌려 '죄송해요. 잘 못 알아봐서.' 하며 죄인처럼 병실을 나왔다. 들어가는 직원들마다 각자에게 떠오른 말을 해보지만 말을 못 하는 할머니의 속만 더 터지게 하는 결과에 슬그머니 스케치북

116

과 볼펜을 뺏어 서랍에 넣는 일이 부지기수였다.

그래도 애숙 할머니의 스케치북은 자꾸 쌓이고 있었다. 눈사람 같기도 하고 앙상한 나뭇가지 같은 선처럼도 보이는 할머니가 하고 싶은 말, 그 말을 찾기 위해 우리는 국어사전을 통째로 외우는 심정으로 각자가 아는 단어를 열심히 선보였다. 선과 선을 결합시키고 도형과 도형에 온갖 상상력을 동원시켰다.

그러다 드디어 찾아냈다. ㄴ처럼 보이는 글자 밑에 억지로 보면 동그라미 같은 둥근 모양, 그 옆으로 잘못 그은 선 두 개와 아래론 시냇물 모양의 휘어진 선. 다시 비슷한 모양, 그러다 사다리처럼 죽죽 그은 선, 그리고 마지막 'ㅈ' 자는 어떤 모양보다도 확실하게 보였다. 다시 그 옆으로 힘들게 아래로 내리는 선 하나.

손가락으로 쥐고 쓰는 게 아니라 온 주먹의 힘으로 쏟아 놓는 할머니 앞에서 환호와 함께 동시에 정적이 찾아온 것은 우리가 찾아낸 할머니의 '말' 때문이었다. '할아버지!' 애숙 할머니가 석 달도 넘게 우리에게 하고 싶으셨던 말은 남편인 '할아버지'의 안부였다.

가을 ― 사랑 소풍, 65cm x 53cm, acrylic on canvas, 2018

당연했다. 팔순이 넘은 고령에도 아내를 보기 위해 매일 병원으로 와 쉴 새 없이 조곤조곤 이야기를 들려주며, 얼굴이며 손발을 늘 만져주던 할아버지. 집으로 가실 때면 '애숙 씨, 사랑해요.'를 외치며 돌아보고 또 돌아보던 할아버지. 재활 시간이 되면 요양보호사가 한다고 해도 자신이 직접 아내가 탄 휠체어를 끌고 재활실로 가 한 시간이 넘는 치료 시간을 지켜보고, 자신이 병원에 있는 동안은 기저귀도 직접 갈아주는 등 세심한 사랑을 보여준 할아버지.

아무리 건강하고 젊다고 해도, 아무리 천 년에 한 번 있을까 말까 한 뜨거운 사랑을 하며 살아온 부부라 해도, 또 아무리 심청이도 울고 갈 불세출의 효자, 효녀라 해도 매일 문병을 오기란 사실 불가능에 가까운 게 현실이다.

그런데 할아버지가 쓰러졌다. 함께 늙어가던 부부가 한쪽이 병이 들었을 때 성한 사람이 어떻게 해야 한다는 걸 잔잔하게 보여주며, 두 분이 겪고 있는 시간에 경외감마저 느끼게 했던 애숙 할머니의 남편이 쓰러졌다.
딸들이 전해준 말로는 혼자 주무시다 한쪽이 마비되고 머리가 혼미해져 바로 시집 가 따로 살고 있는 딸들에게 전화를 거셨고, 그날로 바로 근처 종합병원에 입원, 뇌경색 진단을 받고 치료 중이라고 했다. 그게 석 달 전 일이었다.

뭐라고 답해드려야 하나⋯. '할아버지'를 찾는 애숙 할머니에게! 세 권도 넘는 스케치북을 다 쓰고야 겨우 자신의 말을 알아차린 우리를 보는 할머니의 눈이 빨갛게 젖어들었다.

할아버지의 병환 사정을 할머니가 알고 계신다는 건 딸들로부터 들어서 그것까지 속이지 않아도 되어 다행이긴 했다. 그러나 할머니 자신도 심근경색으로 쓰러진 후 온갖 치료를 다 했으나 다행히 인지만 있을 뿐, 자력으로 생활하는 건 불가능해 결국 요양병원까지 오게 된 상황이 아닌가.

그런데 자신을 정말 사랑으로 돌봐주던 남편이 쓰러졌다. 그 사실만으로도 할머니가 겪고 있을 마음의 짐과 자신의 처지 비관이 정말 한 치의 오차도 없이 마음에 와닿았던 지난 3개월이었다.

할머니가 눈으로 묻고 있었다. 주춤거리는 사이 어느새 한 사람씩 병실을 빠져나가는 기척이 느껴졌다.

할 수 없었다. 나는 가장 늦게 글자를 읽은 사람이 되어야 했다. 가장 늦게 할머니 뜻을 알아차린 사람이 되어야 했다. 그래서 정말 사력을 다해 입술 끝을 올리고 눈 모양을 둥글게 해 가장 밝은 목소리로 대답했다.

"아아, 할아버지? 이제야 알아서 죄송해요. 할머니, 할아버지 지금 열심히 재활하고 계신대요. 할머니 보러 빨리 오시려고요. 진짜 그 병원 의사들도 놀랄 만큼 재활에 열심이시래요. 그 병원이 생긴 이래 가장 훌륭한 환자라고 그런대요."

그리곤 할머니가 묻지도 않는데 더 많은 말을 했다.

"그러니 우리도 열심히, 해요. 그래야 할아버지랑 기쁘게 만나지. 할아버지 오셔서 깜짝 놀랄 만큼 할머니도 우리 병원에서 일등 우수 환자 되어보자고요. 약속!"

오늘도 애숙 할머니는 스케치북에 자신의 '말'을 쓴다.

나는 소망한다.
"할머니, 오늘 할아버지 오신대요. 전화로 오신다는 연락 받았어요."
이런 대답을 하루라도 빨리, 당당하게, 말할 수 있기를 말이다.

또,
마지막 생일 케이크

침대에 부착된 식탁 테이블에 작은 케이크가 놓여 있었다. 케이크 위에 꽂혀 있는 여덟 개의 긴 초와 여섯 개의 작은 초에 불이 붙여졌다. 이 모든 것에 무심한 오경복 할아버지의 시선은 오늘도 어디에 머무는지 한없이 멀고 한없이 비어 있었다.

셋째 아들 민국 씨가 누워 있는 오경복 할아버지의 머리에 고깔모자를 씌웠다. 누운 채로 굳어버린 오경복 할아버지의 몸은 구부려지지가 않아 파티를 위해 침대 머리를 세울 수도 없었다. 누워 있는 할아버지의 머리 위에 겨우 얹힌 고깔모자가 자꾸 비뚤어졌다. 어깨에서 머리로 이어지는 목까지 굳어 어떻게 해도 모자는 자꾸 비뚤어졌다.

몸이 굳어버리면 손가락 하나에도 체중이 다 실린 것처럼 무거운 법이다. 두 팔을 할아버지의 목 밑으로 넣어 머리를 바로 돌려보려던 민국 씨가 저린 듯 팔을 빼내 흔들고 있었다.

그 모습을 지켜보던 중환자 병동 직원들이 경복 할아버지의 침대로 누가 먼저랄 것도 없이 달려갔다. 밤 아홉 시, 면회 시간이 따로 없는 중환자 병동이지만 하루치의 모든 방문과 보호자 면회가 끝난 늦은 시간이었다.

"이번이 아버지 마지막 생일일 것 같아서… 저도 안 오려다가…."

민국 씨는 작년에도 똑같은 말을 했었다. 작년에는 큰형과 막내 여동생도 같이 왔었다는 기억이 났다. 그때는 점심시간 때쯤 왔는데 올해는 혼자다. 그리고 한밤이다.

"아버지, 촛불 보이죠? 여든여섯 개, 오늘이 아버지 여든여섯 번째 생신이에요."

우리는 손뼉을 치며 생일 축하 노래를 불렀다.

"생신 축하합니다. 생신 축하합니다. 사랑하는 경복 할아버지, 생신 축하합니다."

정작 아들인 민국 씨는 노래를 부르지 못했다. 노래가 채 끝나지도 않았는데 그의 울먹임이 들렸다. 우리가 부르는 노래의 끝에 민국 씨의 울음이 매달리고 우리의 한숨이 손뼉보다 더 크게 병실을 채웠다.

"아버지, 백 년 된 대나무 같았잖아요? 감기 한 번, 몸살 한 번 안 하셨던 대나무셨잖아요? 이게 뭐예요? 이제… 그만 가세요. 제발요. 이렇게 모로 굳어서 관엔들 들어갈 수 있겠어요? 이렇게 굳으면 뼈를 부러뜨려서 입관한다던데… 우린 어쩌라고요. 제발, 아버지. 어디를 보시는지는 모르지만 남은 그 눈조차 굳어 돌멩이 같기 전에 이젠… 가세요. 이번이 아버지 마지막 생일이에요. 아셨죠?"

'어떻게 그런 말을… 더구나 자식이 어떻게 그런 말을 할 수 있느냐'고 아무도 말하지 못했다. 오히려 다른 사람은 어땠는지 몰라도 나는 민국 씨와 같은 마음으로 빌었던 것 같다.

'경복 할아버지, 아드님의 저 말이야말로 진짜 사랑입니다. 아버지의 고통이 자신의 고통처럼 느껴지지 않으면 절대로, 저런 말을 하지 않아요. 아시죠? 그리고 오히려 아들의 저 눈물이 고맙죠?'

사람들이 둘러싸며 약간의 바람이 생겼는지 경복 할아버지의 머리에 비뚤게 얹혀 있던 고깔모자가 베개로 떨어졌다.

"케이크는 선생님들 드세요. 우리 아버지, 마지막 생일 케이크입니다."

"한 조각이라도 드시고 가세요. 그래도 아버님 생일 케이크인데…."

어깨에 가방을 메던 민국 씨가 던지다시피 가방을 바닥으로 내려놓으며 주먹으로 가슴을 쳤다.

"아니, 아니요. 돌처럼 굳은 아버지 아들이라 그런지 아버지를 보면 저도 물 한 방울 못 넘기게 여기가 굳은 것 같아요."

민국 씨가 돌아가고도 한참을 우리는 경복 할아버지의 케이크를 치우지도, 당연히 먹지도 못했다. 촛불이 흔들리고 있는 401호가 이미 소등이 된 다른 병실보다 더 어두웠다.

그날 나는 할아버지 침대에서 고깔모자를 주워 침대 옆 탁자에 반듯하게 얹어두고 퇴근했다.

차기현 할아버지의
외로운 시그널

사람
열일곱

402호에서 흘러나오는 곡성이 병동을 메웠다. 그 소리를 '곡성'이라고 하는 이유는 흡사 사람이 곡을 하는 것처럼 구슬 픈 데다, 감정이 격해지는 걸 말해주는 듯한 소리의 높낮이와 함께, 쉬었다 이어지고를 반복하기 때문이었다.

"어르신, 왜요?"

달려가 기현 할아버지의 가슴을 손으로 토닥거리며 물었다. 신기하게도 뚝! 소리가 끊겼다. 눈을 맞추려 애쓰는 할아버지 의 눈이 흥건하게 젖어 있었다.

"저희 여기 있어요. 저희가 안 보여서 외로웠어요? 여기 다 있는데?"

시인의 집, 19,3cm x 28,5cm, acrylic on canvas, 2018

생리식염수에 적신 솜으로 할아버지의 눈을 닦고 얼굴이며 손을 가만가만 만지는데 이미 우리의 다음 행동을 알고 계신 할아버지가 다시 울기 시작했다. 이렇게 해주고 다시 나갈 거지…. 이빨이 다 빠져 젖니가 나기 전의 아기처럼 합죽해진 할아버지의 입에 서러움이 가득 묻어 있었다.

"가지 말고 여기 곁에 있으라고요?"

울다가 엄마가 건네는 손길에 잠시 울음을 멈춘 아이처럼 할아버지가 고요해졌다. 이미 수년을 누워 계셔서 몸을 움직일 수 없고 말도 할 수 없는 할아버지에게는 늘 보는 우리들이야말로 세계의 전부였다.

그 세계가 사라지는 게, 사라져 눈에 안 보이는 게 할아버지는 무서운 것이다. 청각은 살아있어 병동의 소음은 다 듣고 계시지만, 혼자 침상에 누워 계셔야 하는 시간이 대부분인 병동 생활에서 곁에 다가온 사람의 기척을 직접 느끼고 싶은 마음이야 당연한 일일 것이다. 그래서 기현 할아버지는 오늘도 외로운 시그널을 보내고 계신 것이다.

"거 좀 어떻게 해봐. 시끄러워서 잠을 잘 수가 있나. 밤낮으로 저렇게 곡을 해대니 저 양반을 딴 병실로 옮겨주던가."

옆 침대 수형 할아버지가 소리를 질렀다. 당뇨 합병증으로 두 발을 절단한 후 조절되지 않는 높은 혈압과 혈당으로 언제든 위험에 빠질 수 있어 요양병원에 입원한 수형 할아버지로선 당연한 푸념이었다.


사람 목소리가 가까이서 들려서였을까? 기현 할아버지가 조용하게 듣고 계시는 것 같다. '무슨 말들을 하는 걸까?' 하는 생각도 하시는 것 같다.

"참 희한하지. 내가 뭐라고 욕을 해대면 잠시는 저렇게 조용하다니까? 욕인지도 모르는 걸 보면 저 양반 바보 된 거 아냐?"

수형 할아버지가 허허 웃었다. 나는 기현 할아버지의 손을 더 꼭 쥐었다. 뼈밖에 남지 않았지만 할아버지의 따뜻한 체온이 느껴졌다. 안심이 되는 할아버지의 마음이 읽혔다.

"수형 어르신 목소리가 들리니까 기현 어르신이 좋으신가봐요. 아, 옆에 사람이 있구나 해서요. 그러니 수형 어르신, 기현 어르신이 울기 시작하면 지금처럼 소리를 쳐주세요. 봐요. 지금은 안 우시잖아요."

"병원에서 간호 일을 한다는 사람이 그걸 처방이라고 해? 욕을 하는데 그것도 사람 소리라고 저 양반이 좋아한다니. 그래서 나보고 하루 종일 욕을 하라는 거야? 저 노인네 안 울리려고?"

주고받는 목소리가 들려서일까? 조용히 듣고 계시던 기현 어르신이 스르르 눈을 감는 게 보였다. 이불을 덮어 드리고 병실을 나오며 나는 수형 어르신 곁으로 갔다.

"어르신, 기현 할아버지는 외로워서 그러는 거예요. 울면 누구라도 달려와 잠시라도 곁에 있어주니까요. 그러니 수형 어르신, 주무실 때 코도 좀 고시고, 돌아누우실 때 끄응 소리도 내시고, 물 달라, 배고프다, 신문 갖다달라, 저희에게 소리도 많이 쳐주세요. 그러면 기현 할아버지 훨씬 적게 우실 거예요. 아, 혼자 있는 게 아니구나 해서요."

"발이 없는 나 같은 병신은 이 꼴 보이기 싫어 누가 오는 게 귀찮은데… 외로운 게 뭐야? 그것도 사지 멀쩡하고 젊을 때 이야기지. 저승 문 앞에서 뭐하러 사람 온기를 자꾸 묻혀? 문 들어서기 싫어지게."

병실을 나와 일을 하고 있는데 규칙적으로 헛기침을 하거나 잘린 발목 부위의 통증을 호소하는 수형 할아버지의 목소리가 들렸다.

기현 할아버지의 곡성은 오래 들리지 않았다.

재산 1호는
누구나 달라요

멋쟁이 할머니였다. 멀리서 봐도 할머니는 빛이 났다. 단정하게 이마를 받치고 있는 까만 눈썹과 맑은 눈을 선명하게 드러내는 굵은 쌍꺼풀, 콧대는 곧았고 구십에 가까운 연세에도 입술은 붉은 기를 간직하고 있었다.

아무리 봐도 '치매'라고는 믿어지지 않았다. 아니 경미 할머니는 '예쁜 치매'였다. 결혼도 한 적 없고 자식도 없는 할머니에겐 여동생의 아들이라는 외조카가 한 달에 한 번쯤 병원에 왔다가곤 했다. 밤새 소리를 지르며 집 안을 돌아다녀 견디다 못해 요양병원으로 모셨다는 게 조카의 말이었다.

처음엔 일반 병동에 입원했는데 거기서도 같은 증상으로 다른 환자들에게 피해를 줘 두 달 전에 우리 중환자 병동으로 전동된 할머니였다.

그러나 신기하게도 우리 병동으로 오신 이후론 소리를 지르지도, 돌아다니시지도 않았다. 그림처럼 얌전하고 공주처럼 우아했다.

왼쪽 팔목엔 까만 가죽 줄로 된 시계를 늘 차고 계셨는데, 시계 위아래로 늘 서너 개의 가죽 팔찌가 흔들거렸다. 컵에 물을 마실 때면 붉고 푸른 혹은 하얀 알반지가 빛나는 손가락도 주름은 졌지만 고왔다.

게다가 사소한 친절 하나에도 늘 고개를 숙여 '고마워요.'라는 말을 건네시고, 주무실 때를 제외하곤 침대에 눕는 일도 없이 단정하게 앉아 계셨다.

"경미 어르신, 허리 아프지 않아요? 좀 누우실래요?"

하루 종일 앉아 계시는 게 안타까워 우리는 늘 누워 계시기를 권했다.

"좀 있으면 영원히 누울 텐데 뭐하러 미리 누워? 조금만, 조금만 있으면 눕지 말래도 누워야 하는데."

그러면서 경미 할머니는 자신의 머리를 다시 매만졌다. 밤색

레이스가 달린 비니가 씌워져 있는 할머니의 머리는 모자 아래로는 한 올도 보이지 않았다.

경미 할머니에겐 모자가 정말 많았다. 모양은 거의 비니 형태였는데 앞부분에 전체 색깔과 같은 색의 레이스가 달려 있는 게 특이하다면 특이하다고 할 수 있었다.

할머니는 주무실 때도 그 모자를 절대로 벗지 않았다. 목욕 날, 이미 벗겨진 환의에 시트로 몸을 가려 욕실로 실려 가면서도 모자는 쓰고 계셨다. 언젠가 새로 입사한 요양보호사가 경미 할머니를 목욕 침대에 싣기 전에 머리에서 모자를 벗기려다가 호된 꾸중을 들은 일이 있었다.

"어르신, 목욕하는데 그럼 모자 쓰고 해요? 목욕하러 들어가면서 모자를 안 벗겠다 하시면 어떡해요?"

요양보호사도 지지 않고 대꾸했다.

"놔둬. 내 재산 1호야."

경미 할머니가 소리를 지르면서 두 손으로 모자를 움켜쥐었다.

"재산 1호요? 보니까 어르신 팔과 손가락에 주렁주렁 보석도 많이 달고 계시던데 이깟 모자가 어떻게 재산 1호라는 거예요?"

"이깟 모자? 이년! 너 저리 가. 가버려. 너같이 막돼먹은 년한테 나 목욕 안 해."

그날 그 요양보호사는 경미 할머니의 목욕엔 빠져야 했다.


"나 참, 살다가 보풀 풀풀 일어난 구식 모자가 재산 1호라고
우기는 사람은 첨 봤네. 젖을까봐 그랬지. 그게 뭐라고 내가 탐
나서 그랬을까?"

병원에 들어온 지 며칠 되지도 않은 상태에서, 환자로부터
내침을 당해 무안해진 요양보호사가 동조를 구하는 눈빛으로,
간호부에 앉아 있는 우리를 바라봤다.


나는 그 요양보호사에게 커피를 한 잔 타서 들고 다가갔다.

"보호사님, 경미 할머니에겐 모자가 보물 1호 맞아요."

"왜, 죽은 어머니 유품이기라도 하대요?"

순간 타다 준 커피를 확 뺏고 싶은 충동을 누르기가 힘들었
다. 나도 모르게 그녀를 빤히 쳐다보는 눈동자가 시려왔다. 분
노가 치밀 때마다 나만 느끼는 증상이었다.

"보호사님, 경미 할머니 머리 봤어요? 그분… 머리카락이 하
나도 없어요. 그래서 주무실 때를 제외하곤 눕지도 않으세요.
모자가 벗겨질까봐서요."

목욕하러 들어간 할머니 귀에 내 목소리가 들릴까봐 치솟는

화와는 반대로 목소리가 한없이 낮아졌다.

"에구, 이걸 어째요? 그래서 그랬구나. 아이고, 죄송해서 어째요?"

커피를 마시다 말고 요양보호사가 일어나 안절부절 자리를 맴돌며 같은 말을 되풀이했다. 당연히 순식간에 그녀에게 치솟던 내 화도 풀렸다.

"모르셨으니까… 할머니도 이해하실 거예요. 그렇더라고요. 가장 귀한 재산 1호는 사람마다, 그 사람이 처한 상황마다, 그 사람이 살아온 역사마다 다 다르더라고요."

그리고 한 달 뒤 경미 할머니는 오후에 침대에 앉은 채로 돌아가셨다. 고개가 떨어지면서 반쯤 벗겨진 모자를 나는 얼른 뛰어가 바로 씌워 드렸다. 그리고 장례식장이 있는 병원으로 옮기기 위해 들것이 들어왔을 때 나는 두 팔을 모으고 있는 할머니 배 위에 남은 할머니 모자들을 챙겨 얹어 드렸다. 경미 할머니의 재산 1호였기 때문이었다.

제발! 수액도,
산소도 그만 주세요

사는 동안 가장 힘든 말이었을 것이다. 꿈에서조차 생각해본 적 없는 말이었을 것이다. 자신의 살이란 살은 다 손톱을 세워 벗겨버리고 싶었을 것이다. 어쩌면 달리는 차에라도 뛰어들어 자신의 망언을 피로 물들이고 싶었을 것이다. 그렇게 죽고 싶었을 것이다.

의식 없이 15년째 누워 있는 남편을 보러 온 아내, 그 자신도 망가진 신장 때문에 일주일에 두 번 투석을 받고 있다는 일흔일곱 살 할머니가 소리 질렀다. 경식 할아버지의 아내였다.

"왜 자꾸 살려 놓냐고요. 가겠다는데, 우리 할아버지가 이제 저세상 가는 차를 타겠다는데, 왜 또 수액을 놓는다, 산소를 들이민다 해서 붙잡냐고요."

　며칠 전부터 경식 할아버지가 달고 있는 심전도 모니터의 산소포화도가 80 아래로 떨어졌다. 간호부는 다시 비상이 걸렸다. 수간호사의 지시에 따라 산소 탱크가 할아버지에게 연결되었다. 이동식 산소 흡입기로는 부족할 것 같다는 담당 닥터의 처방 때문이었다.

　혈액 검사, 소변 검사, 가슴 촬영이 신속하게 시행됐고 그리고 순서대로 수액이 걸렸다. 급한 처방의 약도 다리가 아프도록 타다 날랐다. 그랬는데 연락을 받고 온 할머니가 소리치는 것이다. 수액도, 산소도 주지 말라고. 이제 죽게 내버려두라고 말이다.

　누구 하나 숨소리로라도 대꾸하거나, 상황을 설명하지 않았다. 아니, 못 했다.

　"저 지경으로 십수 년을 누워 있느라 등이며 엉덩이며 뼈마디 튀어나온 곳마다 웅덩이처럼 살이 파이고 뼈까지 썩어 들어가는 거, 선생님들이 더 잘 알잖아요. 마누라인 나도 여기 엘리베이터에서 내리는 순간 우리 남편한테서 나는 냄새에 코를 쥐고 들어온다구요. 자식들이 왜 뜸한지 알아요? 못 보겠대요. 욕창 냄새는 길짐승보다 더 더럽고, 맹수에 물려 죽어가는 양처럼 뼈만 남은 저 꼴을 더는 못 보겠대요. 그러니 이제 죽여달라고요."

할머니의 굽은 등이 턱에 받친 숨으로 눈에 보일 만큼 오르락내리락했다. 할아버지가 쓰러지고 신장 178센티미터, 100킬로에 육박하는 거구인 남편을 혼자 돌보다가 척추를 다친 게 굽은 등의 원인이라고 했다. 할머니의 굽은 등을 펴서 가늠해보아도 150센티미터 근방의 작은 키인데, 사지마비에다 거구인 할아버지를 수년간 집에서 돌봤다는 게 신기할 정도였다. 등이 엎어 놓은 바가지처럼 굽은 건 당연한 결과였다.

오랜 병 수발로 신장이 망가지고 투석까지 받아야 할 지경에 이르자, 자식들이 어머니라도 살려야 한다며 억지로 할아버지를 요양병원에 모신 터였다. 할머니가 울며불며 사정해도 소용없었다.

"내가 살고 싶어서 이러는 게 아니에요. 저 양반이 불쌍해서 더는 못 보겠다고요. 얼마나 멋쟁이였는지 아세요? 훤칠한 키에 당당한 몸, 우리 저 양반, 대학물까지 먹은 사람이라고요. 중학교에서 교감까지 하다가 회의 중에 쓰러져 저렇게 됐어요. 봐요. 저게 사람 모습이에요? 선생님들 아버지 같으면 저러고도 살아있어라 그러겠어요?"

병원에서는 그게 불가능하다고, 어떤 방법을 동원해서라도 사람을 살리고 생명을 연장시켜야 하는 의무가 병원엔 있다고, 솔직히 말한다면 할머니와 똑같은 마음으로 우리 모두 경식 할아버지가 이제 그만 떠나시기를 빌고 있다고… 사실은 할아버지의 욕창 드레싱을 하다가 치미는 구토에 병실을 뛰어나오고 싶었던 적이 셀 수도 없다고… 입 밖으로 나오지 못한 말들이 들끓는 내 가슴도 할머니와 함께 널뛰기를 하고 있었다.

"그러니, 제발 저 큰 총알 같은 산소 기계 이제 좀 떼줘요. 누워 있는 산짐승처럼 만드는 저 주사도 그만 빼요. 욕창 하나 아물지 못하게 하는 지겨운 약도 그만 먹이라고요."


아버지처럼 그 역시 중학교 교사라는 아들이 도착했다. 아들을 보자 할머니는 바닥으로 쓰러지며 더 슬프게 울부짖었다.

"어머니 말씀대로 해주세요. 더는, 아무것도 하지 마세요. 이젠 정말, 가셔야 됩니다."

병원이 어떤 곳인지 아들이 모르진 않을 것이다. 아들은 어머니를 달래고 있었다. 참혹한 남편의 모습에 지레 죽어가는 어머니가 안타까웠을 것이다. 아니 병든 짐승처럼 초라하게 누워 있는 아버지가 죽이고 싶을 만큼 불쌍했을 것이다.

두 사람이 돌아가고 병동엔 한동안 무거운 적막이 계속되었다. 나는 속으로 소리쳤다.

'하느님, 죽을 자유를 주세요. 그냥 죽겠다는 게 아니잖아요. 태어나서 열심히 살다가 더는 인간의 모습으로 살 수 없는 때, 모두의 눈물과 한숨으로만 연장되는 생명이라면, 인간의 존엄과 최소한의 자존심도 허락되지 않고 남의 손에 치부를 보이며 대소변을 받아내야 하는 때가 온다면, 온몸의 살이 파여 곁에 오는 이 모두 구토를 참는 장면을 목격하게 된다면, 아! 죽어도 된다고 허락해주세요.'

나는 내장까지 끌어올리며 터져 나오는 내 말에 온몸이 떨렸다. 아무도 듣지 않았지만 두려웠다. 죽을 자유를 달라니… 하지만 더 두려웠던 건 간호조무사로서 요양병원에 근무한 3년 동안 수없이 많이 한 생각이었다는 자각 때문이었다.


나는 가톨릭 신자다. 신구약 성경도 필사 노트 열아홉 권에 걸쳐 완필했다. 하느님의 계명과 생명에 대한 그분의 지엄함도 너무 잘 안다. 그래서 생명을 주신 하느님께 부탁하는 것이다.

열심히 살겠다. 최선을 다해 자신과 주변을 사랑하겠다. 주어진 의무에 충실하고 선한 마음으로 기도도 열심히 하겠다. 그러니, 죽어야 할 때, 더는 인격적으로 내가 나 자신을 사랑할 수 없을 때, 사랑하는 사람들에게 내 존재가 짐이나 부담, 근심이 될 때, 죽을 수 있는 자유를 달라고! 하느님, 열심히 살아온 사람에게 죽을 수 있는 자유를 주세요!

경식 할아버지의 아내와 아들의 말이 과연 그들만의 마음일까? 어머니의 굽은 등을 팔로 감싸고 병동을 나가던 경식 할아버지 아들의 무거운 발걸음이 종일 눈에 밟히는 날이었다.

# 당신은 어떤
# 손자입니까?

405호 병실은 오늘도 싱싱한 햇살로 가득하다. 온 세상의 햇살은 다 모아들인 듯 밝고 맑은 목소리가 병원 문이 닫힐 때까지 하루 종일 이어진다. 405호엔 백설공주가 살고, 효녀 심청이도 살고, 신데렐라도 산다. 흥부도 살고, 논개도 살고, 의적 임꺽정도 산다. 이들은 이월 할머니의 손자, 손녀들이 할머니에게 들려주는 동화 속 주인공들이다.

순번을 정한 듯 한 손에 매일 다른 동화책을 들고, 정해진 시간에 지각 한 번 없이 나타나는 이월 할머니의 손자 손녀들. 중학생부터 대학생, 직장인까지 이월 할머니의 손자 손녀는 많기도 하다.

동네에서 여장군이라는 별칭까지 얻었을 만큼 건강하고 활기찼던 이월 할머니였다. 그런 할머니가 갑작스럽게 발병한 '루게릭'이라는 병으로 대학병원을 거쳐 우리 요양병원으로 이송됐다. 같이 사는 식구가 있다고 해도 집에서의 간호는 불가능하다는 담당 의사의 권유에 의한 결정이라고 했다.

의료 기계란 기계는 다 몸에 달고 할머니가 입원하던 날, 중환자 병동 전 직원들은 솔직히 난감함을 감추지 못했다. 경력 20년이 넘는 간호사들도 처음 보는 기계라고 당황했으며, 당연히 조무사인 우리들은 기계를 잘못 스치기라도 할까봐 몸을 사렸다.


할머니의 의식은 맑았다. 기계에 점령당해 목 밑으로는 움직일 수 없었지만 그렇다고 마비는 아니었다. 목소리는 나오지 않았지만 입 모양을 자세히만 보면 할머니의 의사를 어느 정도는 알아맞힐 수도 있었다.

할머니는 잘 웃고 잘 울었다. 조금만 살갑게 대해도 나오지 않는 소리지만 '고마워.'라고 또박또박 입 모양으로 인사를 건네셨고 웃으셨다. 수시로 드나들며 어디 불편한 데 없으시냐고 손을 잡아드리면 금방 눈물을 글썽이며 우셨다. 울음이 터진 입 모양에서 울음소리는 들리지 않았지만 흥건하게 젖는 침이 울음보다도 더 마음 아프게 흘러내렸다.

　겨울방학이 시작되고 손자 손녀들의 방문은 더 잦아졌다. 아침에 와서 백설공주 계모의 앙칼진 목소리를 들려주며 할머니를 웃게 했던 중학생 손녀가, 저녁 먹고 다시 와 마지막 부분까지 읽어주고 가는 날도 있었다. 낮에 왔다가 저녁에 다시 들러 흥부전의 제비를 흉내 내 기어이 할머니를 웃게 하곤 돌아가는 손자도 두세 명은 되었다.
　"이월 어르신, 손자 손녀들이 할머니를 정말 좋아하나봐요. 대부분은 부모 손에 이끌려 삐쭉 와서 핸드폰만 보다가 돌아가는데 말이에요."
　중환자 병동 직원들 모두 한 번쯤은 한 말이다. 할머니의 소리 나지 않는 웃음에 밤에도 그 방은 햇살이 환했다.

　손자 손녀들에게도 물어봤다.
　"어쩌면 그렇게들 할머니를 좋아하세요? 진짜 처음 봐요. 할머니, 그것도 병들어 누워 계신 할머니에게 이렇게 살가운 손자 손녀들은요."
　"우리 할머니니까요. 우리가 할머니 집에 갈 때면 올 때 목마를까봐 물통에 얼음물을 채워 찻길까지 마중 나와주시고, 잘 때면 우리가 잠들 때까지 머리맡에서 우릴 위한 기도도 해주시고, 뜨거운 밥을 싫어하면 식혀서, 뜨거운 밥을 좋아하면 우리가 일어날 때까지 품에 안았다가 주신 할머니셨거든요."

그래도, 그걸 아는 너희들이 얼마나 대견한지 아냐고 나는 묻지 않았다. 받은 사랑을 기억하고 그것을 기쁘게 되돌려드리기 위해 애쓰는 너희들이 얼마나 잘 자란 것인지도 말하지 않았다. 그냥 고마웠다. 남이지만 잘 자란 사람들을 보는 기쁨은 생각보다 컸다.


"우리가 왜 할머니에게 동화를 들려드리는지 아세요?"

대학생 손녀가 들고 있던 동화책을 보이며 물었다. 대답도 하기 전에 손녀의 말이 이어졌다.

"할머니가 그때 생각하며 즐거우시라고요. 아픈 거 잠깐이라도 잊고, 할머니가 우리에게 여러 목소리를 흉내 내며 동화를 들려주시던 건강할 때의 시간으로 잠깐이라도 돌아가게 하려고요. 우리 할머니, 웃으시는 거 보셨죠? 옛날에도 그랬거든요. 우리가 웃기도 전에 동화책을 읽어주시면서 할머니가 먼저 막 웃고 그러셨거든요. 우리 할머니, 정말 건강하신 분이었어요."

"참 착한 손자 손녀들이네요. 근데 아파서 누워 있는 할머니께 올 때마다 볼에 뽀뽀도 하고, 동화책을 읽으면서도 손이며 발을 계속 만지던데…."

"당연하죠. 우리 할머니잖아요. 우리 할머니 살이 얼마나 따뜻하고 부드럽다고요. 그리고 '스킨십!', 백 마디 말보다 더 확실한 사랑의 증표, 아닌가요? 언젠가 우리 할머니를 더 이상 만지지 못하는 날이 온다는 거, 생각만 해도 너무 슬퍼요. 그래서 만져요. 자꾸!"

바로 옆 병실엔 중앙선을 침범한 트럭에 치여 머릿속 뇌를 절반이나 들어내고 이마부터 머리가 움푹 들어간 칠십대의 정호 할아버지가 있었다. 숨은 쉬고 있지만 산 사람이라고 여길 수조차 없이 모든 걸 잃어버린 분이셨다.

우리는 정호 할아버지에게 손자 손녀가 찾아오는 걸 본 적이 없다. 다만 매일 드나드는 할아버지의 딸이 핸드폰으로 자기 아들에게 전화를 걸어 소리치는 걸 들은 적은 있다. 정호 할아버지의 딸은 계속 같은 말만 반복하며 소리치고 있었다.

"너 같은 걸 손자라고, 너 보고 싶어서 죽지도 못하고 내 아버지가 저렇게 버티고 있어. 네가 사람 새끼야? 할아버지가 너한테 어떻게 했는데? 직장 다니는 나 대신해서 너 한 끼라도 굶을까봐 허리 아픈 할머니 다그쳐 1년 365일 밥과 반찬 만들어이고 지고 오다가 결국 그 큰 사고를 당했는데, 넌 할아버지가 불쌍하지도 않니? 미안한 마음이 조금도 없냐고? 뭐 어쩌라고? 그게 핏줄 입에서 나올 소리야?"

누군가 그녀를 달랬다.

"한 다리 건너 천 리라고, 손자 손녀가 다들 그렇지 아들만 특별히 나쁜 게 아니에요. 요즘 애들 다 그래요. 자식도 부모 병원에 넣어 놓으면 저 사는 거 바쁘다는 핑계로 오지 않는 세상인데, 손자한테 뭘 바라요? 아픈 부모에게 지성인 자기 엄마 아빠에게 이제 그만하라는 손자 손녀들도 있다는데… 아들은 그렇진 않을 거 아니에요?"

405호 병실은 오늘도 왁자지껄하다. 오늘은 '3천 궁녀'가 405호에 나타났다. 낙화암에서 떨어지는 무리를 연기하는 대학생 손자를 보는 이월 할머니의 미소가 연꽃보다 예쁘다.

당신은 할아버지, 할머니를 얼마나 사랑합니까?
당신은 어떤 손자입니까?

# 늙으면 돈이 하느님이라고요?

1인실 병실을 혼자 쓰고 계신 영식 할아버지, 드물게 개인 간병인까지 둔 할아버지의 냉장고엔 나이별로 좋아할 법한 과자며 음료수가 꽉 차 있었다. 할아버지 병실엔 한쪽 벽 전체가 개인 살림을 놓을 수 있는 선반으로 꾸며져 있었다.

맨 꼭대기 5층, 중절모와 베레모가 단정하게 한가득 놓여 있었다. 그 아래 4층, 성인 키 높이다. 향이 각기 다른 스킨과 로션, 크림과 향수가 화장품 가게를 방불케 했다. 3층, 할아버지의 취향을 그대로 보여주는 하늘색 남방과 분홍 수건이 다린 것처럼 차곡차곡 개켜져 있었다. 2층, 한 번도 신은 적 없는 것 같은 매끄러운 양말 수십 개도 역시 잘 개켜져 있었다. 맨 아래

1층, 와상 환자인 데다 기저귀를 차고 계신 할아버지에겐 절대로 필요 없는 물건이다. 면인지 실크인지 도저히 구별이 안 되게 부드러워 보이는 팬티와 러닝이 수십 장 쌓여 있었다.

영식 할아버지는 화장실에서 넘어져 고관절이 부러지는 바람에 수술을 했다. 80이 넘은 고령이라 그대로 일어나지 못했다. 수개월을 누워 있다 보니 당연히 욕창이 생겼다. 꼬리뼈에서 시작된 욕창은 등 아랫부분까지 부위를 넓혔고, 치료가 시급한 할아버지에게 대학병원에선 요양병원을 권했다.

검버섯 하나 없이 깨끗한 얼굴, 1년째 누워 있느라 근육이 많이 빠졌다고 해도 사고 이전의 탄탄한 몸을 충분히 짐작할 수 있을 만큼 단단한 체격, 거기다 유난히 쩌렁쩌렁 울리는 큰 목소리, 요양병원 중환자실 환자가 맞나 의심될 만큼 할아버지가 뿜는 기는 셌다.

입원 당시부터 영식 할아버지를 따라온 간병사 미옥 씨는 40대 후반쯤으로 짐작되는 활기찬 여성이었다. 그녀는 요양보호사 자격증은 없다고 했다. 할아버지가 다치기 전 집안 살림을 맡아 한 '집사 겸 가사 도우미'였는데, 사고 이후 병시중까지 들고 있다고 그녀는 자신의 입장을 설명했다.

"재력이 대단한 분이에요. 늙으면 돈이 최고라고 입버릇처럼 말씀하시곤 하더니 지금 병원에 들어와서도 저렇게 턱 1인실 차지하고 계신 거 봐요. 게다가 차려 놓은 살림 보셨죠? 저거 백분의 일도 안 가져온 거예요."

그런 설명은 안 해도 이미 눈으로 본 것만으로도 알 수 있는 일이었다.

"처자식과 오래전에 이별하고 남보다도 못한 사이가 되긴 했지만, 우리 어르신 지금 세상 뜬다고 해도 여한이 없을 거예요. 안 해본 건 있을지 몰라도 못 해본 건 없거든요. 돈복은 타고난 양반이에요. 그런데 저런 부자가요, 이건 오래 그 집 일 하면서 알게 된 사실인데, 하나 있는 딸과 김밥집에서 주방 일 한다는 전 와이프한테는 10원짜리 동전 하나 주지 않더라고요. 놀랐어요. 정말! 저래서 부자가 됐나 싶기도 하고."

"형제는 없나요? 영식 할아버지께?"

우리 중에 제일 나이 어린 윤 간호사가 물었다.

"있어요. 안 보고 살아서 그렇지. 형님도 한 분 계시고 여동생도 둘이나 있어요. 그런데 그분들한테는 어르신 사고 났다는 소식도 못 전해드렸어요. 어르신이 뭘 베푼 게 있어야 다쳤으니 와보라고 하죠. 세상에, 막내 여동생 남편이 심근경색으로 사경을 헤매고 있다고 찾아와 울고불고하는데도 골프 치러 간다며 두고 나가더라니까요?"

점점 불편해졌다. 환자나 그 보호자에게 병력 이외의 다른 이력을 들을 때도 많았지만, 가족도 친척도 아닌 사람에게 듣는 영식 할아버지의 이력은 불편하다 못해 불쾌했다.

혈당 체크를 하러 영식 할아버지 병실로 들어가는 발목이 푹푹 빠지는 늪을 건너는 것처럼 지끈거리며 무거웠다. 나는 기어코 성질을 이기지 못하고 말을 건넸다. 내 안의 악마가, 아니 천사인지도 모르겠다. 할아버지의 정곡을 찌르라고 부추겼기 때문이었다.

"어르신, 어르신은 절대 안정이 필요하진 않아요. 병문안 같은 거 다 받으셔도 돼요. 할머니와 자녀들이 얼마나 오고 싶으시겠어요? 형제분들도 마찬가지고요. 걱정하실까봐 그러시죠? 본인이 아픈데 뭘 그렇게 성한 사람 배려하세요?"

얼음이 떠 있는 사이다를 마신 것처럼 후련해진 속이 가벼워 저절로 미소가 지어졌다. 그러나 그건 찰나였다.

"그딴 마누라, 자식, 뭐 형제? 다 필요 없어. 늙으면 돈이 최고야. 돈 있으면 저승에서도 대접받는 게 진리야. 돈이 하느님이라고. 돈 있으면 하느님도 예뻐한다니까?"

그래서, 이 넓은 병실에 안타까운 눈빛으로 찾아오는 사람 하나 없냐고, 돈 많아서 받는 대접이 고작 돈 주고 부리는 간병인 수발이냐고, 뭐? 돈 있으면 하느님도 예뻐한다? 그런 게 하느님이라면 이 세상 천주교, 기독교 신자들은 독약이라도 먹고 죽어야 한다고, 따발총처럼 속으로 쏘아대며 나는 슬리퍼를 소리 나게 끌었다.

"그러니 선생도 돈 모아. 움켜쥐고 있어. 자식 있어? 절대 주지 마. 형제 있어? 그런 것들은 더 줄 필요 없어. 봐, 돈 있으면 나처럼 개인 간병인에 1인실 턱 차지하고 병원에서도 떵떵거리며 지낼 수 있어. 2인실, 6인실, 그게 병실이야? 수용소지? 돈이 없어 산 고려장처럼 그런 데 있다 죽는 거라고."

고백한다. 나는 그날 영식 할아버지의 병실을 나오며 속으로 욕을 했다.

'하느님은 뭐 그렇게 바쁘시나? 저 양반 거지 안 만들고…!'

그 주에 성당에서 고해성사를 하면서도 진짜, 반성이 되지 않았다.

안녕, 엄마!
딸들이 박수를 쳤다

하나도 이상하지 않았다. 하나도 당황스럽지 않았다. 하나도 웃기지 않았다. 정말, 하나도 이상한 풍경이 아니었다. 세 딸이 방금 세상을 떠난 어머니 앞에서 박수를 치고 있다.

누구 하나 우는 사람은 없다. 애통한 눈빛은 더더욱 찾아볼 수 없다. 1년 넘게 많이도 봐온 희경 할머니의 딸들이지만, 오늘처럼 밝은 표정을 만난 적이 없다.

그들은 웃고 있었다. 웃으며 '죽은 어머니'를 바라보고 있었다. 자매들끼리 끌어안고 서로의 등을 토닥이며 방금 동굴에서 빠져나온 사람들처럼 환희에 찬 눈빛으로!

반가운 사람을 만난 몸짓이다. 죽은 어머니의 뺨을 만지고 손도 만지고 입도 맞춘다. 어느 때보다 다정하고 어느 때보다 정성스러운 손길이다. 무엇보다 어느 때보다 편해 보인다. 그래서 더 슬픈 죽음 풍경이다!

길었던 배웅 시간에 이미 아플 대로 아팠고, 더 이상 나오지 않을 만큼 울음을 다 쏟은 가족들에게 '위로'와 '평안'과 '기도'를 선물로 남기고 떠나는 요양병원 중환자 병동의 환자들.

오랜 배웅 시간으로 쾡하게 뚫린 가슴이지만 '이제 그만 아파서 다행이다. 이젠 아프지 않을 거니 정말 다행이다.' 하며 안도와 평안을 웃음으로 보여주는 가족들. 그래서 남들이 대신 울게 되는 죽음 풍경이다!

'사망 선고'와 함께 들려오는 보호자들의 안도의 숨소리가 병실을 메우고 병동을 채운다. 많이 아팠던 환자일수록, 멈춰지지 않는 통증으로 언제나 죽음을 붙들어 쥐고 있었던 환자일수록, 보호자들은 울지 않는다.

대신 우리가 운다. 얼마나 외로움으로 울부짖었는지, 욕창 드레싱을 할 때 뼈가 드러나고 살이 썩는 아픔에 얼마나 그 좁은 침대에서도 피하려고 몸을 움츠렸는지, 마지막 소변 한 방울 나오지 않게 모든 생리기관이 멈췄을 땐 풍선같이 부푼 살에서 누르면 빠져나오던 몸 안의 물이 얼마나 따뜻했는지… 보고 느꼈던 우리가 운다. 죽은 환자가 맞게 된 평안보다는 그가 겪었던 시간이 불쌍해서 운다.

가족은 떠난 이의 편안한 미래를 생각하며 웃는데, 남인 우리들은 떠난 이의 과거를 생각하며 운다. 우리들의 기억 때문에 운다.

그의 상처를 직접 보고, 그의 울음을 직접 듣고, 그의 냄새를 직접 맡고, 때론 그런 그에게 진저리를 쳤던 우리들의 생생한 감정 때문에 운다.

오래 앓았던 환자일수록 임종 며칠 전부터는 체온계에 LOW 표시가 뜨며 체온도 잡히지 않는다. 어쩌다 잡혀도 산 사람의 체온이라고 할 수 없다. 34도, 조금 오르면 34.2도… 얼음장 같던 그의 피부의 감촉이 너무 생생해 운다.

들것이 들어오고 희경 할머니가 시트에 덮인 채 누인다. 위에서부터 등으로 바싹 조여 덮은 몸피가 너무, 작다.

"엄마, 안녕! 이제 안 아픈 데로 가는 거야. 알지? 축하해…"

들것을 따라 나가며 딸들이 다시 박수를 친다. 아! 딸들이 울고 있다!

봄·만원소풍 아차르

봄 ― 만월 소풍, 162cm x 97cm, acrylic on canvas, 2018

오늘도 나는
사람을 묶었습니다!

"도저히 안 되겠어요."

401호 병실에서 나온 요양보호사가 찢겨서 너덜너덜해진 기저귀를 들고 간호부 쪽으로 왔다.

"이거 좀 보세요. 기저귀만 뜯으면 갈아주면 되지만, 뜯어서 손으로 변을 주물러 침대고 이불, 베개까지 엉망으로 다 묻혀 놨어요."

크고 넓은 성인 기저귀가 헝클어진 무명실처럼 갈기갈기 찢겨 있었다. 기저귀를 내보이는 요양보호사의 손가락과 손바닥에 반점처럼 돋아나 있는 짓이겨진 변이 보였다.

"게다가 오늘은 콧줄도 두 번이나 잡아당겨 뺐잖아요. 그제 하루 좀 빤하시더니 어제부턴 종일 있는 힘껏 침대 사이드 레일을 흔들어대고, 옆에 가기만 하면 발로 차서 기저귀도 갈 수가 없어요. 저도 벌써 두 번이나 차였어요."

그러니 보호자에게 동의서까지 다 받아 놓은 그것을 하라고 요양보호사 김영미 여사가 말했다. 다른 동료 보호사들도 약속이나 한 듯이 자신이 겪은 일을 쏟아냈다.

"우리야 직업이니까 맞는 것도 그러려니 할 수 있지만, 김재민 환자는 침대를 두드리다가 아무도 안 오면 그때부터는 자신을 막 두들겨 팬다고요. 어디 패기만 해요? 손톱을 있는 대로 세워 자기 몸을 할퀴어 등이며 배, 팔 다리가 유리로 긁어놓은 것 같아요."

"보호자가 보면 아무리 자기 환자 저런 상태를 알고 있다고 해도 우리한테 뭐라 그러고 싶지 않겠어요? 복수가 차서 산처럼 부푼 배가 온통 손톱자국으로 피딱지 범벅이잖아요."

"더 잘 아시겠지만 환자를 위해서라도 이젠 하셔야 될 것 같아요."

작심하고 하는 말이었다. 그녀의 작심에 거절할 명분도, 반대할 이유도 없었다. 같은 병동에 있는데 우리가 모를 리 있는

가. 너무 잘 안다.

김재민, 나이 마흔아홉 살, 간암 말기, 돌발성 인지장애, 임종을 위해 요양병원으로 이송. 발병 전 전기설비 기사, 미혼. 가족으로는 낙상 후 하반신 마비로 8년째 누워 있는 아버지와 5년 전부터 치매에 걸려 자식도 못 알아보는 어머니, 역시 아직 미혼인 쉰두 살 누나. 미용실 경영, 김재민의 보호자. RT(신체 보호 억제대) 동의, DNR(위급 시 심폐소생술 금지) 동의….

너무 젊은 사람이라 그가 입원할 때부터 간호부에서는 한숨이 나왔다. 간암 말기에다 인지장애까지 있다니, 게다가 잔여 수명 3개월 예상. 말기 암으로 잔여 수명 2개월을 진단받고 들어오는 환자도 있었지만 대부분은 칠십이 넘은 고령이었다.

죽음이 안타깝지 않고 죽는 사람이 불쌍하지 않을 수 있는가. 늙었다고, 그래서 살 만큼 살았다고 여행 보내듯 손 흔들며 보내지지는 않았다. 그러나 슬픔과 애통함은 분명 결이 달랐다.

김재민. 그는 입원할 때부터 애통함을 우리 모두에게 안기며 들어온 환자였다.

"치매인 엄마를 닮았을까요? 간암 선고를 받던 해부터 이상해졌어요. 인지에 문제가 생기리라곤 생각도 못 했죠. 암 선고에 충격을 받아서 잠시 그런 거겠지? 그렇게만 여겼죠. 그런데 아니었어요. 자기가 누군지 우리는 또 누군지 전혀 모를 때도 많아요. 묶어야 할 거예요. 풀어놓으면 난리도 그런 난리가 없으니… 대학병원 있을 때도 그랬는걸요… 그리고 갈 때는, 그냥 가게 두세요. 어차피 선고받은 아인데 더 이상 갈비뼈 하나라도 상하게 하고 싶지 않아요."

입원 수속을 마친 재민 씨 누나가 간호사가 설명하기도 전에 미리 말했다. 오랜 보호자 역할로 병원을 드나들며 그녀는 이미 많은 걸 알고 있었다.


환자 보호자에게 가장 설명하기 힘든 만큼 받기도 힘든 두 가지가 RT 동의, DNR 동의다. 운을 뗐다가 화들짝 놀라 우는 보호자나 거칠게 화를 내는 보호자 앞에서 죄인처럼 쩔쩔맨 적이 한두 번이 아니라고 간호사들은 입버릇처럼 말하곤 했다.


차트를 뒤적이는 수간호사의 얼굴빛이 어둡다.

"저것 봐요. 수액 걸이를 흔들더니 기어코 잡아뺐네요. 저러다 옆 침대로 던질까봐 걱정돼요."

요양보호사가 401호 병실로 뛰어가며 소리쳤다.

"선생님, 가서 RT 좀 해주세요. 양쪽 팔과 다리, 다 묶으세요.

침대 다리를 걸어 단단히 매야 할 거예요. 재민 씨가 워낙 힘이 세서 약하게 하면 금방 풀어지는 거 아시죠? 혼자서는 못할 거예요. 요양보호사님, 선생님 도와드리세요."

기어코 가장 하기 싫은 지시가 떨어졌다.

똑 부러지는 음성과는 달리 한숨을 쉬며 입술을 잘근잘근 씹는 수간호사를 뒤로하고 나는 401호 병실로 걸어갔다. 손바닥 쪽으로 마분지를 깔아놓은 것 같은 둔탁한 장갑과 긴 끈을 들고.

재민 씨가 묶였다. 내가 사람을 묶었다. 발버둥 치는 재민 씨에게 밀려 멈칫하다가, 무심코 옆 침대 윤호 할아버지에게 덜컥 시선이 붙들렸다. 왼팔이 묶인 윤호 할아버지가 웃고 있었다. 시간에 맞춰 풀어드리긴 하지만 열흘 전에 내가 묶은 팔이었다.

애써 외면해보지만 자꾸 팔에 힘이 빠졌다. 내가 사람을 도우려고 이 일을 하나! 사람을 괴롭히려고 이 짓을 하나! 회의가 힘이 빠진 팔을 거쳐 온몸으로 몰려왔다.

묶이지 않으려고 재민 씨가 발버둥 쳤다.

"제발, 제발요. 이래야 재민 씨가 덜 다친다고요. 이걸 해야 모두가 안전하다고요. 그러게, 왜 자꾸 정신 줄 놓느냐고요. 아직, 아직은 그러면 안 되는 거잖아요. 그러면 안 묶여도 되잖아요. 이건 재민 씨를 위해서 하는 거예요. 우리도 정말 하기 싫은 일이라고요."

　내 목소리를 들었을까? 이미 묶인 오른팔을 바라보는 재민 씨의 눈빛이 조용해졌다.

　묶인 건 재민 씨인가? 아니면 내가 나를 묶은 건가? 또 한참 고른 숨이 쉬어지지 않았다.

# 나 예뻐요?

# 얼마나 예뻐요?

오늘도 그녀가 묻는다. 벌써 몇 번째인지 모르겠다. 깡마른 두 팔이 치켜 올라간 환의 아래로 하얗게 드러나 있다. 허벅지부터 양 바깥쪽으로 벌어져 무릎 아래서 다시 모아지다가 합쳐진 두 발, 시트로 몸을 덮고 있어도 두 다리 사이로 둥근 공 모양의 공간이 보인다.

그녀가 놓치고 싶지 않은 '그녀의 우주'다. 절대로 놓을 리 없는 '그녀의 추억'이다.

귀애 씨. 서른세 살, 왼쪽 팔목에 우둘투둘하게 팔찌 모양으로 돌출된 흉터가 그녀의 미소만큼이나 선명하다. 10개월 전

원인불명의 인지장애로 생활이 불가능해 입원했다.

　처음엔 일반 병동으로 입원했으나 인지 있는 분들이 많은 병동에서 다른 환자들에게 피해를 많이 준다는 이유로 며칠도 안 돼 중환자 병동으로 전동된 환자였다. 중환자 병동은 인지 없는 분들이 대부분이고, 따라서 개인의 소란으로 인한 피해가 직접적으로 다른 환자들과 연결될 확률이 적기 때문이다.


　요양병원 중환자 병동은 임종이 임박한 중한 환자들과 더이상 갈 데가 없는 환자들이 모여 있는 곳, 생의 마지막 정거장이다.

　'미리 연옥을 보는 것 같아. 숨은 쉬어도 몸은 이미 죽어 있는 사람들, 문만 열면 화창한 날씨와 거리를 걸어다니는 사람들의 행렬과 수많은 차들, 웃음과 사랑과 때론 싸움마저도 살아 펄펄 뛰는 건강한 세상이 있다는 게 믿어지지 않아. 내가 지금 살아있는 거 맞아? 벌써 죽어 지금 연옥에 와 있는 건 아닐까?'

　요양병원에 근무한 지 3년이 가까워오는 지금까지 하루에도 몇 번씩은 꼭 했던 생각이다. 요양보호사들의 기저귀 케어 시간이 되면 각 병실의 창문을 죄다 열어도 병동 전체를 싸고도는 배설물 냄새는 그래도 참을 만했다. 살아있는 사람이 당연하게 하는 생리 작용이란 생각 때문이었다.

그러나 욕창 드레싱 시간이 되면 저절로 기도가 터져 나왔다. 오, 하느님! 잠시만, 잠시만, 제 코를 막아주세요. 살이 썩고 뼈가 파이는 상처에서 뿜어져 나오는 표현 불가의 냄새와 분비물은 세상에서 제일 더럽다고 하는 똥조차 아무렇지 않게 만들었다.

거기다 짐승의 소리 같은 울부짖음, 밤에도 잠들지 않는 환자들의 멍한 눈, 쓰러진 고목처럼 쭈글쭈글하게 말라 굳은 몸, 연민과 함께 나도 저렇게 되면 어떡하나 하는 불안감으로 미리 공포를 보는 곳. 요양병원 중환자 병동이다.


살아있는 환자들과 미리 죽음을 보는 직원들이 서로 다른 입장에서 서로 다른 세상을 살고 있는 곳. 그만큼 환자와 직원의 시간은 교차되었다. 환자들은 살아있는데, 직원들은 자신의 죽음을 경험하는 곳. 환자들은 아픈 것도 모르는데 직원들은 아파서 매일 앓는 느낌으로 불안한 곳!

아픈 부모 형제를 모셔놓고 적지 않은 병원비를 충당하는 것만으로 자식과 형제로서 양심의 부채를 덜어내는 곳. 이런저런 이유로 내가 모실 수 없으니 당신들이 내 부모, 내 형제처럼 모셔달라고, 이곳은 병원이며 당신들은 돈 받고 하는 일이니 책임을 다할 거고, 그만큼 우리는 효도와 우애를 다하는 것이라고, 스스로 위로를 하며 자기들의 삶으로 돌아가는 곳! 그곳이 요양병원이다.

귀애 씨! 결혼은 했으나 이혼, 친정에서 어머니와 살다가 잦은 자해와 시도 때도 없는 욕설과 폭력으로 거의 요양병원으로 잡혀 오다시피 했다.

"정신병원보다는 여기가 나을 것 같아서… 아직 젊은데 혹시 저러다 나으면 정신병원 전력이 걸림돌이 될까봐. 특별한 병도 없대요. 그런데 도통 일어설 생각도 않고 누워만 있었어요. 그래서 저렇게 다리가 굳어버린 거예요. 그냥 맡아만 주세요. 여기서도 쫓겨나면 내가 먼저 죽어요."

노모의 목소리가 자꾸 작아진다. 작아지는 노모의 목소리를 따라 우리들의 귀가 커진다. 그러면서 노모의 얼굴을 바라본다. 눈물인지 진물인지 모를 액체가 말라붙은 눈가가 새까맣다.

'그냥 맡아만 주세요! 여기서도 쫓겨나면 내가 먼저 죽어요!'

지금도 할머니는 산 사람 같지 않다고, 살아있는 사람의 얼굴에 어떻게 그런 그늘이 질 수 있냐고, 할 수도 없는 말들이 또 쌓여 답답하다.

귀애 씨는 하루 종일, 정말 잘 때를 빼곤 하루 종일 물었다.

"선생님, 나 예뻐요? 엄청 예쁘죠?"

"그래요, 귀애 씨. 정말 예뻐요. 무지 예뻐요. 우리 병원에서 최고 미인이에요."

"고마워요."

처음엔 저렇게 순하고 예의 바른 사람을 왜 다들 못 견뎌하나 의아했다. 그런데 그건 그녀의 말에 즉각 대답을 해줄 때뿐이었다. 다들 자신들의 업무로 못 듣거나 듣고도 같은 대답이 지겨워 아무 말도 하지 않으면 그녀는 돌변했다.

입술에 칼을 물고 있는 것처럼 앙칼지고, 독기를 품은 목소리가 병동을 울렸다.

"예쁘다고 말해. 무지 예쁘다고 말하라고. 왜 안 해? 이러고 있으니까 그저 그런 여자로 보여? 말해. 나 예쁘잖아? 당신들도 샘나잖아? 그래서 대답하기 싫은 거잖아?"

한 달에 한 번쯤 드나드는 귀애 씨의 언니들이 온 날도 병동은 귀애 씨가 뿜는 앙칼진 목소리로 자욱했다.

"예뻤어요. 대학 다닐 땐 과를 대표하는 미인으로 뽑혀 왕관도 썼던 애예요. 남자들이 문제였어요. 예쁜 애니까 이놈 저놈 들러붙는 게 셀 수도 없었어요. 그런데 애만 홀려 놓곤 다 버리더라고요. 무슨 이윤지는 우리도 몰라요. 만나고 차이고, 만나고 차이고를 반복하더니 저렇게 됐어요."

한숨도 나오지 않았다. 아무 생각도 나지 않았다. 고개를 끄덕이지도 않았다. 예뻤던 여자가 그 '예쁨' 때문에, 상처받고 훼손되었다는 사실이 그냥 무조건 이해가 되었다.

나는 귀애 씨가 있는 405호 병실로 달려갔다. 그리고 큰 소리로 말했다.

"귀애 씨! 예뻐요. 진짜 예뻐요. 보면 볼수록 더 예뻐요. 오늘이 어제보다 더 예쁘다고요."

지나가던 요양보호사들과 간호사가 거든다. 누구 하나 찌푸린 인상이 없다.

"그럼 얼마나 예쁜데, 우리 귀애 씨, 살결도 희고 목도 길어서 정말 예뻐요."

귀애 씨가 조용해진다. 고마워요, 고마워요… 아름다운 단어를 귀애 씨에게 또 배운다.

# 3부

사랑은 병들지 않아, 사람이 병들 뿐이야

자식에게 부모는
영원한 미지의 시간

납득: 명사, 남의 말이나 행동을 잘 알아차려 이해함.

이해: 명사, 사리를 분별하여 앎.

그 말이 그 말 같다. 바로 보아도, 뒤집어 놓고 보아도 그 말이 그 말이다. 그런데도 어르신들은 말한다.

"'납득이 되고 안 되고'가 어디 있어? 그냥 이해하는 거지. 부모가 이해 안 하면 그게 부모야? 남이지."

"부모는, 무조건 이해를 해야 돼. 그게 삐끗거리면, 이해가 안 된다고 재차 묻거나 이해시켜 달라고 요구하면, 그때 부모, 자식 간은 사달 나는 거야."

"우리는 어디 우리 부모들한테 안 그랬나? 말이 안 통하거나 내 의사를 안 받아들이면, 답답해하면서 소리도 높이고… 휴, 내가 그랬었네…."

"말해 뭐해? 그런 자식 기세에 눌려 우리 어머니는 갑자기 다 이해를 한 사람처럼 웃고, 다른 말로 돌리고, 그럼 나는 내 말이 먹혔나보다 하고 속 편해졌지. 내가 특별히 나쁜 놈이었겠어? 자식이니까 그랬지."

"납득, 이해, 이런 거 다 필요 없어. 인간이 부모가 되고 거기다 늙고 힘없어지면, 밥보다도 더 챙겨야 하는 게 자식에 대한 이해야. 부모가 이해를 해야 그나마 부모 자리를 내주는 게 자식이란 말이야. 내가 그랬거든."

"그게 어디 자식들 잘못인가? 우리 자식들만 뭐 유별나게 못 돼먹어서 그래? 아니지. 배운 거지. 우리가 우리 부모한테 그랬으니까 그걸 보고 배운 거란 말이지."

"그러니 서운할 것도, 분해할 것도 없어. 억울할 것은 더더욱 없고. 우리 부모도 그렇게 살다가 가셨고, 우리도 그렇게 살다가는 거지 뭐."

"자식에 대한 이해가 결국은 부모에 대한 그리움이더라고. 그게 순리더라고. 왜 내리사랑은 있지만 치사랑은 없다고 하는지 늙어 보니 알겠더라고. 부모가 자식에 대한 마음은 '사랑'이지만, 자식이 부모에 대한 마음은 엄격히 말해 사랑이 아니야. 의존이고 정이고 도리지."

9층 병원 휴게실에서 재활 치료를 마친 어르신들이 각자의 휠체어에 앉아 담소를 나누고 있다.

요양병원에서 재활치료를 받는 사람들은 증세가 가장 경미한 축에 속하는 사람들이다. 뇌출혈 등으로 쓰러졌지만 완전 마비는 벗어나 호전의 가능성이 있는 사람들, 척추 수술이나 고관절 수술로 하반신을 거의 못 쓰지만 열심히 운동하면 지팡이에 의존한 보행이 가능할 수도 있다는 진단을 받은 사람들, 인지 기능에 빨간불은 켜졌지만 훈련에 따라 일부 사리 판단이 가능한 사람들이었다.

그런 사람들이 모여 속 이야기를 하고 있다. 입원 병동에 자리가 없어 자리가 날 때까지 임시로 중환자 병동에 입원한 김동진 할아버지를 모시고 재활을 다녀오던 길이었다. 재활 병동 한편에 마련된 휴게실에서 사람들의 말소리가 들리자 할아버지는 휠체어 바퀴를 그쪽으로 돌렸다.

"재미있게들 담소 나누시네요."

뒤늦게 끼어드는 게 미안한지 김동진 할아버지가 사람 좋게 웃으며 말을 걸었다.

"어서 오세요. 우리 모두 부모 연습 하는 중입니다. 아니 먼저 가신 부모들한테 속죄하는 중이라는 게 더 맞지요. 허허허."

"내가 부모한테 답답해하며 왜 이해 못하냐고 대들었던 걸 이제 내가 겪고 보니, 우리 자식들도 얼마나 내가 답답할까… 무진장 이해가 된다는, 뭐 그런 말들을 하고 있습니다."

고개만 끄덕거릴 뿐, 말이 없던 김동진 할아버지가 노인들을 훑어보았다. 차분한 할아버지의 목소리가 길게 이어졌다. 모두들 귀를 기울였다.

"흔한 말이지만 세대가 달라서이지요. 우리가 우리 부모들이 산 세상을 안 살아봤듯이, 우리 자식들도 우리가 살아온 세상은 모르니까요. 그 세상엔 그 세상의 법이 있고 도리가 있고 또 의무와 권리가 있지 않겠습니까? 안 살아봤는데 어떻게 알겠습니까? 그러니 이해할 수밖에요."

"…."

"억지로 하는 게 아니라 먼저 산 사람이니까 이해를 해주는 게 맞지요. 부모라서가 아니라 그들이 안 살아본 세상을 살아온 어른으로서 말입니다. 나이 든 사람이 젊은 사람을 이해를 못 한다는 건, 나이 먹은 것에 대한 직무유기입니다."

"…."

"저는 그렇게 생각합니다. 부모는 자식으로선 아직 안 살아본 미지의 시간을 사는 사람 아닙니까? 자식은 부모가 이미 살아왔던 나이를 현재 살고 있는 사람이고요. 그러니 경험자가 무경험자를 이해하고 납득해야 되는 건 마땅하지요. 서운해 하실 것 없어요."

"⋯."

"납득, 이해, 그런 걸 따지는 건 동시대의 동년배들에게서나 소용되는 감정입니다. 자, 각자 병실로 가십시다. 이 시간에도 우리 자식들은 그들이 할 수 있는 최대한의 납득과 이해로 우리를 대하려고 골머리를 싸매고 애쓸 거예요. 안 살아본 미지의 시간에 살고 있는 부모의 심중을 헤아리는 게 얼마나 어렵겠어요? 과거에 우리들이 그랬던 것처럼 말입니다."

9층에서 4층으로 내려오는 엘리베이터 안에서의 시간 동안, 나는 몇 번이고 김동진 할아버지께 고개 숙여 인사하고 싶은 생각에 사로잡혔다.


마음이 아주 평화로웠다. 요양병원은 인생을 들여다볼 수 있는 '시청각 도서관'이다. 좀 더 다녀야겠어! 내 근무 기간이 또 늘어났다.

# 엄마, 제발 나보다 먼저 죽어!

'그만 다녀야 해!'라고 생각했었다. 마음과 몸이 철끈에 묶인 것처럼 따갑고 아팠던 때였다.

요양병원에 출근하면서 늘 어디 한쪽이 아프고, 가슴은 숨도 걸릴 만큼 뻑뻑해져, 하루도 편안한 적은 사실 없었다. 아픈 사람, 그것도 치유 가능성이 없는 사람들을 보고 함께 있는 것은 나로선 그만큼 필사의 노력을 해야 하는 일이었다.

말기 암의 통증으로 자면서조차 자지러지는 고함을 치는 사람, 이미 정신을 놓아버린 치매 환자의 괴성과 도저히 이해 불가능한 눈빛, 피돌기마저 멈춰버린 고목처럼 굳고 뒤틀린 몸,

아내를 간병하다 먼저 '죽음'의 문으로 들어가버린 남편, 혹은 그 반대의 경우….

"환자마다의 사연을 생각하면 요양병원 근무는 절대 못 해요. 그냥 소설 읽는다 생각해요. 영화 본다 생각하라고요."

3년 가까이 근무하는 동안 참 많이도 들어온 말이다. 선배는 물론이고 나보다 뒤에 입사한 후배도 입에 밴 것처럼 그 말들을 했었다. 반복 주입되는 교육의 효과는 컸다. 어느 사이 나는 납득은 안 되지만, '소설'과 '영화'처럼 병원의 풍경을 보고 있는 나를 발견했다.

'삶'이란 것은 전 세계 인구 한 사람 한 사람, 각자가 내밀 수 있는 온갖 경우의 수를 대입시켜도 설명되지 않는 것! 나는 내가 만들어낸 그 명제에 가까스로 흔들리는 나를 붙잡을 수 있었다. 늙음에 대한 두려움도, 병에 대한 환멸도, 외로움과 죽음에 대한 처절함도, 그래서 조금은 무뎌질 수 있었다.

그런데 오늘, 열이란 열은 다 빠져나가는 머리를 이고도 펄펄 타오르는 숯덩이를 문 것 같은 입술로 나는 울었다. 병원에서 울면 안 되지만 울어야 나는 그 순간 숨을 쉴 수 있었다.

시말서든 사표든 쓰라면 쓰리라! 마지막 카드를 손에 쥔 사람처럼 나는 비장해졌다. 그리고 명혜 씨를 안았다. 안고 명혜 씨와 함께 울었다.

"제발, 제발, 엄마 죽어. 그만 죽어달라고, 그렇게 고생하며 산 것도 모자라 딸 죽는 것까지 보려고 해? 오늘이라도 당장 죽으란 말이야. 나 없으면 누가 바보된 엄마하고 눈이라도 맞춰주는데? 나 없으면 누가 엄마 죽을 때 울어주는데? 나 없으면 누가 엄마 송장 치워주는데?"

절규였다. 절규라고 하면서도 이건 아니다. 아닌 줄 안다. 그럼 뭐라고 해야 하나? 치매로 해죽해죽 웃고 있는 늙은 엄마, 그 엄마의 가슴을 치며 죽으라고 울부짖는 딸, 그 딸의 피비린 내 나는 저 고함과 저 눈물을 도대체 뭐라고 말할 수 있나.


"번질 데는 다 번졌대요… 그런데 우리 엄마는 어쩌죠? 저 불쌍한 노인네는 언제쯤 죽을까요?"

한 달 전 명혜 씨가 한 말이다. 유방암 말기, 그녀의 말처럼 온몸에 안 번진 데가 없을 정도로 암은 그녀의 몸 구석구석에 자리를 틀었다.

"길어야 5개월이라는데… 그 안에 우리 엄마 죽을 수 있을까요? 저보다 먼저 가야 해요. 우리 엄마는요. 절대로, 절대로, 그 순서가 잘못되면 안 돼요."

명혜 씨는 어머니의 치매 수발을 들었던 무남독녀 외딸이었다. 10년이었다. 그 사이 남편하고는 이혼은 안 했지만 남보다도 못하게 멀어졌다. 두 아들도 외할머니라면 치를 떨었다.

엄마의 삶을 송두리째 씹어 먹은 사람! 아들은 외할머니를 그렇게 불렀다고 한다. 부모라면 저 정도 되면 죽어줄 줄도 알아야지! 아들 옆에서 남편이 했던 말이라고 했다.

"화나지 않았어요. 그냥 듣고만 있었죠. 그래도 괜찮았어요. 우리 엄마가 아직 살아있고, 그냥 웃든 날 보고 웃든 저렇게 웃어주니까요. 그런데 이제 화가 나요. 내가 죽게 되니 나보다 오래 살면 어떡하지? 겁이 나요. 우리 엄마 좀 죽게 해줄 순 없나요?"

사람이 얼마나 더 불쌍해질 수 있을까? 한 사람이 질 수 있는 십자가의 무게는 얼마나 돼야 내려질 수 있을까?


병원에 올 때마다 엄마를 길게 부르며 환하게 웃던 명혜 씨가 병실로 들어가자마자 그 엄마에게 죽으라고 소리친다. 왜 안 죽고 있냐고 어깨를 잡아 흔들고, 딸이 죽는다니 그렇게 신나느냐고 팔을 물어뜯는다.

"나 죽는 거 보는 게 소원이야? 그래? 엄만 지금 딸 죽는 거 보려고 그렇게 살아있는 거야? 해준 게 없어서 나 죽는 거라도 봐주려고?"

"이 아줌마가 왜 이래? 우리 딸 오면 가만둘 줄 알아?"

명혜 씨의 어머니가 시트를 던진다. 시트를 뒤집어쓴 명혜 씨를 내가 안는다. 기도도 나오지 않는다.


그러면서 깨달았다. 기도도, 바라는 게 분명할 때만 할 수 있다는 걸! 아무것도 바랄 수 없고, 바랄 수 있는 무엇도 없던 그날, 나는 세상에서 제일 슬픈 모녀를 보았다.

"엄마, 제발 이렇게 빌게. 나 먼저 죽어! 지금 좀 죽어주라. 그럼 내가 엄마 있는 곳에 꽃 들고 한 번이라도 갈 수 있잖아?"

정말, 펑펑 울었다. 말리는 사람도, 꾸중하는 사람도 없던 날이었다.

어떤 가족의
이별 준비

오광수 할아버지가 또 침대 머리를 올린다. 자연스럽게 몸이
ㄴ자로 되며 반듯하게 앉은 모습이 된다. 다음 순서로 팔을 뻗
어 식탁을 올리고 병동 로비 쪽으로 시선을 보낸다. 누군가가
당연한 일거리를 맞은 듯 할아버지께로 간다.

그리고 순서도 틀리지 않고 침대 옆 협탁에서 하나하나 물건
을 꺼내 식탁에 올려준다. 노랑, 파랑, 분홍, 세 종류의 편지지
와 필통과 돋보기와 그리고 오래된 두꺼운 앨범.

오광수 할아버지가 또 편지를 쓴다. 협탁 서랍엔 오광수 할
아버지가 받은 편지가 세 묶음으로 나눠져 가득 들어 있다. 아

내와 딸과 아들이 할아버지께 드린 편지들이다. 할아버지는 매일 세 통의 편지를 받고 매일 세 통의 편지를 쓴다. 편지를 쓸 때마다 앨범 속 사진을 보는 할아버지의 눈이 빛난다.

노랑 편지지는 아내에게 쓴다. 파랑 편지지는 아들에게 쓴다. 분홍 편지지는 딸에게다. 쓰는 순서는 그날그날 다르지만, 하루에 세 통은 반드시 쓴다. 그리고 병원에 올 때 꼭 같이 오는 세 사람에게 똑같은 말을 하며 편지를 준다. 무릎 연골이 닳아 아픈 아내는 혼자 보행이 힘들기 때문에 꼭 아들과 딸이 함께 온다. 그건 평일이든 주말과 휴일이든 변하지 않는 규칙과도 같다.

"참 좋았다. 고맙다. 사랑해."

편지를 주며 할아버지가 말한다. 연하게 뺨으로 번져나가는 할아버지의 미소가 아름답다. 따뜻하고 평화롭다.

"진짜 좋았어요. 언제나 든든했습니다. 감사합니다. 사랑해요."

편지를 받는 세 사람이 대답한다. 그들은 각자 또 한 통의 편지를 할아버지 손에 쥐어준다. 눈꼬리에 살포시 접히는 주름 사이로 말랑한 웃음이 새어 나온다. 목소리가 맑고 안정되어 있다.

그들은 매일 같이 앨범을 본다. 신혼의 아내와 남편이 거기 있다. 임신해 배부른 아내와, 퇴근길 아내가 먹고 싶다던 자두를 사들고 종종걸음으로 골목을 뛰어오던 남편이 거기 있다. 주름투성이 갓 태어난 아들과 딸이 있고 백일 기념, 돌 기념, 초등학교, 중학교, 고등학교, 대학교 입학과 졸업을 함께한 네 사람이 있다. 눈썹매장이 있고, 제주도 용머리가 있고, 아빠 참관 수업으로 같이 만두를 만들었던 유치원생 아들과 딸이 있다. 한강이 있고, 드림랜드가 있고 롯데월드가 있고, 일본과 유럽이 있고, 비행기가 있다.

오광수 할아버지가 웃고, 아내가 웃고, 아들과 딸이 웃는다. 무릎 아픈 아내 무릎을 만져주며 할아버지가 또 웃고, 팔목이 드러난 환의 소매를 내려주며 아내가 또 웃고, '뽀뽀해, 뽀뽀해.' 하며 아들과 딸이 또 웃는다.

세 사람은 돌아갈 때 서로를 오래 안는다. 아내가 할아버지를 안고 돌아서 다시 아들을 안고 또 딸을 안는다. 아들이 엄마를 안고 동생을 안고 아버지를 안는다. 딸이 오빠를 안고 아버지를 안고 힘껏 엄마를 안는다. 그리고 다시 네 사람이 양 팔을 뻗어 둥글게 서로를 안는다.

404호 오광수 할아버지가 있는 병실에서 매일 일어나는 일

꽃봄 — 사랑 가족, 65cm x 50cm, acrylic on canvas, 2018

이다. 우리는 그곳에서 천국을 미리 본다. 가족을 보고 가정을 본다. 무엇보다 사랑을 본다. '사랑한다면 이들처럼…!'

어디서 들었는지, 어디서 봤는지, 기억엔 없지만 '아름답다.'고 생각되는 어떤 '가치'를 본다. 숙연함은 당연히 오는 보상이다.

오광수 할아버지는 폐암 말기 환자다. 그는 3개월을 선고받고 요양병원으로 들어왔다. 그리고 오늘, 그 3개월이 열흘 정도밖에 안 남은 오늘, 오늘도 할아버지는 편지를 쓴다. 그리고 편지를 받았다.

그들의 이별 준비는 완벽하다. 완벽해서 슬프지 않다. 다만 지극히 조용해지고, 지극히 깊어지고, 지극히 평화로워진다.

떠나고 떠나보내는 게 아니라, 머물고 기억되는 이별! 그들은 참 좋은 이별을 준비 중이다.

## 사랑은 병들지 않아.
## 사람이 병들 뿐이야

문득 떠올라 며칠이 지나도록 마음에서 떠나지 않는 사람들이 있다. 살다 보면 가끔 그런 일이 있지 않은가. 아무런 이유도 없는데 어느 시기, 어떤 사람이 갑자기 들이닥친 손님처럼 내 시간 속으로 들어와 당황하는 일!

이번에도 그랬다. 왜 그분들이 나의 기억 창고 문을 두드리는 건지 알 수 없었다. 그저 갑자기 생각났다. 갑자기 궁금해졌다. 그리고 갑자기 그분들이 그리워졌다. 실습했던 병원에서 만났던 두 분, 실습생이었던 내게 학생이 무슨 돈이 있냐며 매일 아침이면 스틱 커피 두 개를 주머니에 넣어주시던 이창수 할아버지와 김미화 할머니가 그 주인공이다. 물론 그 두 분은 남남이다.

두 분은 모두 치매를 앓고 계셨다. 그러나 두 분 다 완전한 말기는 아니어서 하루 시간 중 3분의 1정도는 치매가 맞나 의심될 만큼, 온전하고 바른 상태를 유지하고 계셨다. 다른 게 있다면 창수 할아버지가 미화 할머니보다 두 달쯤 먼저 병원에 입원하셨다는 것, 그리고 창수 할아버지는 치매 외엔 다른 질환이 없어 거동이 자유로운 분이신데 비해 미화 할머니는 치매에다 양쪽 무릎 수술이 잘못되어 걸을 수 없다는 것이었다.

어떻게 되셨을까? 그분들이 떠오르자 가장 먼저 따라온 궁금증이다. 그 궁금증은 어쩌면 돌아가셨을지도 모르는 그분들의 연세와 치매 때문만은 아니었다. 사랑, 그분들이 보여준 그 '사랑'이란 거 때문이었다. 두 분은 사랑했다!

미화 할머니가 입원하시던 날, 앰뷸런스에 실려 엘리베이터에서 내리던 할머니와 창수 할아버지는 운명처럼 마주쳤다. 마침 병동을 돌며 걷기 운동을 하시던 할아버지가 막 엘리베이터 앞을 지나려던 순간이었다. 미화 할머니는 두 손으로 얼굴을 감싼 채 울고 있었다.

며칠 전 할머니의 아들이 입원 상담을 하러 온 날, 병원에 입원하는 걸 계속 거부해 왔다는 할머니 상태를 듣긴 했지만, 울고 있는 할머니를 맞이하는 우리 모두는 저마다 먹먹해져 잠시 어쩔 줄을 몰랐다.

그때 창수 할아버지가 걸음을 멈추더니 눈물에 젖은 미화 할머니의 손을 두 손으로 꼭 잡았다. 할머니를 싣고 온 앰뷸런스 기사도, 할머니와 함께 온 아들과 며느리, 두 딸도, 아픈 마음에 할 일도 잠시 잊고 있었던 우리도 깜짝 놀랐다.

"어서 와요. 이젠 안심하고 살 데를 왔는데 울긴 왜 울어요? 아직 애기네. 애기야."

그러면서 할아버지는 자신이 입고 있는 환의 소매를 아래로 내려 할머니의 얼굴에 흥건한 눈물을 닦아주었다. 미화 할머니가 창수 할아버지를 바라보았다. 두 분의 시선이 부딪쳤다. 할머니의 울음은 어느새 뚝, 그쳐 있었다.


창수 할아버지는 미화 할머니에게 정말 아버지처럼 잘했다. 팔순이 넘은 연세라 혼자 걷는 것도 얼음판 걷는 것처럼 늘 조심해서 걸으시는 분이, 하루 두 번은 꼭 미화 할머니를 휠체어에 태워 병동을 돌아다니셨다.

"봐요. 아무리 봐도 당신이 제일 예쁘지? 김지미도 최은희도 당신보단 안 예뻐요."

그때마다 할머니의 웃는 소리가 병동에 울려 퍼진 것은 물론이다. 실습생이었던 나는 물론 병동 직원들 모두에게 그 두 분의 모습은 세상에서 가장 재미있고 그래서 자꾸 돌려보고 싶은 드라마와 같았다.

식사도 두 분은 꼭 할머니 병실에서 같이 하셨다. 국이 조금 뜨겁다 싶으면 할아버지는 입으로 몇 번이나 바람을 불어 입술에 대보신 후 할머니 앞으로 놓아주셨다. 국 온도가 맞아 할아버지가 그냥 계시면, 할머니는 자기가 할아버지 국그릇을 당겨 할아버지가 했던 것처럼 '호~ 호~.' 하면서 바람을 불었다.
"아이구, 이런 것도 할 줄 알아요? 다 컸네. 이렇게 기특해서 어쩌지? 예쁜 사람, 김미화 씨, 당신이 얼마나 예쁜 사람인지 알아요? 그거 꼭 알아야 해요."
식사 도중이라도 할아버지는 수저를 놓고 몇 번이나 할머니를 바라보며 얼굴을 만지고 어깨를 토닥거렸다. 미화 할머니가 입원하시던 날부터는 나는 내가 실습을 마치는 날까지 두 분 어느 누구에게서도 치매 증상을 본 적이 없다. 그러나 밤엔 정신을 놓은 할아버지가 이 방 저 방을 배회하면서 할머니를 못 알아보는 적이 많다고 했다.

"창수 어르신, 대단하세요. 그 연세에도 연애 감정이 느껴지시니까요. 어르신 지금 우리 미화 할머니랑 연애하시는 거 맞잖아요? 그런데 우리 할머니 어디가 그렇게 예쁘세요? 두 다리도 못 써서 같이 손잡고 걸을 수도 없는데. 휠체어 끌어주시려면 힘도 많이 드시잖아요."

하루는 할머니 병실의 간병사가 휠체어를 끌고 할머니를 태우러 들어오시는 창수 할아버지에게 말했다. 마침 할아버지를 도와 할머니를 일으켜 드리려고 내가 그 병실로 들어서던 참이었다. 그 병원은 각 병실마다 그 병실 환자를 책임지는 조선족 간병인이 따로 있는 구조였다.

"이 사람아, 두 다리 못 쓴다고 마음까지 못 쓰는 게 아니야. 사랑은 병들지 않아. 사람이 병드는 거지."

가슴에 수만 송이의 꽃이 한꺼번에 만개하는 느낌이었다. 아니 그것으로는 부족하다. 세상에 널리고 널린 사랑에 대한 온갖 명제를 다 모아 붙여도, 창수 할아버지의 그 한마디보다 내 심장을 진동시켰던 적은 없었다는 자각에 온몸이 떨렸다.

그분들의 사랑은 조용했지만 풍요로웠고, 애틋했지만 슬프지 않았다. 격정적이진 않았지만 한결같았고, 짧은 시간이지만 영원보다 위대했다. 나는 실습 기간 내내 그분들을 만나는 기쁨과 거기에 더해 오랜만에 다시 '사랑'에 대해 생각해보는 귀

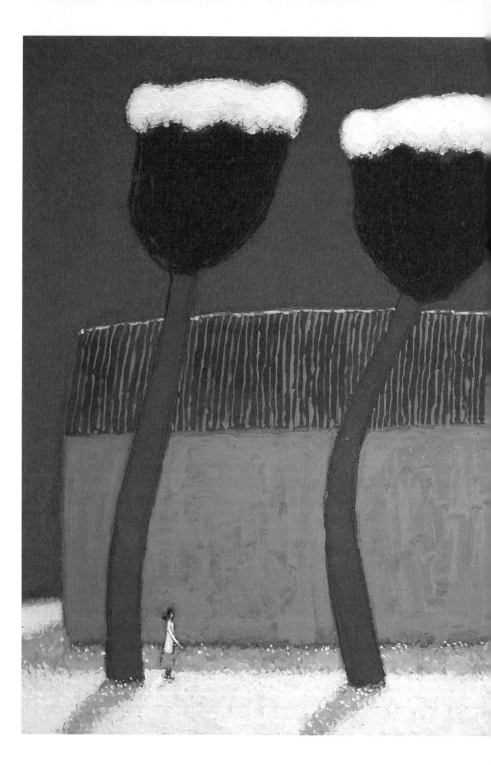

첫 데이트, 41cm x 27.5cm, acrylic on canvas, 2019

한 시간을 살았다.

실습이 끝나는 날, 나는 창수 할아버지 병실에 믹스 커피 한 박스를 사들고 가서 작별 인사를 드렸다. 미화 할머니를 휠체어에 태워 몇 바퀴 돌고 막 들어오신 할아버지는 침대에 앉아 계셨다.

"어르신, 매일 주신 커피 때문에 향기롭고 따뜻하게 실습을 했어요. 건강하시고 오래오래… 예쁜 사랑하시기 바랍니다."

예쁜 사랑이란 말이 혹 무례하게 들릴까봐 주저되었지만 나는 하고야 말았다. 그렇게 나는 두 분의 사랑을 인정하고 싶었던 것 같다. 그것이 내가 드릴 수 있는 최고의 이별 선물이라는 확신이 들었기 때문이었다. 더불어 그것이 내가 할아버지에게 배운 사랑의 최고 명제임도 기억하고 싶어서였다.

"응? 벌써 끝났어? 학생 선생님 덕분에 우리 미화 씨 휠체어에 태우고 내릴 때 힘이 덜 들었는데… 이제 또 언제 볼까? 한두 번이라도 볼 수나 있을까?"

"어머니가 3층에 계셔서 매일 오긴 할 거예요. 가끔 올라올게요. 두 분 뵈러요."

그때였다. 창수 할아버지의 눈에 설핏 눈물이 차오르는 게 보였다. 할아버지는 그것이 민망하셨는지 또 환의를 아래로 내려 소매 끝으로 눈을 문질렀다. 미화 할머니가 입원하시던 날이 떠올랐다. 그때도 저 소매로 할머니의 눈물을 닦아주셨다.

"우리 보러 온다고? 우리가 언제까지 여기에 있을까? 이렇게 늙고 병들었는데. 이젠 하루하루가 달라서 말이야. 알지? 미화 할머니 자꾸 잠자는 시간이 늘어나는 거. 오늘도 휠체어에서 또 조는 거야. 이제 저러다 나도 몰라보겠지? 나도 그럴 테고."

나는 무릎을 구부리고 창수 할아버지 침대 바닥에 앉아 두 팔로 할아버지 두 다리를 껴안았다. 그리고 말했다.

"할아버지, 사랑은 병들지 않아요. 사람이 병들 뿐이지. 할아버지가 해주신 말씀이잖아요. 상황이 어떻게 변해도, 두 분의 사랑은 건강하게 세상에 남을 거예요. 사랑은 병들지 않으니까. 맞죠?"

"이런, 그걸 기억하고 있네? 우리 학생 선생님이? 영특한 사람인 줄 내 진작 알았지만… 고마워. 그런데 그건 정말이야. 그래서 세상이 돌아가는 거라고."

"맞아요. 절대로 안 잊을게요. 그 말씀을 하시던 할아버지 목소리까지도 꼭, 잊지 않을게요."


그렇게 나는 떠나왔다. 실습을 마치고 어머니께 들르며 두 번인가 5층으로 올라가 봤지만 공교롭게도 두 분 다 주무시고 계셔서 인사를 드리지는 못했다.

어떻게 되셨을까? 그 병원은 사실 이제 내겐 생각만으로도 눈물이 나는 장소다. 실습을 마친 1년 후 갑작스럽게 어머니가 돌아가셔서 떠올리는 순간 아직도 숨이 잘 쉬어지지 않는 장소이기도 하다.

그런데 창수 할아버지와 미화 할머니가 주시는 선물일까? 사랑은 병들지 않는다던 할아버지의 말이 오늘은 묘하게 어머니를 잃은 마음에 위로가 된다. 병들지 않는 무엇이 '사랑'이란 게 힘이 된다.

"사랑은 병들지 않아. 사람이 병드는 거지."
창수 할아버지의 목소리가 나의 하루를 또 세우고 있다.

# 기저귀를 차라니!
# 차라리 죽여주라

벌써 몇 시간째인지 모르겠다. 침대 시트를 온몸에 칭칭 감은 704호 금숙 할머니가 소리 내어 울고 있다. 창자까지 다 쏟을 만큼 있는 기력을 다해 소리치며 운다. 본인의 두 팔과 두 다리로 감은 침대 시트가 마구잡이로 꺾인 철사처럼 할머니의 몸을 파고들고 있었다.

병원 내 인사 이동으로 입원 병동인 5, 6층으로 이동된 첫날, 나는 그렇게 금숙 할머니를 만났다.

2년여 정들었던 중환자 병동을 떠나 같은 병원이라고는 해도 환자도 직원들도 낯선 다른 병동으로 출근하던 날은, 신입처럼 모든 게 생소했다. 생소한 만큼 온기가 사라진 내 마음이 무거웠다. 입원 병동은 치매나 암, 뇌혈관 질환 등 병력은 다양하지만 대부분 불편하게나마 운신이 가능한 분으로서 웬만한 의사소통도 되는 분들이 모여 있는 병동이다.

그래서 우선 시끄럽다. 환자 간 다툼도 많고, 그것을 저지하는 직원들의 목소리도 그만큼 높고 세다. 시끄러운 것을 병적일 만큼 싫어하고 못 견디는 내 성격으론 최악의 인사 이동이었다. '그만둘까?' 하는 생각만 발자국을 따라 줄기차게 따라온 출근길이었다.

엘리베이터 안에서부터 입원 병동은 요란하게 그 모습을 드러내고 있었다. 숨소리도 거의 들리지 않아 조용하다 못해 무덤 같던 4층 중환자 병동을 지나자 말소리와 고함과 울음이 뒤섞인 온갖 소리들이 엘리베이터 안까지 들려왔다. 나는 병동에 들어서기도 전부터 기력과 혼이 빠진 모습으로 '오늘이 퇴사일'이라는 슬로건을 가슴에 새겼다.

아침에 인계를 받은 후 첫 라운딩을 하면서 본 금숙 할머니는 깡말랐지만 품위를 잃지 않은 눈빛을 가진 분이었다.

"저렇게 보여도 치매가 심해요. 고집은 또 얼마나 세다고요.

아무도 못 당한다니까요."

인계 때 홍 간호조무사가 고개를 흔들며 한 말을 들어서일까? 거의 발악하듯 온몸을 시트로 칭칭 감고 울부짖고 있는 금숙 할머니의 눈빛에서 서슬 퍼런 저항이 그대로 읽혔다.

"차라리 날 죽여라. 그냥 죽여버려. 기저귀를 차라니! 내가, 왜! 안 한다. 못 해!"

저러다 숨넘어가면 어쩌지 하는 걱정이 될 만큼 금숙 할머니는 1초도 쉬지 않고 같은 말을 소리치고 있었다.

"아유, 우린들 이러고 싶어서 그래요? 운신도 힘든 분이 이동 변기를 고집해 침대 옆에 놓아드렸는데, 거기에 내려와 앉았다가 왜 앞으로 고꾸라져 입술을 깨냐고요. 이 피 좀 봐요. 어르신은 병 때문에 지혈도 잘 안 되는데, 이러다 뭔 일 나면 그 책임은 누가 져요? 이런 일이 한두 번도 아니고 무릎이 꺾여 통통 부은 적이 없나, 침대에서 내려오다가 옷이 끼여 나동그라지질 않나, 아들이 와서 보면 뭐라고 하겠어요? 우리한테 책임을 물을 거 아니에요?"

손에 기저귀를 들고 금숙 할머니 침대 옆에 서서 요양보호사들도 지지 않고 소리를 질렀다.

"기저귀를 차면 편하고 좋지 뭘 그래요. 가만히 누워 계시면 알아서 때 되면 갈아줄 텐데, 왜 군이 남들 안 하는 변기를 고집 하시냐고요. 봐요. 화장실까지 부축해서라도 갈 수 있으면 몰라 도 어르신은 그것도 안 되잖아요. 1인실도 아닌데 어르신 변기 때문에 그 방에 얼마나 냄새가 나는지 알아요? 좁아터진 병실 에서 걸리적거리는 것은 또 어떻고요."

"안 한다. 절대 못 해. 내가 왜, 내가 왜 내 밑창을 남에게 보 여주며 살아야 해? 그래, 차라리 내가 죽을게. 죽으면 끝나는 목숨, 나는 기저귀 차고는 1초도 안 산다. 나는 짐승이 아니야. 사람이라고."

금숙 할머니는 어깨 부분의 시트를 잡아당겨 자신의 목을 감 았다. 다리에 감겨 있던 시트를 풀어 바지를 벗겨 내려던 요양 보호사가 기겁을 하며 할머니를 붙잡았다. 그 사이 다른 요양 보호사는 있는 힘을 다해 오므리고 있는 할머니의 다리를 벌리 고 바지를 벗겨냈다.


금숙 할머니가 그토록 감추고 싶었던 아랫도리가 환하게 드 러났다. 나는 나도 모르게 눈을 감았다. 내가 눈을 감고 안 보는 게 할머니에 대한 예의라는 생각이 들었던 것 같다. 아니다. 그 건 나 자신에 대한 마지막까지 지키고 싶은 자존이었다. 할머 니의 울음이 더 크고 더 길게 병동을 울렸다.

"짐승이 아니고 사람이니까 기저귀를 차는 거예요. 짐승이면 몸에 칠갑을 하든 말든, 그대로 두죠. 사람이니까 똥오줌 받아내는 기저귀를 하는 거 아니냐고요. 제발, 고집 그만 부리세요. 아무리 치매지만 이렇게 우기기만 해서 될 일이냐고요. 또 오 므린다. 웬 힘이 이렇게 세요? 다리 벌려요. 제발. 남들 다 차는 기저귀 왜 어르신만 이렇게 별스럽게 거부해요? 그 연세에 숨기고 자시고 할 게 뭐 있다고."

벌겋게 열이 오른 얼굴로 기저귀를 채우고 나오는 요양보호사를 나는 바라보았다.

"질려요, 정말 저 할머니한텐 질려. 지금 몇 번째 기저귀 소동인가 몰라요. 기저귀만 차자고 하면 죽여달라고 저렇게 날뛰니 온몸에 땀 한 방울 남는 것도 없이 있는 맥, 없는 맥이 다 빠진다니까요. 남들 다 차는 기저귀가 저 어르신은 왜 그렇게 싫은지 몰라. 똥이고 오줌이고 싸면 다 알아서 닦아주고 갈아주는데."

내가 바라보자 자신의 아군이라고 생각했는지 그 요양보호사는 금숙 할머니의 병실을 손으로 가리키며 말했다.

왜 그렇게 싫은지 모르겠다니, 당신이 저 할머니라면 순순히 기저귀를 차겠는가… 환한 불빛 아래에서 아랫도리가 벗겨져

음부 사이사이에 끼여 있는 똥이며 오줌을 보여주는 일이, 당신이라면 늙고 병들었으니 부끄럽지 않겠는가. 당신들 스케줄대로 기저귀 케어 시간이 따로 있어, 그 사이 변을 보아도 척척한 채로 당신들이 기저귀 갈아줄 때까지 기다려야 하는데, 당신 같으면 그런 자신이 죽고 싶지 않겠는가. 짐승 같다고 느껴지지 않겠는가.

나는 그 요양보호사를 향해 한숨만 내리 쉬다가 다른 병실로 들어갔다. 금숙 할머니가 느꼈을 수치감이 정말 1프로의 차이도 없이 고스란히 느껴졌다.

출퇴근 때 탈의실에서 간호복을 입고 벗을 때도 동료 한 사람만 같이 있어도 나는 불편했다. 간호복이 바지라 바지를 입고 간 날은 다시 간호 바지로 갈아입으려면 부득이 팬티 아래로 두 다리가 보일 수밖에 없다. 아무리 동료라도 그런 모습을 보이고 보는 것은 나로선 도무지 편해지지 않는 일이었다. 근무 기간 내내 남들보다 출근을 20분 정도 빨리했던 것도 그런 이유가 컸다.

병실을 돌고 있는데 다시 요양보호사들이 우르르 금숙 할머니의 병실로 뛰어가는 게 보인다. 입이라도 맞춘 듯 똑같은 고함을 내지른다.

"어르신, 기저귀를 이렇게 죄다 빼서 찢어놓으면 어떡해요? 선생님, 어떻게 주사를 놓든 약을 먹이든 이 분 좀 진정시켜 주세요. 기저귀를 실처럼 갈기갈기 다 찢어놨다고요. 치매 걸린 노인이 어떻게 기저귀 찬 건 안 잊어버리는지 몰라 정말."

"안 차. 나는 기저귀는 절대 안 찰 거야. 똥을 주무르든, 몸에 떡칠을 하던 내버려둬. 야, 이년들아. 늙으면 그게 당연한 거야. 그런 말도 모르냐? 늙어 벽에 똥칠할 때까지만 살라고 하는. 내 신세 이렇게 되어 그렇게는 살아도 네년들한테 아랫도리 내보이며 기저귀는 안 찬다. 안 차."

금숙 할머니의 분노와 증오가 불처럼 타오르는 704호 병실로 간호사가 주사기를 들고 달려간다.

당신은, 당신에게,
화를 내는 겁니다

사람
서른

또, 맞았다. 반팔 간호복 아래로 드러난 왼쪽 팔뚝에 벌겋게 자리 잡은 손바닥 자국이 보인다.

벌써 며칠째인지 모르겠다. 석션을 할 때마다 거칠게 휘저으며 무자비로 때리고 할퀴는 최명동 씨. 후두암과 뇌출혈로 목소리도 거동도 잃었지만 의식만은 너무도 명료한 예순한 살의 젊은 환자다. 잘 때도 벗지 않는 안경 아래로 짙은 주름 하나 없는 팽팽한 얼굴, 얼마나 건장한 체격이었는지 충분히 짐작할 수 있는 큰 키와 균형 잡힌 몸, 서슬 퍼런 눈빛의 그가, 유일하게 움직일 수 있는 오른팔로 필사적으로 저항하고 있다.

팔꿈치를 중심으로 위아래로 퍼지고 있는 멍도 아직 가시지 않았는데, 오늘은 그가 끼고 있는 반지에 긁혀 팔뚝에 조약돌 같은 핏방울이 10여 센티나 돋아난다. 따갑고 저릿저릿하다. 솔직히 욕도 치밀어 오른다. 그러나 석션을 멈출 수는 없다. 가슴에서부터 그렁거리며 입 밖으로 뿜어 나오는 가래를 뽑아주지 않으면 금방 또 산소포화도가 떨어질 것이기 때문이다.

사방으로 휘저으며 때리고 할퀴던 그가 몸을 피하자 머리맡에 있던 티슈 통이랑 물병을 던진다. 석션기를 끄지도 못한 채 양손으로 석션 라인과 석션 팁을 들고 있던 나는 대책 없이 티슈 통이랑 물병을 또 맞는다.

기어이 목소리가 분노로 떨리며 그를 바라보는 눈빛이 싸늘해진다.

"최명동 님, 자꾸 이러시면 안 되는 거 아시잖아요? 이렇게 폭력을 쓰시면 어떡해요? 저흰 최명동 님을 도와드리려는 사람들이잖아요?"

무슨 대답을 들을 수 있겠는가. 목소리를 잃은 그에게서 무슨 사과의 말을 듣겠다고, 나는 이런 말을 하고 있나. 어쩔 수 없는 자책이 또 몰려온다. 억지로 마음을 가라앉히고 두어 걸음 떨어져 있던 발자국을 그의 앞으로 옮겨 다가간다.

"석션, 힘드시죠? 알아요. 얼마나 힘드시겠어요? 하지만 해야 해요. 이거 안 하면 최명동 님이 더 힘들어져서 안 돼요. 그건 아시잖아요?"

그가 노려보다가 고개를 흔든다.

"할게요. 조금만, 입구에 있는 것만 제거하고 그만할게요. 깊게는 안 할게요. 잠시만 참아주세요. 네?"


계속 켜져 있던 석션기의 굉음 속에 조심스럽게 최명동 씨의 목에 있는 T 튜브 속으로 팁을 밀어 넣는 순간이었다. 잠시 수그러들었다고 믿었던 최명동 씨의 오른손이 정말 번개보다도 빠르게 내 왼쪽 손목을 움켜잡았다. 그 힘이 얼마나 센지 손목이 바스라질 것 같았다.

"아, 진짜! 그만 좀, 하라고요. 이 팔의 멍이며 상처, 안 보이세요? 이거 최명동 님이 때리고 할퀸 거잖아요?"

나도 모르게 소리가 커지며 신경질이 잔뜩 묻은 몸짓으로 석션기를 꺼버리고 병실을 나왔다. 모욕을 당한 것처럼 심장이 떨리고 온몸에서 식은땀이 났다. 내뱉지는 못했지만 내가 알고 있는 온갖 욕이 비등점을 향해 끓어오르고 있었다.

그랬다. 욕이라도 한바탕 퍼붓고 나면 어떻게든 진정이 될 것 같은데, 그럴 수 없으니 숨까지 제대로 쉬어지지가 않았다.

"그러게, 묶고 하랬잖아요. 저 분은 그러지 않으면 우리 몸이 남아나질 않아요. 기저귀 갈 때도 어찌나 손으로 머리를 쥐어 뜯는지, 우린 아예 묶고 시작해요. 보호자들도 동의한 건데 왜 석션할 때마다 그 지경을 당해요? 아유, 샘. 저 팔 좀 봐. 부풀어 오르네."

지나가던 요양보호사가 묶는 시늉을 하며 말했다. 이 병실 저 병실에서 기저귀를 갈고 나오던 다른 요양보호사들도 한마디씩 거들었다.

"저 양반들은 여기가 병원인 줄도 모르나봐. 먹이고, 입히고, 씻기고, 똥 기저귀 갈아주며 무조건 예, 예, 해주니까 본인 신세도 모르는 건지, 가족들한테도 못 부리는 온갖 포악질을 우리한테 다 한다니까요? 최명동 저 양반도 자기 부인이랑 딸들 앞에서는 얼마나 고분고분한데요."

"글쎄 지금은 돌아가셨지만 여기 계셨던 어떤 할머니는 우리보고 어떤 말까지 했는지 아세요? 야, 이년들아. 우리가 병이 들어 여기 왔으니 니들이 똥 기저귀를 갈아주는 일이라도 하며 벌어먹고 사는 거야. 네년들이 뭐 공짜로 씻기고 먹여주냐? 돈 받아 처먹으며 그럼 양반 대접받으려고 했어? 그 말을 듣는데 정말, 덤벼들어 확, 쥐어뜯고 싶더라니까요?"

"차라리 최명동 님처럼 때리고 할퀴는 건 아프고 괴로워서
그러나보다 할 수 있어요. 기저귀를 갈려고 앞을 펼치면 능글
능글하게 웃으며 내 손을 잡아끌어 거시기에 대는 노인네도 얼
마나 많은데요. 정말 그럴 때면 썩은 무 뽑듯이 확, 뽑아 던져버
리고 싶다고요."

"그래, 정말 그럴 때마다 내가 뭐 호의호식하겠다고 남의 할
아버지 밑 닦아주며 이 일을 당하나 하는 회의가 왕창 밀려와
요. 솔직히 돈도 돈이지만 우리 하는 일이 봉사심 없이는 할 수
없는 일 아니에요? 많지도 않은 요만큼 돈 벌려면 어디 가서 뭘
한들 못 벌겠어요? 같은 돈이지만 좋은 일하며 벌어보겠다고
시작한 일인데… 억장이 무너질 때가 너무 많아요."

"고마운 줄은커녕 하녀보다도 못하게 여기니까 나는 애초에
가졌던 봉사심도 다 사라졌어요. 그래, 당신들은 내 돈줄이다.
당신들이 날 하녀로 생각하면 나 역시 당신들을 내 돈줄로밖에
여기지 않는다. 그렇게 생각하면 욕 한 번에 얼마, 능글맞은 손
짓 한 번에 또 얼마, 얻어맞으면 곱하기 2, 에고… 어느 사이 이
렇게 타락하더라고요. 그러니 이제 묶고 하세요. 샘은 왜 그렇
게 묶는 걸 싫어하세요? 그러다 맞으면 누가 알아줘요?"

종이컵에서 스틱 커피가 고스란히 식어갔다. 아마 나 대신 내가 하고 싶은 말을 해주고 있다고 생각되었기 때문일 것이다. 벌벌 떨리는 가슴으로 커피를 타긴 탔는데 나는 한 모금도 마시지 못한 채 사람들의 말소리에만 귀를 기울이고 있었다.

솔직히 응원가처럼 느껴졌다. 드러내지 못한 나의 분노를 대신 표출해주고 있는 그들이 끈끈한 우애로 뭉쳐진 아군처럼도 느껴졌다. 내 마음속에서 우글거리는 온갖 욕에 동조를 해주고 동참을 해주는 그들에게서 따뜻한 정도 느껴졌다. 그러나 마음은 풀어지지 않았다. 오히려 더 딱딱하게 굳었고, 더 캄캄했다.


이런 대접받으려고 이 일을 시작했나… 언젠가부터 근무할 때면 시도 때도 없이 찾아오는 자괴감과 후회가 다시 덮쳐왔다. 이런 종보다도 못한 대접을 받으려고… 그때였다. 나는 내가 되뇌고 있는 '대접'이란 단어 앞에서 나도 모르게 멍든 팔을 감싸며 그 자리에 주저앉았다.

대접이라니… 아픈 저들로부터 지금 뭘 바라고 있나… 드러낼 수는 없지만 가족들로부터도 이미 부담과 불편한 존재가 된 저들이 아닌가. 이곳에 들어와 죽음의 순간만 기다리고 있는 저들에게 끝까지 함께 있어주는 배웅자가 되겠다고 시작한 조무사가 아니었던가. 그런 내가, 그랬던 내가, 대접이라니… 고

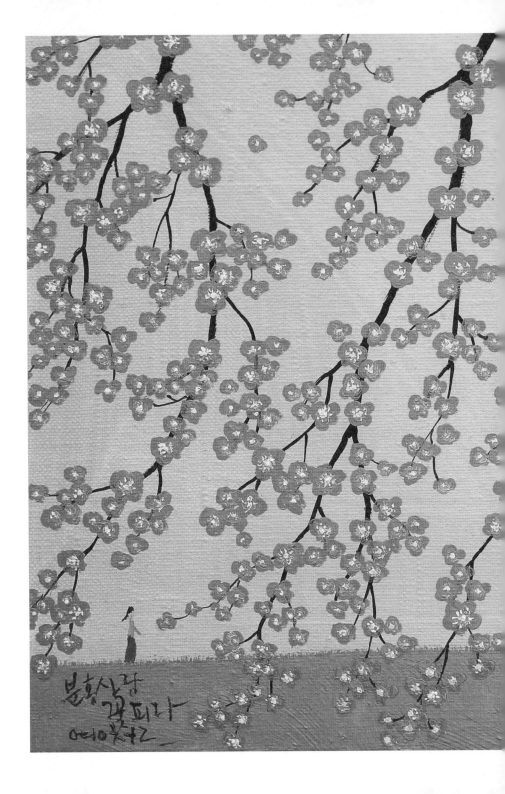

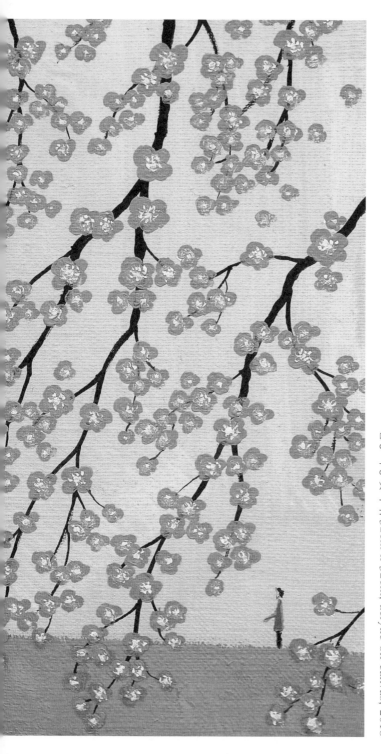

분홍 사랑 꽃피다, 32cm x 32cm, acrylic on canvas, 2018

작 이거였나. 부끄러움이 부풀어 오른 팔뚝을 가리며 멍처럼 퍼져나갔다.

무릎이 벌벌 떨려서 일어서지도 못하고 있는데, 입사한 지 두 달도 채 안 된 나이 어린 영희 요양보호사의 목소리가 멀리서 들려왔다. 30대 후반의 그녀는 어린 나이로 입사 때부터 요양보호사들 사이에서 화제가 됐던 사람이었다. 80킬로가 넘는 뚱뚱한 몸에 무릎 관절염으로 다리까지 조금 절면서도, 잠시도 앉아 쉬는 법 없이 부지런히 병실을 돌아다니며 환자들을 챙기는 걸로 이미 유명했다.

"아픈 사람이니까, 아파서 그런 거니까, 어쩌겠어요? 건강한 우리가 참아드려야죠. 바른말, 바른 행동을 하면 뭐하러 요양병원에 들어왔겠어요? 그런 사람이면 뭐하러 가족들도 돈 들여가며 여기에 모셨겠어요? 그런 거 당해달라고, 그런 거 참아달라고 우리 같은 사람들이 시험 치고 훈련받아 여기 있는 거 아닐까요? 까짓것 때리면 맞아주고 욕하면 들어주죠 뭐. 하는 사람보다 더 아프고 더 힘들겠어요?"

"그러게. 바른말 자판기인 영희 보호사 말이니까 들어야지 뭐. 하긴 저 어르신인들 오죽이나 답답하고 심정이 복잡하겠어? 그래도 건강해서 온갖 데 돌아다니며 일하는 우리가 낫지."

나는 최명동 님 병실로 다시 들어갔다. 그가 노려보더니 오른팔을 움찔거리며 전투 태세를 갖춘다.

　"안 해요. 석션하려고 온 거 아니에요. 최명동 님 팔이 아플 것 같아서 주물러 드리려고 왔어요. 그렇게 휘젓고 하시느라 아프시잖아요?"

　가만히 오른팔을 잡아 손에 힘을 빼고 주무르는데 눈물이 터진다. 최명동 님이 눈을 부릅뜨더니 꾹 감는 게 보인다.

　"죄송해요. 석션 자꾸 해서. 해야 되기 때문에 했는데… 그래서 힘든 건 당연히 참아주셔야 한다고 생각했어요. 저라도 때리고 던지고 했을 거예요. 힘드시겠지만 억지로 기침이라도 해서 가래가 밖으로 뱉어지게 해보세요. 그래야 돼요."

　최명동 님 팔을 주무르고 있는 내 왼쪽 팔목에서 어느 사이 긴 나뭇가지처럼 굳은 피가 눈물 사이로 빛난다.


　또, 하루를 살았다.

## '친절한 반말, 쓰지 마세요'

인계가 끝났는데 수간호사가 잠시 우리를 주저앉혔다. 간호부 특성상 인계 후엔 각자 파트에서 해야 할 일이 시간을 다투며 기다리고 있는데 의외였다. 각 병실에서 가래 끓는 소리, 아프다고 고함을 치는 소리가 마음을 급하게 했다.

"향숙 어르신, 잠깐만 기다려. 아직 간호부 인계가 덜 끝났나봐. 곧 가래 뽑아드리라 그럴게."

인숙 요양보호사가 큰 소리로 달래며 그 병실에서 나와 자기들 자리로 돌아가 앉는 게 보였다. 막 점심을 먹고 온 후라 그들은 커피 타임을 즐기고 있었다. 혼자 근무에 들어가는 조무사들에 비해 요양보호사는 무리를 지어 일하므로 그들은 바쁜 와

중에도 자기들의 휴식 시간은 반드시 챙겼다.


"그래, 저랬구나. 우리가! 늘 그랬던 건 아니지만, 많은 부분을 저렇게 했어."

수간호사의 말에 우린 서로를 바라보았다. 할 일이 자꾸 미뤄지고 있다는 불안이 마음에 자꾸 조급증을 일게 했다. 수간호사의 다음 말을 기다리는 중에도 차트를 뒤적이던 진숙 간호사가 차트에서 눈을 못 뗀 채로 물었다.

"뭘 저랬다는 거예요? 인숙 보호사가 뭘 잘못했나요?"

"못 느꼈어요? 나는 바로 저거다, 싶은데?"


핵심은 알려주지 않고 수간호사는 선문답 같은 말만 내뱉더니 한숨을 쉬었다. 그때 커피를 마시던 다른 보호사가 또 병실로 들어가는가 싶더니 곧 아이를 어르는 것 같은 말이 들렸다.

"어디? 아, 거기가 아파? 곧 약 발라주라 그럴게요. 조금만 참아. 아직 샘들 회의 안 끝났어. 착하지? 우리 정수 어르신?"

그때였다. 수간호사가 신경질이 잔뜩 묻은 몸짓으로 일어나더니 보호사들을 향해 소리를 질렀다.

"보호사님들! 어르신들한테 반말 쓰지 마세요. 어르신들이 아이예요? 왜 그렇게 반말들을 써요? 그러니 보호자들한테 컴

플레인이 들어오잖아요."

"아니, 우리가 언제 반말을 했다 그러세요?"

인숙 보호사가 억울하다는 표정을 감추지 못하고 대꾸했다. 다른 보호사들의 시선도 일제히 간호부 쪽으로 쏠렸다.

"보호사님들 지금 반말한 거 못 느끼세요? 간호부 선생님들도 마찬가지예요. 아무리 정신 줄 놓은 어르신들이라고 아이 다루듯 하지 않았냐는 거예요."

"수간호사 선생님, 그건 맞지만 반말이라기보다는 더 살갑게 대하려고 하다 보니 저절로 그랬던 거 같은데요. 우리 할아버지 할머니한테처럼 해야 한다고 생각하니 말이에요. 일일이 존 칭으로 예의를 차리는데 무슨 살가운 정이 느껴지겠어요?"

진숙 간호사의 말에 요양보호사들이 일제히 고개를 끄덕였다. 나는 순간 가슴이 무엇인가로 막히는 느낌에 자리에서 일어나 물을 마셨다. '반말'이란 단어가 풍선처럼 부풀어 올라 목젖까지 막고 있는 것 같았다. 그때 수간호사가 정수기 앞으로 가더니 컵에 물을 따라 자리에 앉으며 말을 이었다.

"샘들, 조금 전에 수간호사 회의에 갔더니 여러 보호자들로부터 컴플레인이 그치지 않는대요. 병원 직원들이 환자들한테 반말로 대한다고요. 처음엔 그렇지 않다고 생각했는데, 오늘 저 보호사 보니까 우리도 그래 왔단 자각이 드네요."

"우린 살갑게 한다는 게 보호자들로선 불쾌했나 보네요. 근데 그게 그렇게 기분 나쁠까? 손녀가 애교 부리듯이 하는 말투였는데… 그리고 그렇게 말해주는 걸 어르신들도 좋아하시는 것 같지 않아요? 깍듯하게 존칭을 써서 대하면 여기가 남들 천지인 병원이고, 그래서 가족들하고도 떨어져 있는 상황이 더 실감될까봐, 우리를 가족처럼 느끼시라고 그래 왔던 거잖아요."

진숙 간호사는 이해가 되지 않는다는 표정을 감추지 못했다. 부근에 둘러서 있던 요양보호사들도 마찬가지였다. 그들은 수군거리면서 고개를 저어대는 것으로 이 상황에 대한 저항을 내보이고 있었다. 그때 수간호사가 모두를 둘러보며 조금 높아진 목소리로 말했다.

"친절한 반말! 들어봤어요? 저도 오늘 처음 들었어요. 그거 쓰지 말래요. 아무리 병들고 늙어 요양병원에 모셨지만, 어른도 한참 어른인 자기 엄마를 아이 어르듯 하지 말아달래요. 친절을 포장한 반말로 무례를 범하지 말아달라는데, 보호자 입장에선 충분히 할 수 있는 말이겠죠. 간호팀장님이 강력하게 주의를 주신 거니까 지켜주세요. 3층에 입원하신 어느 환자 보호자가 그랬대요. 자기 엄마한테 '친절한 반말' 쓰지 말아달라고요."

예상 못한 일격을 당한 사람처럼 머리며 몸이 후들거렸다. 훅! 하고 가슴으로 쑥 들어오는 바람을 맞는 것 같았다.

친절한 반말! 더 이상의 설명이 필요 없었다. 간결하면서도 정확했다. 누가 한 말인지는 몰라도, 그 말을 한 사람이 느꼈을 모든 감정이 단숨에 그대로 전달되었다. 그 사람인들 병동에서 자기 부모를 보살피는 직원들의 마음을 모르겠는가. 반말을 썼다면 그 의도를 모르겠는가. 하지만 아픈 부모이고 아픈 형제이니 더 감싸고 싶었을 것이다. 어차피 타인일 수밖에 없는 직원들이 아무리 '친절'을 내포하고 있다고는 하지만, 내 부모에게, 내 형제에게 '반말'을 쓰는 건 싫었을 것이다. 화가 났을 것이다.

"그 보호자는 그랬대요. 당신들은 가족이 아니다. 그러니 아무리 딸처럼, 손녀처럼 살갑게 대한다고 해도, 그래서 다정하게 반말로 정을 낸다고 해도, 그건 결국 무례를 범하는 거다. 친절한 반말은 하지 말아달라. 늙고 병들어 정신까지 온전하지 않다고 하더라도, 적어도 가족인지 아닌지는 본능적으로 알지 않겠느냐. 그러면서 울더래요. 그러니 우리 조심합시다. 보호사님들은 더 각별히 주의해주세요. 아래를 보이며 기저귀를 해야 하는 어르신들의 보호자들로선, 그걸 갈아주고 목욕을 시켜주는 보호사님들의 언행에 더 예민할 거예요."

그날 이후 지금까지도 마음에서 떠나지 않는 말, 친절한 반말! 종류와 상황은 다르지만 사는 동안 우리가 겪을 수 있는 것이 어디 말뿐이겠는가. 마음을 드러내는 일이라면 말 말고도 다른 것이 많을 것이다. 정을 표현하고 싶다면, 사람의 외로움을 덜어주고 싶다면, 그들의 고통에 손잡아주고 싶다면, 시선이나 몸짓으로도 충분히 가능할 것이다. 진심은 그런 것 아닌가!
나는 병실로 들어가 석션 기계 스위치를 올리기 전 진미 어르신 손을 가만히 잡았다. 나만 들어오면 석션의 고통으로 목을 움츠리며 심하게 떨던 진미 어르신이, 의아한 눈빛으로 나를 빤히 바라보았다.
따뜻하고 평화로운 눈빛이었다.

사
람
꽃
밭
에
삽
니
다

"엄마, 왜 이제 와? 밥도 못 먹고 기다렸잖아."

병실에 들어서자마자 순영 어르신이 두 팔을 벌려 나를 부르신다. 두 시부터 시작되는 이브닝 근무에 들어가 막 병실 인사를 돌고 있는 참이다. 앞서 들어간 박 간호사가 돌아보며 웃는다.

"샘, 딸이 많이 기다렸나봐요. 어서 가서 안아줘야겠네."

"순영 어르신, 오늘 뵈니 더 예쁘네요. 누가 발라 드렸나봐. 로션 냄새도 아주 좋네요."

나는 순영 어르신 얼굴을 두 손으로 감싸고 눈을 맞춘다. 순영 어르신 두 팔은 어느새 내 허리를 감싸고 있다.

"엄마가 사준 거잖아? 내가 저 아줌마한테 발라달라고 했어. 우리 엄마 올 때 나 예쁜 냄새나게 해달라고."

"아유, 그랬어요? 잘하셨어요. 얼마나 좋아요? 향긋한 이 냄새."

"우리 엄마가 얼마나 예쁜데? 그러니 나도 예뻐야지. 딸이니까. 그지? 엄마?"


옆 침대 향순 어르신이 무엇엔가 삐치신 듯 투덜거리시더니 소리를 지른다.

"저 노인네는 왜 자꾸 우리 올케한테 엄마라고 해대는 거야? 망령이 나도 한참 났네."

나는 얼른 향순 어르신께로 다가가 어르신 손을 잡는다.

"어르신, 식사 많이 하셨어요? 오늘 점심 반찬은 맛있었어요?"

"거 왜 올케는 저 노인네 망령에 맞춰주고 그러는 거야? 그러니까 점점 더 망령이 심해지는 거야. 그래, 오라버니는 아직도 감감무소식이야?"


대답할 말이 없다. 향순 어르신의 올케는 이미 오래전 40대의 젊은 나이로 세상을 떠났다고 했다. 돈 번다고 집을 떠났던 어르신의 오빠는 아무도 소식을 모른다는 말도 덧붙였다. 나만 보면 '올케'라고 하는 걸 보고 어르신의 며느리가 해준 말이었다. 내가 그저 바라보고만 있자 향순 어르신의 어깨가 처지더니 깊은 한숨을 내쉰다.

"그 화상은 도대체 어딜 가서 마누라도 새끼도 나 몰라라 하는 거야? 올케 고생이 심해 어째?"

"어르신, 오라버니 곧 돌아오실 거예요. 맨날 기도하시잖아요?"


병실을 나오는데 두 어르신이 싸우는 소리가 온몸에 감긴다.

"우리 엄마야. 저 노인네가 정신이 나갔나?"

"지가 미친 건 모른다고 한 말이 사실이구만. 남의 올케한테다 늙은 노인네가 웬 엄마 타령이야?"

"거 참, 늙어도 곱게 늙어야지. 보자 보자 하니까 이 노인네야. 짐승도 지 가족은 알아본다고. 우리 엄마를 뭐? 올케? 에잇, 그러니까 늙으면 죽어야 해."


한 병실에서 나는 누군가의 엄마도 되었다가, 또 누군가의 올케도 된다. 흐려져 아득해지는 기억을 붙잡고 사는 어르신들에겐 가장 애틋한 사람이 된다. 사람의 긴 일생 중에 결국 가장 애틋했던 사람이 마지막 기억과 시간의 주인이 된다는 걸 나는 그렇게 또 배운다. 옆 병실에는 또 나를 '막내'라고 부르는 철식 어르신이 기다린다.

흔히 어린아이들을 '사람 꽃'이라고 한다. 세월의 흔적 하나 없는 탱탱한 볼살과 거짓과 가식이 뭔지도 모르는 무결점의 목소리, 걱정과 불안, 두려움 등 삶의 불청객이 아직 찾아오지 않은 순수의 땅 같은 아이들, 꽃만큼, 꽃보다 더 예쁘다고 해서 하는 말이다.

하지만 그거, 아는가. 이가 다 빠져 잇몸으로 웃는 어르신들의 웃음이 이가 나기 전 갓난아기의 웃음과 얼마나 닮았는지. 주름 사이로 햇살도 숨고 바람도 숨은 음영 짙은 얼굴이 얼마나 많은 이야기를 담고 있는지, 그 이야기 속에 아직도 살아있는 꿈이며 소망이 얼마나 많은 색깔로 반짝이고 있는지.

때때로 고백하는 잘못과 후회의 한숨이 어린아이 젖 냄새보다도 더 진한 향기로 얼마나 우리를 숙연하게 하는지, 애틋한 누구를 부르는 그들의 목소리가 얼마나 간절한지.

그래서 그 앞에 있는 누구라도 그들이 부르는 사람이 되어 끝없이 안아주고 다독여주고 싶게 하는지….

사랑 노래를 부르다, 53cm x 53cm, acrylic on canvas, 2018

피어나고 있는 꽃만 꽃인가. 만개한 꽃무리만 꽃밭인가.

시들고 있는 꽃도 꽃이다. 꽃잎이 떨어져 흙빛으로 서걱거리는 땅도 꽃밭이다.

한겨울 냉기와 눈이 덮인 곳이라 해도 색색의 꽃무리를 본 기억과 걸음걸음 느꼈던 향기에 대한 추억, 우리는 그곳이 꽃밭임을 안다.


철식 어르신 병실로 들어서자 어르신이 침대 자리를 내주며 앉으라고 손바닥을 활짝 펴서 두드린다.

"막내야, 학교에서 선생님 말씀 잘 들었어? 친구들하고는 안 싸웠지? 숙제는?"

식사 후 세척 때문에 틀니를 빼, 붉게 드러난 잇몸으로 웃는 어르신의 미소가 아이보다 더 해맑다.


나는 오늘도 사람 꽃밭에 산다.

# 짐승도 제집에서
# 죽고 싶은 거야

간호부와 요양부가 총동원되어 병동 앞뒤 문을 가로막고 있다. 몇몇 힘센 요양보호사들이 인순 어르신을 안아서 옮기기 위해 시도해보지만 손도 쉽게 댈 수가 없다. 마음먹고 저항하고 있는 사람 앞에서는 어떤 무력도 초라하다. 오늘만 해도 벌써 세 번째다.

"내가, 내 집에 가겠다는 거야. 도망가는 게 아니라고! 왜 나를 도둑놈 잡듯 잡아채는 거야?"

인순 어르신의 외침이 병동을 넘어 온 병원을 흔든다.

"내 집에서 죽을 거야. 내가 멀쩡한 내 집 두고 왜 이런 고려장을 당해야 돼? 내보내만 줘. 병원비는 통장, 도장 다 여기 주고 갈 테니 바로 빼가면 되잖아?"

허리가 굽어 운신이 불편하긴 하지만 구순의 고령인 점을 고려하면 너무도 건강이 양호한 인순 어르신. 그 나이면 누구나 갖고 있는 경미한 치매 증상도 없다. 매월 정해진 날짜가 되면 두 개의 통장을 꺼내 전화로 상가 월세 입금을 확인하고, 아들이나 딸이 올 때마다 비어 있는 집단속을 부탁하는 것도 잊지 않는다.

"바로 저 한길 건너야. 시장 지나서 오른쪽으로 꺾어지면 두 번째 집이 우리 집이야. 살살 걸어가면 되는 거리라고. 굽은 허리로 계단 내려오다 삐끗해 운신도 못하고 누워 있으니까, 며칠 편히 쉬라고 우리 아들이 나 여기 데려온 거야. 이제 내가 이렇게라도 걸을 수 있는데 가야 되잖아? 왜 멀쩡한 사람이 여기서 살아야 돼? 나 보내줘. 제발 좀 보내달라고."

가방에 지팡이까지 챙긴 인순 어르신의 목소리에 울음이 묻어난다. 각자 일이 바쁜 병동 직원들이 하나둘 자리를 뜨자 최 간호사가 환자 차트를 뒤적여 어딘가로 전화를 한다. 짐작대로 인순 어르신의 아들이다.

최 간호사의 표정이 곤혹감과 짜증으로 일그러진다. 수화기를 든 채로 절레절레 고개를 저으며 한숨을 쉬다가 나와 눈이 마주친다. 어떻게든 어르신을 달래 방으로 모시라는 무언의 메시지가 읽힌다.

눈치 빠른 인순 어르신이 나를 돌아보며 회심의 미소를 짓는다. 저 미소가 나는 가슴 아프다. 정말, 가슴 아파서 시선이 자꾸만 피해진다. 요양병원에 간호조무사로 일하며 어떤 업무보다도 힘들고 괴로운 건 늘 이런 때다. 사람의 감정을 속여야 되고 현실을 우회해 납득시켜야 하는 이런 때가 도무지 익숙해지지도, 그냥 넘어가지지도 않는다.

많은 요양시설에서 '어르신 입장에서, 어르신 마음으로, 가족 같은 사랑을!'이라는 슬로건을 내걸고 있다. 그 슬로건을 볼 때마다, 들을 때마다, 회의와 죄스러움을 숨길 수 없다. 우린 결국 자식 입장에서, 자식의 마음으로, 그들을 대신하는 기관이요, 사람들일 뿐이라는 자각이 자꾸 찾아오기 때문이다.

"우리 아들도 그러라지? 암, 멀쩡한 지 엄마를 이런 데 둘 아들이 아니지. 아직도 내가 운신이 힘든 줄 알고 퇴원 안 시키는 거지. 이렇게 걸을 수 있는 거 알면 한 시간도 여기 둘 그런 아들이 아니야."

통화를 끝낸 최 간호사가 인순 어르신에게서 가방을 뺏으며 팔짱을 낀다. 나는 구원군을 만난 것처럼 조금 뒤로 비켜난다.

"어르신, 아드님이 지금 해외 출장 중이래요. 그래서 지금은 올 수가 없대요. 그러니 지금은 안 돼요. 보호자가 있어야 퇴원할 수 있다는 건 아시죠? 자, 들어가셔서 아드님 올 때까지만 기다리세요. 아셨죠?"

"언제 온다는데? 이번에는 또 며칠이나 걸린대?"

뺏긴 가방을 움켜잡으려 팔을 뻗던 인순 할머니의 팔이 스르르 풀린다. 그 틈에 다른 손으로 잡고 있던 지팡이도 땅으로 떨어진다.

"한 2주 정도 걸린대요. 아드님 다니는 회사가 아주 잘되나 봐요. 그죠? 어르신은 식사 잘하시고 잘 계시면 돼요."

그때였다. 인순 어르신이 바닥에 주저앉아 두 팔과 두 다리를 사방으로 휘저으며 소리 내 울었다.

"누굴 속이려고, 내가 아무리 늙었지만 바보 천치인 줄 알아? 해외출장? 무슨 직장이 내가 전화할 때 딱 맞춰서 그때마다 해외출장을 보내? 늙었다고 다 노망드는 줄 알아? 다 알아. 다 안다고. 지 엄마 여기서 죽이려고 갔다 처넣은 거 내가 몰라서 그런 줄 알아?"

이사철 — 사랑 마을, 60.6cm x 72.7cm, acrylic on canvas, 2018

다시 병동 직원들이 모여든다. 누군가는 휠체어를 끌고 오고 누군가는 컵에 물을 담아 뛰어오고, 또 누군가는 울음 섞인 목소리로 어르신을 불러댄다. 굽은 허리의 인순 어르신 등이 더 안으로 말리며 끝없는 말을 토해낸다. 한마디 한마디가 바늘에 찔리는 것보다 더 아프다.

　　"내 나이가 몇인 줄 알아? 알지? 구십이 넘었어. 눈에 보이는 모든 게 저승 문턱이야. 그래서 집에 가려는 거야. 짐승도 제 집에서 죽고 싶어해. 말 못 하는 짐승도 객사는 하기 싫어한다고. 엎어지면 코 닿을 데 있는 집을 놔두고 내가 여기서 오늘 죽을지, 내일 죽을지 어떻게 알아. 나 좀 집에 보내줘. 제발 좀. 여기 있대도 내가 주사를 맞아? 약을 먹어? 여기서 내게 하는 일이 뭐야? 밥 주고 목욕시켜 주는 거? 그건 내가 다 할 수 있는 일이야. 내가 늙어서 혼자 두는 게 지네들 신경 쓰이면 지네 집으로 데려가든지, 지네가 들어와 살든지 해야지 이렇게 병원에 처넣으면 그게 될 일이야? 어디, 말 좀 해봐. 당신들도 부모 늙으면 병원이랍시고 이런 데 보낼 거야? 병원비, 간병비 댔으니까 자식 도리를 했다고 할 거냐고? 그러면서 집에서 혼자 죽게 안 했으니 얼굴 들고 살 거냐 이 말이야."

　　모두들 말이 없다. 어머니가 요양병원에서 돌아가신 나는 인순 어르신 털끝도 만질 수 없어 떨군 고개가 자꾸 아래로 아래로 더 떨어진다.

어느새 일어난 인순 어르신이 부축도 마다하고 굽은 허리로 벽을 짚으며 병실로 걸어가고 있다.


짐승도 제집에서 죽고 싶은 거라는 어르신 말에 집에 와서 펑펑 운 날이었다.

백 살 할머니는
칭찬 공장 사장님

사람
서른넷

"동해물과 백두산이 마르고 닳도록… 하느님이 보우하사 우리나라 만세."

병동에 또, 애국가가 퍼진다. 올해 백수를 맞으신 경희 어르신이 부르는 노래다. 가사도 박자도 딱딱 들어맞는 완벽한 노래다.

"남산 위에 저 소나무 철갑을 두른 듯 / 바람서리 불변함은 우리 기상일세."

2절까지! 3, 4절까지는 이어지지 못하고 늘 거기에서 1절로 돌아가지만, 어르신의 애국가는 오늘도 밤낮없이 계속된다.

"어르신, 손에 잡는 태극기 하나 사다 드릴까요? 그거 흔들며

234

애국가 부르면 진짜 유관순 같을 것 같아요."

"말도 예쁘게 하지. 유관순? 백 살 된 늙은 유관순이라… 그건 책에서도 못 봤지? 그러고 보니 올해가 3.1 운동 백 년 된 해네?"

저 완벽한 기억력! 모든 직원들의 입에서 탄성이 터진다. 경희 어르신은 올해 백수 잔치를 한, 백 살 된 사람이기 때문이다.

백 살! 한 달 전 앰뷸런스에 실려 경희 어르신이 입원하시던 날, 병동 직원들은 백 살 된 어른을 본다는 흥분으로 모두들 들떴다. 백세시대라고 뉴스마다 광고마다 떠들긴 했지만, 그건 사실 가보지 않은 미지, 이루어지지 않은 꿈과 다르지 않았기 때문이다.

그런데 진짜 백 살 된 어른이 우리 병원으로 입원한다니, 그것도 고관절이 부러져 수술했을 뿐, 칠십만 넘어도 병력에 당연한 듯 추가되는 치매나 뇌혈관 질환 하나 없이 건강한 분이라니, 우리는 모두 전설을 만나는 기분으로 경희 어르신을 기다렸다.

"백수잔치를 하던 날 일흔여덟 살이 된 큰아들이 할머니를 업고 춤추다가 테이블에 발이 걸려 넘어졌대요. 그때 할머니를 떨어뜨려 고관절이 나간 거죠. 아무래도 연세가 있으시니까요. 그때까지 마을 경로당에 지팡이도 짚지 않고 혼자 걸어다니신 분인데. 신경 좀 써주세요. 제가 아는 분이기도 하지만, 그것보다는 우리 병원 환자 중에 최고령이시니까요."

경희 어르신 손자며느리와 친구인 수간호사는 자신의 할머니처럼 출근하면 수시로 병실을 드나들며 경희 어르신을 살뜰히 챙겼다.

"근데, 어쩌면 머리도 검은 머리가 더 많고 귀도 잘 들리시고 그 흔한 백내장도 없으세요? 다른 백 살 어르신은 본 적도 없지만, 진짜 백 살이 저 정도면 우린 뭐죠? 허리며 무릎이 안 아픈 데가 없고, 돋보기를 쓰지 않으면 어르신들 기저귀를 갈 때도 오줌인지 똥인지 분간이 안 되는 우리는… 이제 겨우 칠십 줄에 들어선 우리는 어떻게 산 거죠?"

요양보호사 팀장이 경희 어르신을 병실로 모신 후 한숨을 쉬자 너 나 할 것 없이 모두들 한숨이 터져 나왔다.

"피부는 또 어떻고요? 주름도 별로 없어요. 게다가 날짜며 요일도 얼마나 정확히 아시는지, 백 살 되면 다 저런가? 말이 백 살이지, 백 년을 살았다는 거잖아요? 살아있는 역사책이 저 어르신 아닌가요?"

수술 상처 드레싱을 하기 위해 병원복 하의를 벗기는 내게
경희 어르신이 노래를 멈추고 손으로 내 머리를 쓰다듬었다.

"또 치료해주려고? 고마워서 어쩌나? 늙은이 살 보는 거 싫
을 텐데도 내색 안 하고… 그것도 하루 세 번씩이나… 고마워."

"아유, 어르신. 고맙긴요. 저희가 당연히 해야 할 일인데요."

"그래서 고맙다는 거야. 당연히 해야 할 일이라도 그걸 당연
하게 생각하는 게 예뻐서 말이야. 세상엔 어째 이렇게 착한 이
들이 많을까? 여기 보호사들도 얼마나 다들 순한지 기저귀 갈
면서도 손길이 찬찬한 게 진심으로 하고 있다는 게 느껴져."

마음에 덜컥, 따뜻한 난로 하나가 들어와 앉는 것 같다. 아픈
몸이 서글픈 데다 요양병원 입원을 유폐된 걸로 생각하는 많은
환자들을 봐왔다. 자신과 세상에 대한 서러움과 분노로 하루가
짜증으로 뜨고 지는 수많은 환자들, 당연히 직원들에 대한 감
사와 칭찬은 가뭄에 콩 나는 것보다도 드문 일이었다. 오히려
화를 내고 짜증을 부리며 듣도 보도 못한 막말까지 자신들의
감정에 따라 퍼붓기 일쑤였다.

"요양병원 직원은 의사든 간호사든 간호조무사나 요양보호

사든 모두 감정 노동자예요. 치료하고 보살펴주는 것이 주 업무이지만, 그것보다는 무례함을 참아야 하고, 부모한테도 안 들어본 쌍욕을 듣는 것도 모자라 치매 환자들에겐 폭행도 당하니까요. 그래도 무조건 참아야지 대들거나 이치를 따질 수도 없잖아요?"

"그래도 어떡해요? 요양병원 환자들에겐 우리들이 최후의 보루일 테니까. 자식한테 그럴 수 있어요? 부모 형제, 심지어 배우자라 해도 몸이 저 지경이 되면 죄인이 된 심정일 텐데 뭘 할 수 있겠어요? 그나마 병원은 돈 주고 있는 곳이라는 생각을 하니 당연히 우리도 돈 주고 부리는 사람들이라는 마음에 속을 드러내 보이는 거겠지요."

"보호자들도 자기들은 못하면서, 그래서 부모 형제를 여기다 모신 거면서, 요구하는 걸 보면 죄다 심청이 저리 가라예요. 시간 맞춰 드리라고 간식은 잔뜩 사다놓고선 그거 한 번 직접 드리지 않고 죄다 가버리잖아요? 어르신들 뭘 먹이는 게 힘들다는 거지 뭐. 못 씹지, 사레들리지…."

"간식은 드릴 수 있죠. 어르신들 드시는 것 보면 아기 같아 보는 우리가 다 흐뭇하니까요. 그런데 아무리 병원비 내고 있는 거지만, 자기 가족을 여기 둔 사람들이 어쩌면 그렇게 고마움이란 걸 모르는지, 수고한다는 말이 그렇게 어려운 건가?"

누구 입에서 나온 말이건 모두가 동조하고 있는 말이었다. 당연한 순서였을 것이다. 나는 꿈과 실상의 간격을 인정하지 않을 수 없었다. 회의와 자괴감이 등장 차례를 기다리고 있었다는 듯이 튀어나와 마구 설쳐대기 시작했다.

그런데 경희 어르신이 입원하신 것이다. 식사 시간이 되면 맛있다고 식당 직원들을 칭찬하시고, 주사를 놓으면 안 아프게 잘 놓는다며 솜씨 좋다고 하시고, 허리 아래부터 무릎까지 깁스를 해서 목욕탕으로의 이동이 불가능해 요양보호사들이 침상 목욕을 해드리면, 일일이 손잡고 거듭거듭 고맙다는 말을 쉼 없이 하고 또 하시는 경희 할머니.

햇살이 밝으면 우리나라 하늘은 그림보다 예쁘다고 좋아하시고, 비가 내리는 날이면 수목들 잘 자라라고 비를 내려주신다며 하느님, 부처님께 감사 기도를 드리고, 애국가 부르실 때 박수를 치면 노인네 웅얼거림도 허투루 듣지 않고 정을 낸다며 착하다고, 곱다고 또 칭찬하시는 경희 할머니가 오신 것이다.

"어르신, 어르신은 왜 그렇게 칭찬을 잘하세요? 저희들 평생들을 칭찬을 지금 어르신께 다 듣고 있어요. 그래서 모두들 힘이 나요. 어르신은 정말 칭찬 공장 사장님 같아요. 매일매일 칭찬을 만들고 계시잖아요?"

수액을 빼며 주삿바늘 빠진 자리를 알코올 솜으로 누르고 있는데 경희 어르신이 대답했다.

"칭찬 공장 사장님? 거 참, 좋은 공장일세. 그래서 하느님이 입을 만들어주신 거야. 남한테 좋은 말 많이 하라고. 그게 사람으로 이 세상에 온 이유야. 짐승으로 안 태어나고 사람으로 태어나 말이란 걸 하고 사는데, 얼마나 고마워? 그렇게 살다 가야지. 백 년쯤 살고 보니 제일 잘한 게 남한테 나쁜 말 안 하고 산 거더라고. 칭찬 공장은 누구나 갖고 있어. 다들 가동을 안 해서 그렇지."

가슴이 따뜻해지고 머리에 온기가 돈다. 어디서부터 왔는지 온몸에서 미소가 번져 나온다. 알코올 솜 위로 종이테이프를 꼼꼼하게 붙이고 있는데, 경희 어르신이 손으로 내 손등을 어루만지신다.

"많이 먹어야겠어. 살이라곤 없네. 이 가녀린 몸으로 이 많은 노인들 치료해주고, 말벗 해주고, 아픈 데 없냐고 알뜰살뜰 살펴주고… 고마워. 선생도 칭찬 공장한 지 오래됐나봐? 같은 일 하는 사람들은 서로 알아보는 법이야."

다 들어간 수액 주머니를 들고 나오며 나는 대답했다.

"어르신, 저도 이제 칭찬 공장 한번 세워 보려고요. 그거 돈 많이 있어야 되는 건 아니죠?"

경희 어르신이 손뼉을 치며 크게 웃었다. 병실을 나오는데 애국가 부르실 때보다 더 큰 어르신의 목소리가 들렸다.

"공짜야! 하지만 이문은 많이 나는 대박 장사야!"


그리고 또, 애국가가 시작되고 있었다.

# 내 삶의 에필로그는 꼭, 내가 쓰길!

어느덧 그렇게 됐다. 나는 나도 모르게 내가 그들의 배우자이며 자녀이고, 형제이며 친구, 혹은 살면서 맺어왔던 지인이 됐다. 돼버렸다. 아니 그것도 부족하다. 내가 그가 됐다. 그녀가 됐다.

종교적으로 승화됐다거나, 핏줄과 관계를 뛰어넘는 깊은 정을 느꼈다거나, 투철한 사명감으로 보람과 긍지 속에 살고 있다거나, 그런 말을 하는 게 아니다.

오히려 나는 아프고 외로운 그들을 보며 왜 저들을 저렇게 만들었냐고 하느님과 부처님, 공자, 맹자까지 원망하고 따지는 횟수가 늘어났다. 그러니 종교적인 승화는 말도 안 된다. 부릅뜬 눈으로 입을 벌린 채 두 팔과 두 다리가 사방으로 비틀려 굳은 사람을 보면, '사람이 어떻게 저런 모습이 될까?' 하며 눈이 감겼다. 그러니 깊은 정을 느꼈을 리도 없다. 쌍욕에 폭력까지 휘두르는 치매 환자들에겐 안에서 차오르는 화를 누르지 못해 분노의 눈빛을 드러낸 적도 많았다. 그러니 투철한 사명감 역시 있을 리 없다.

그런데도 나는 그가 되고, 그녀가 됐다. 폐암 환자를 보면 그들의 기침 수만큼 나도 기침이 터져 나왔다. 뇌졸중 환자가 들어오면 나도 몸 어느 한쪽이 무겁고 마음대로 움직여지지 않았다. 각종 지병에다 거의 전부라고 할 만큼 덤으로 치매까지 앓는 환자들을 보면, 나도 날짜도 요일도 얼른 짚어지지가 않았다.
걸어다니고 있어도, 말을 하고 있어도, 병원과 집을 제시간에 오가면서도, 나는 아팠고, 불편했고, 그래서 외로웠다.

어느덧 그렇게 됐다. 절대로, 비슷하게라도, 그들을 닮고 싶은 마음이 없을 만큼 겁이 났으니 '동화'는 분명 아니다. 3년 가까이 그들의 살을 만지고 그들의 눈을 보고 그들의 숨을 지켜봤다고 나도 모르게 닮아갔다고는 더더욱 할 수 없다.

허무했다. 두려움과 공포만큼 인간적인 연민에 괴로웠다. 불쌍해서 화가 났고, 그들의 아픔과 비명을 멈추게 할 어떤 것도 없어서 무력감에 빠졌다.

허무! 기댔던 자리가 무너질 때 부서져 빠져나가는 온 시간, 온 마음, 온 삶… 절망보다도 더 큰 생의 타격은 그렇게 찾아왔다.


누구든 청춘은 있었을 것이고 당연히 풋과일 같은 사랑도, 한여름 버드나무 이파리를 닮은 진하고 푸른 건강도 누렸을 것이다. 그런데 그런 싱싱하고 아름다운 젊음이 가고 나면 바통 터치하듯 찾아오는 늙음과 그조차도 쓰러뜨리는 병마. 그리고 길고 암울한 외로움. 숨 쉬는 수보다 많이 들어차고 있는 허무는 그렇게 그들 속에 있는 나를 들여다보게 했다.

남의 일이 아니기 때문이었다. 건강도 젊음도 영원불변의 것이 아니기 때문이었다. 태어나서 죽는 삶의 여정은 '나'라는 독립체에서 '우리'라는 집합체로의 이행이라는 것도, 그래서 깨달아졌다. '나'일 때는 나만 보였지만, '우리'가 깨달아지니, 세상에서 일어나는 모든 일 중 나와 절대 무관한 건 하나도 없다는, 아픈 인정을 할 수밖에 없어서였다.

내가 '그'가 되고 '그녀'가 되고, 나와 그와 그녀가 '우리'라는 공동체로 여겨지는 건 당연한 수순이었다. 무남독녀의 처지에다 지극히 개인주의적인 성향을 가진 나로선 기적 같은 의식의 확장이 아닐 수 없다. 내가 나로만 여겨지는 시간이 계속됐다면 그들과 내가 하나가 되고 있는 듯한 이 두려운 일체감은 애초에 생겨나지도 않았을 것이다.

병과 외로움이 나 아닌 남들에게만 찾아가는 것이고, 요양병원은 특정 사람들만 가는 곳이며, 그곳의 그들이 보여주고 있는 안타까운 풍경 역시 나와 내 가족, 친구와 지인이 비켜갈 거라는 확신만 들었다면 말이다.

남의 일로만 여기면 절대로 안 되기 때문에 더 허무하고, 허무해서 더 남 같지 않은 어르신들, '그들과 내'가 아니라 '그들과 함께 나'가 되는 이 무한대의 '섞임'은 그렇게 나를 찾아왔다.

모든 건 거기서 비롯되었다. 그런데, 그런데 말이다. '남 일' 같지 않다는 게 허무만 키우고, 남은 삶에 대한 공포만 키웠을까?

아니다. 아니었다. 한 번뿐인 생에 대한 의무를 생각하는 횟수가 늘어났다. 더불어 이 거대한 의무를 보기 좋게 수행하고 떠나야겠다는 의지가, 그간 한 번도 가져보지 못한 필생의 욕망이 되어 가슴에 품어졌다.

'그냥 살아왔구나.' 하는 자책은 그래서 들었다. '숨 쉬고, 말하고, 걸어다니고, 내 손으로 내 몸을 씻는 걸, 너무 당연한 걸로 알아 1초도 감사해본 적 없었구나.' 하는 반성도 수없이 몰려왔다.

요양병원에서였다. 인간이 보여줄 수 있는 가장 본능적인 고통의 비명을 온몸으로 뿜어내는 생의 마지막 정거장, 요양병원에서였다!


이 세상에 올 때의 나를 나는 모른다. 때문에 내 생의 프롤로그는 내가 쓸 수도 없었을 뿐 아니라 내 몫도 아니다. 하지만 이 세상을 떠날 때의 나는 나를 안다. 내 생각과 내 꿈과 내 바람까지 완벽하게 알고 인정하며 그리고 기억한다.

나는 소망한다. 내 삶의 에필로그는 꼭 내가 쓰고 갈 수 있기를! 프롤로그와 도입부는 오래전에 부모님이 쓰셔서 나는 기억할 수 없다, 갈등과 절정 부분도 나를 포함한 남들과 함께 이미 쓰여졌다. 남은 건 결말과 보충으로 써야 할 에필로그다. 온전히 내가 써야 할 부분이 남은 것이다. 그런데 그걸 자신이 쓸 수 없는 사람이 너무도 많은 세상에 내가 살고 있고 그대들이 살고 있다.

그래서 소망에 투지력이 더해진다. 남은 생에 단 하나 이루어야 될 것이 되어 온 핏줄을 끓게 한다. 허무의 반전이 아닐 수 없다. 요양병원과 거기에 계신 어른들과 함께한 시간이 없었다면, 그분들을 보며 내가 그 모습이 된 것 같은 허무를 느끼지 않았다면, 나는 당연하게 '결말도 아직 안 난 나이에 무슨 에필로그?' 하며 속으로는 '당연히 내가 쓰지!' 라고 자만했을 것이다.

나는 소망한다. 그리고 노력할 것이다. 세상 끝나는 날까지 '나'를 잃지 않은 '내'가 되어, 걸어온 길 발자국마다 '나'를 추억하고, 감사와 축복의 숨소리를 남기며, 명료한 정신으로 에필로그의 마침표를 찍을 수 있기를!

그것이야말로 태어나 '삶'이란 각자의 책에서 우리가 꼭 해내야 할 마지막 의무요 권리가 아니겠는가.

건강과 평화가 뜨거운 염원이 되는 것도, 그것을 위해 몸과 마음을 다잡는 것도, 절실한 기도가 되어 매일 내 무릎을 꿇리는 것도 그 때문이다. 남의 아픔에 내가 울고, 남의 외로움에 따뜻한 온기 한 자락을 건네야 하는 이유도 마찬가지다.

세상엔 '나와 너'가 사는 게 아니라, '우리'가 살고 있기 때문이다. 더 사랑해야 될 일이다. '우리'가 아닌가!

# 모르고 드는 게 정,
# 사랑보다 진짜인 이유

나는 '편애'라는 말에 동조하는 사람이다. 사람의 감정은 그만큼 정직하다는 뜻이다. 그리고 똑같은 질량의 감정은 존재하지 않는다는 것을 믿는다는 뜻이다. 무심하게 스치는 꽃도 눈에 더 예쁘게 들어오는 게 있는 법이고, 같은 날 같은 장소에서 처음 만난 사람들이라고 해도, 마음이 조금 더 빨리 건너가는 사람이 있는 법이다.

'공평'은 존재하지 않는다. 그것을 요구하는 자체가 폭력이고 억지다. 다만 드러내는 방식이 나쁘지 않아야 한다. 덜 예쁘고 덜 사랑스러운 사람일수록 친절과 예의를 다해야 함은 물론이다. 그러면 덜 사랑하는 것에 대한 마음의 짐은 줄어들 뿐만 아니라 사라진다.

죄가 아니기 때문이다. 사랑하지 않는다는 것은 마음의 소리에 정직하게 반응하는 것이지, 죄책감을 가져야 할 그 어떤 위반 행위가 아니기 때문이다.


요양병원에 첫 출근을 하던 날 새벽, 준비를 마치고 집을 나서기 전에 나는 기도를 했었다. 아침이면 늘 하던 기도였다. 하지만 일을 잘하게 해달라거나, 사람들과 잘 지내게 도와달라거나, 간호조무사라는 새로운 신분에 당황하지 않게 해달라거나 하는 내용은 한마디도 나오지 않았다.

일은 성실하게 최선을 다할 각오가 되어 있었고, 사람들과의 화합은 내가 먼저 예의를 갖추면 저절로 될 일이라고 생각했다. 그리고 조무사라는 신분은 내가 자청한 일이었으므로 당황할 일은 없을 것 같았다.


딱 한 가지였다. 나 자신에 대한 고백이었다.

"저는 편애가 심한 사람입니다. 그래서 많은 이들을 공평하게 사랑할 능력이 없습니다. 이제 병들고 외로운 사람들이 모여 있는 요양병원의 간호조무사로 근무를 시작합니다. 모두 인생의 마지막 정거장에 있는 사람들입니다. 제 마음에 편애를 없애주소서. 모든 어르신들께 똑같은 마음의 질량과 부피를 가질 수 있도록 도와주소서. 다음 세상으로의 탑승을 기다리는 그들의 배웅자로서, 더도 말고 덜도 말고 똑같은 온기의 손을 흔들 수 있도록 저를 이끌어주소서."

그러나 첫날부터 나는 내 바람이 엉뚱한 곳에서부터 찢기고 부서지는 걸 보았다.

환자들을 편애 없이 공평하게 사랑으로 대하게 해달라고 그렇게 기도하고 왔는데, 환자들을 채 다 보기도 전에 말이다. 조직원으로서는 당연히 서로 간에 예의와 존중이 확립되어 있을 거라고 무턱대고 믿었다는 것이 비로소 깨달아졌다.

물론 전체라고는 할 수 없다. 하지만 낯선 환경에 처음 들어선 사람에게는 한 명이 전체를 대변하는 법이다. 한 명이 예의 바르면 낯선 곳 전체가 온기로 가득 차고, 한 명의 무례와 무경우로 전체의 질적 등급이 바닥으로 떨어진다.

자기네들끼리는 웃으며 격의 없이 있다가도 간호조무사들 앞에서는 엄한 무표정으로 바뀌는 간호사, 자기들이 하면 웃으며 넘어간 일도 간호조무사가 하면 졸병 다잡듯이 질책과 꾸중을 소리 높여 내지르는 간호사, 그렇게 조무사를 자기들보다 못 배운 열등한 존재, 언제든지 무슨 일이든 맘껏 부릴 수 있는 존재로 생각하는 것이 너무도 드러나는 몇몇의 간호사들에게 나는 맨 처음 놀랐다. 간호조무사를 동료로 생각한다면 절대 있을 수 없는 일이었다.

가장 가까운 동료지만 함께 일하는 시간이 없고 인수인계 때만 잠시 얼굴을 볼 수 있었던 간호조무사들, 그러니 친분은커녕 어쩌다 식당에서라도 만나면 서먹한 기운을 감출 수 없었던 것도 참 불편한 일이었다.

간호부에 속해 있지 않으니 독립군 같은 별개의 무리로 자기들끼리 뭉쳐 있는 요양보호사들 역시 같은 직장에 다니는 동료라는 의미를 느끼기에는 역부족이었다.

각기 다른 직군이 존재하는 병원이라는 구조에서 위계는 인정한다. 하지만 진정한 위계는 존중과 예의가 선행될 때 더욱 강하게 서는 법이다. '벼는 익을수록 고개 숙인다.'는 좋은 말도 있지 않은가.

어머니가 요양병원에 계실 때 보호자로 드나들던 때는 느껴본 적 없었던 병원의 인력 구조에 나는 당황했다. 그동안 내가 속해 있었던 사회와 그 사회 안에서의 신분이 여지없이 무너지는 데는 반나절도 걸리지 않았던 것이다.

애초에 이 일을 하기로 마음먹은 게 자만이었나 하는 회의가 하루에도 수백 번 솟구쳤다. 당연한 순서로 사직서가 가방 안에서 꿈틀거리기 시작했다.

물론 진정성을 가지고 대해주는 간호사, 간호조무사, 요양보호사가 없었던 건 아니다. 그러나 그 숫자는 전체에 비해 너무 미약했다. 낯선 환경에서 전체가 주는 압도감은 몇몇에 대한 신뢰를 쌓기에는 너무 그 힘이 셌다. 한 사람도 사랑할 수 없었고 당연히 한 사람도 더 미운 사람들이 없었다. 나는 모두를 다른 세상 사람으로 생각하기 시작했다.

입사 지원서를 내고 인터뷰가 있던 날 분명히 들었다. 간호사와 간호조무사는 직군이 다를 뿐 상하관계는 분명히 아니라고 했던 말을. 그러나 입사 하루도 채 지나기 전에 병원에서 간호사는 간호조무사와, 군대보다도 더 엄격한 상하관계, 더 나아가 종속관계라는 깨달음이 수확으로 돌아왔다. 더구나 요양보호사 인력이 그 어떤 직군보다 많은 요양병원에서 상대적으로 수가 가장 적은 간호조무사의 입지는 그야말로 이도 저도 아니란 것도 덤으로 알게 되었다.

왜 사람들이 말리고 또 말리며 미쳤다고까지 했는지 비로소
이해가 되고 고개가 끄덕여졌다. 허탈한 웃음이 그걸 감행한
나 자신에 대한 방어기제였을까? 웃음이 터질 때마다 역으로
전투력이 솟구쳤다.

나는 작가다! 작가에겐 경험이 자산이다! 이 시간이 내겐 인
생 최대의 선물이 될 것이다! 주인공이 아니고 독자로서 요양
병원이란 이 책을 읽고 탐색해보자! 독자는 등장인물이 아니
다. 그러니 등장인물에 끼여 사랑할 필요도 미워할 필요도 없
다. 그냥 '보면' 된다.

그래서였을 것이다. 우습게도 난 생애 처음으로 '공평'을 경
험했다. 환자들을 편애할까봐 걱정했던 내가, 걱정의 대상으로
생각조차 하지 않았던 동료 전부를 내 관심 밖으로 몰아내는
공평을 경험한 것이다.

좋은 사람이 없으니 애착이 생길 리 없고, 애착이 없으니 마
음이 편했다. 사랑하지 않으니 어떤 대접을 받아도 상처가 되
지 않았다.

그냥 지내자. 기대도 실망도 결국 애정에서 비롯되는 거다.
나는 나한테만 충실하자. 내가 할 업무와 사람에 대한 예의만

지키자. 그렇게 먼 나라로 이민 온 사람처럼 그냥 겪어보자!

나는 내가 생각해낸 그것에 환호했다. 기립박수가 끝도 없이 터져 나왔다. 즉각적인 실천이 시작되었다. 간호조무사를 아랫사람 대하듯 무례한 간호사에겐 더 깍듯한 예의로 대했다. 출퇴근 시 하는 인사도 다른 이들처럼 그냥 입으로만 하는 게 아니라 허리를 굽히며 했고, 은근슬쩍 뒷말을 자르는 상식 없는 행동으로 불쾌감을 주는 사람들에겐 더 신경 써서 공손한 존칭을 썼다. 이건 간호사, 간호조무사, 요양보호사 모두에게 똑같았다.

사랑하지 않으니까 아무것도 힘들지 않았다. 오히려 그렇게 하는 동안 내 자존이 회복되고 그것이 습관으로 굳어가는 이상한 체험을 했다. 습관이 된다는 건 무서운 것이다. 몸에 익고 마음에 익으니 모든 것이 원래 나인 것처럼 자연스러워졌다. 어느 사이 나는 공손한 내가 싫지 않았고, 참는 나를 칭찬했으며, 불합리도 어떻게 다루느냐에 따라 그것에 치이지 않을 수도 있다는 걸 깨닫게 되었다.

그러자 '화평'이 찾아왔다. 미운 사람이 사라졌다. 사랑하지 않으니 정들 리도 없고 정들지 않아서 그럴까? 아무에게도 감정적인 부담이 느껴지지 않았다. 무관심이 선물한 자유는 기대보다 그 폭이 넓었다. 처음에 놀라고 절망했던 건, 무의식적으로 동료 간에 서로 사랑하며 잘 지내야 한다는 생각 때문이었다. 잘 지내야 한다는 부담감 때문에 상대의 모든 것에 예민하게 반응했던 것이다.

이제 이 글을 이렇게 장황하게 쓴 이유를 말하고자 한다. 최근에 2년 정도 같은 병동에서 근무를 한 선배 간호조무사 한 명이 퇴사를 했다. 건강 문제로 갑작스럽게 결정된 퇴사였다. 나와는 성향이나 생각의 결이 너무 다른 사람이었다. 그래서 선배 대접을 충분히 해주는 걸로 그녀와의 마찰을 최대한 피해왔었다.

그런데 그녀의 퇴사 소식이 전해진 날, 나로서도 깜짝 놀랄 수밖에 없는 내 마음의 움직임에 나는 당황하고 또 당황했다. 콘크리트로 완벽하게 차단된 벽에 균열이 생겨 그 사이로 바깥의 바람이 들어오는 것처럼 몇 날 며칠 한쪽 가슴이 저렸다. 퇴사 선물을 의논하는 자리에선 눈물까지 흘러내렸다.

전혀 사랑하지 않았고, 당연히 정은커녕 동료 간의 친분도 없다고 믿어왔는데, 이 무슨 말도 안 되는 반응인가. 같이 근무하게 되면서 겪은, 나로서는 억울하게 '당한 일'의 기억들이 아직도 켜켜이 저장된 마음인데, 이 허전함은 무엇이고 더불어 묵직하게 따라오는 그녀에 대한 걱정은 또 어찌된 일인가.

나도 모르게 '정'이 들었었나? 아무도 싫어하지 않는 걸로 아무에게도 애정을 주지 않은 걸 만회해 왔는데, 정은 그냥 나도 모르게 드는 것이었나? 정은 그런 것인가!

사랑은 그 사랑이 향하는 상대가 누구인지 정확히 알고 드는 감정이다. 그런데 정은… 모르게, 억지로 느끼려는 수고 없이도, 함께한 시간이, 나 자신도 몰래, 연결하고 쌓아주는 그런 것인가.

퇴사 날짜가 정해지고 근무하는 며칠 동안 나는 그녀를 여러 차례 안았다. 그때마다 마음이 정말, 울컥했다. 기도 중에 그녀의 이름이 떠올라 쾌유를 비는 시간도 늘었다.

이 글은 그래서 쓰였다. 사랑하지 않는다고, 미워한 적도 없다고, 시간은 사람 사이를 그냥 흘러가지는 않는다는 것! 알고, 만나고, 부대끼는 동안 그것이 쌓아지는 시간의 나이테! 그것을 우리는 어느 날 '정'으로 만난다는 것! '나도 모르게 정들었구나…'라며 사랑의 고백보다 더 짙은 고백을 스스로에게 하게 된다는 것! 어느새 내 시간에 당신이 흡수되어 있었구나… 사람 사이란 그렇게 알게 모르게 서로에게 젖어든다는 것!

　병원 식구들 한 사람 한 사람을 떠올려본다. 누구도 나보다 먼저 병원을 떠나는 일이 없기를 바라는 마음도 따라온다. 나보다 먼저 떠나는 사람을 보며 그 헛헛한 자리를 또 내가 배회하게 될까봐 겁도 난다. 정이 든 것이다.

　그렇다! 정은 모르고 드는 것이다. 그래서 사랑보다 무섭고, 사랑보다 오래가며, 사랑보다 진짜다! '미운 사랑도 사랑이다.'라는 말은 없다. 하지만 '미운 정도 정이다.'는 이미 너무 잘 알고 있는 말이 아닌가.

# 4부

아프지 말그래이, 너무 오래 살지도 말그래이

꽃밤 - 분홍나라

이 자격증을
제안합니다

요양병원에 간호조무사로 근무한 지 만으로 3년이 지났다. 이제 4년 차다. 처음 계획은 3년이었다. 3년이면, 3년 정도면, 어머니를 요양병원에서 떠나보낸 딸로서의 회한과 죄스러움이 어느 정도는 메워지리라 생각했다.

생의 마지막 정거장인 요양병원에서 언제 올지도 모르는 차를 기다리는 사람들의 배웅자로서, 어머니가 계시던 병원 사람들처럼 나도 그렇게 해드리면, 조금은 등을 펴고 살아질 줄 알았다.

그리고 3년이면, 내가 함께 있었던 그 정거장의 이야기, 차를 기다리는 사람들과 그들을 배웅하는 가족들의 이야기를 세상에 들려줄 수 있으리라 생각했다.

나는 가지 않을 곳! 내 가족과는 상관없는 곳! 따라서 거긴 남들이나 가는 곳! 거의 전부라고 해도 과하지 않을 만큼 많은 사람들이 생각하는 요양병원이다. 나와, 우리와, 세상과, 분리시킨 천형의 공간!

그러나 정말 그럴까? 자신 못할 것이 건강이고, 장담 못할 것이 수명이다. 백세시대라고 환호하는 사람들, 그러나 유병장수라는 수식어를 어떻게 할 것인가! 다행히 숨 다하는 순간까지 스스로의 의지로 몸과 정신을 운신할 수 있는 천운을 타고났다고 해도, 시간은 어떻게 할 것인가! 막막하고 외로운 노년의 시간 말이다.

그래서 알려주고 싶었다. 알려서 알게 해주는 것이 작가로서 내 책무라고 생각했다. 긴 세월 병중에 계시다가 요양병원에서 돌아가신 어머니가 작가인 딸을 통해, 사람들에게 주는 '사람'과 '시간'에 대한 성찰!
우리들의 부모가, 아니 언젠가는 우리 자신도, 어떤 심정으로 자신이 타고 갈 마지막 차를 기다리게 될지. 그 차를 기다리는 시간이 어떤 색깔, 어떤 모습으로 오고 지나가고 있는지.

요양병원이 아니고 안락한 자신의 집이라고 해도 늙어서 우리가 느낄 자신과 가족과 세상에 대한 느낌이 얼마나 긴 장대 같을지. 끝 모를 장대를 쥐고 있는 것처럼 얼마나 아득하고 불안하며 외로울지 나는 말해주고 싶었다.

행복한 노년, 건강한 노년, 가족과 함께하는 따뜻한 노년은 세상에 많고 많은 긍정 이론가들에게 맡기고, 누구도 거들기 싫고 누구도 아는 척하기 싫은, 그러나 분명히 존재할 수밖에 없는, 우리들에게 오고 있는 시간을 말해주고 싶었다.

그런데 3년이 지났는데, 3년이면 그런 말을 해줄 수 있을 만큼 요양병원과 요양병원 환자들에게 온 마음으로 공감될 줄 알았는데, 부끄럽지만 나는 아직 그렇지 못하다.

타인의 아픔이나 상처에 대한 공감 능력만큼은 누구보다도 탁월하다고 자신했다. 그래서 간호조무사를 하는 동안 순간순간 보게 된 내 속모습에 자책과 죄의식의 시간도 무수히 많았다. 그러나 그것이 환자들을 남들보다 더 사랑한다거나 더 이해한 건 아니었다. 내가 입고 있는 간호부 복장이 3년이 지난 지금까지도 남의 옷 같은 본심은 양심의 부채감으로 늘 나를 눌렀다.

"그러게 젊어서 몸 관리 잘하지, 누가 저렇게 병들래? 다 자기 할 탓이지 누굴 원망해? 살아온 그대로 받는 거지 뭐. 먹는 게 입으로만 가나? 갈수록 욕만 늘어요."

뇌졸중으로 반신불수가 된 남자 어르신 기저귀 케어를 하다가, 마비된 몸을 돌리는 게 무거워 땀을 뻘뻘 흘리고 나온 요양보호사가 한 말이다.

듣는 순간 불쾌한 거부의 감정이 솟아났다. 무례한 환자들에겐 화가 나고 짜증과 회의는 들 수 있다. 나도 그러니까. 그렇지만 화와 짜증과 회의는 환자의 행위에 국한된 반응이어야 한다는 게 내 생각이었다.

병든 사람에게 누가 그렇게 병들라고 했냐고 한다거나, 병든 사람에게 살아온 그대로 받는 거라는 건 환자에 대한 인식 문제이자, 환자 케어를 하는 요양보호사로서의 자격 문제였다.

"몸이 저 지경이 됐으면 성질이나 죽던가. 저러니 어느 자식이 모실 수 있겠어요? 우리야 돈 받는 입장이니 욕먹으면서도 하지만요. 누워서 오줌똥 싸는 사람이 무슨 벼슬을 했다고 저리 날뛰는지…"

아마 내가 떳떳했다면 조목조목 지적하며 요양보호사에게 불쾌한 내색이라도 했을 것이다. 당신이 이 병원에 있는 이유와, 당신이 갖고 있는 자격증이 무슨 일을 하라고 국가에서 준 것인지 생각해보라고 따졌을 것이다.

하지만 나는 한 마디도 하지 못했다. 그런 발언은 해본 적도 없고 그런 생각까지는 할 줄도 몰랐지만, 말과 생각의 수위가 달랐다고는 해도 환자들을 대하는 동안, 나 역시 치밀어 오르는 온갖 감정으로 비탈진 시간을 살아왔다는 자책이 들었기 때문이었다.

그래서 절실한 무엇이 생겼다. 어머니를 요양병원에 모신 경험으로 이 자리에 있게 된 나도 그런데, 단순히 '직업'으로 선택해 병원 직원이 된 사람들은 더 말해 무엇하겠는가!

어떤 직업보다도 병원이란 곳에 종사하는 사람들에게 가장 필요한 것은, 직업적인 능력만큼 '공감 능력'이 절대적으로 필요하다는 생각을 한다. 특히 요양병원은 일반 병원보다도 더 그것이 필요한 곳이다. 수족을 못 쓰거나 불편한 뇌혈관질환

환자와, 정신을 스스로의 힘으로 제어할 수 없는 치매 환자들이 주 환자들이기 때문이다. 그런 환자들에게 교양과 격식과 예의를 요구하는 자체가 불가능한 곳이 요양병원이다.

요양병원에는 많은 직원들이 있다. 다 열거할 수는 없지만 의사와 간호사와 간호조무사를 비롯해, 방사선사와 물리치료사와 임상병리사, 요양보호사 등이 그 주축이다. 모두 자기 업무에 필요한 면허증 혹은 자격증을 갖고 있는 사람들이라는 건 말할 것도 없다. 환자 한 사람이 그 많은 사람을 다 거쳐 하루하루를 살아가고 있는 것이다.

각자가 속한 단체도 활성화되어 보수교육을 비롯해 많은 정보 교환, 경험 공유 등을 꾸준히 하고 있다. 간호조무사만 해도 1년에 한 번은 무조건 온라인 교육 네 시간과 대면 교육 네 시간을 의무화하고 있다. 그것은 자격 유지를 위해 반드시 필요한 과정이다.

올해도 예외 없이 교육 일정이 나왔다. 교육 후에는 또 어김없이 강의 후기와 요구 사항을 적어내는 시간이 있을 것이다. 나는 이번엔 구체적으로 성의를 다해 적어낼 것을 미리 다짐한다.

"공감 능력 자격시험을 도입해주세요. 기존 간호조무사들은 자격을 유지하기 위해, 시험을 치를 예비 간호조무사들은 이 시험에 합격해야 간호조무사 국가고시를 치를 수 있는 자격이 주어지게, 선택이 아니라 전공필수 과목으로 추가해주세요."

요양보호사 협회에도 이를 제안해볼 마음이 커진다. 요양보호사들이야말로 가장 최일선에서, 가장 내밀한 환자의 지기가 아닌가. 환자로선 가장 보여주기 싫고 부끄러운 자신을 보여줄 수밖에 없는 사람이 요양보호사이니 말이다.

간호, 간병의 첫째 조건은 공감 능력이다. 그래서 4년 차에 접어든 지금도 나는 신입이다.

가을 노래, 21.7cm x 29.5cm, acrylic on card board, 2017

거짓말 공화국

헌법 1조

"어르신, 장조림 드시고 싶으세요? 아니면 이 젓갈? 며느님 한테 전화해서 좀 해오라고 할까요?"

옆 병상 민옥 어르신 식판에서 시선을 못 떼는 창희 어르신. 수저를 든 채 남이 밥 먹는 모습만 보고 있는 창희 어르신께 내가 말했다. 오전에 딸이 다녀간 민옥 어르신 식탁 위엔 새로 해온 반찬이 담겨 있는 여러 개의 반찬 통이 맛있는 냄새를 풍기며 열려 있었다.

"아니야. 이것저것 해온다는 걸 내가 말렸어. 올 때마다 뭘 그렇게 해오겠다는 게 많은지 그거 말리는 것도 귀찮아 죽겠어. 안 먹을 거 해오면 돈만 아깝지 안 그래? 내가 원래 입이 좀 짧아."

창희 어르신이 수저를 놓으며 자리에 눕고 만다. 숟가락 흔적만 있지 거의 뜨지 않은 병원식이 볼품없게 식어 있다.

"창희 어르신, 이렇게 식사 안 하시면 안 돼요. 조금만 더 드세요. 제가 도와드릴까요?"

"배 안 고파. 어제 우리 딸이 사다준 과자랑 빵을 여태 먹었어."

나는 더 이상 권하지 않았다. 창희 어르신의 보호자가 다녀간 지가 못 돼도 두 달은 넘었기 때문이었다. 이따가 간호부에 있는 빵이라도 한 개 갖다 드려야겠다 생각하고 병실을 나오는데, 민옥 어르신의 잔뜩 힘이 들어간 목소리가 발길을 막았다.

"저 노인네 거짓말하는 거야. 어제 무슨 딸이 왔다는 거야? 나 여기 입원하고 한 번도 저 집 자식들 본 적도 없는데. 아까도 우리 며느리가 냉장고에 넣으려고 반찬들 펼쳐 놓으니까, 그건 뭐요? 하며 일일이 묻더니 다 자기가 좋아하는 것들이라고 하더라고. 자식새끼들이 안 오니까 거짓말만 늘어."

"이 할망구야. 늙어서 식탐은 세상 꼴불견이야. 병든 것도 미안한데 이거 해와라, 저거 해와라, 부끄럽지도 않아? 저승길이 코앞인데 그렇게 처먹다간 목에 기름 껴서 숨도 안 끊어져."

돌아누운 창희 어르신이 이불을 홱 몸에 말며 소리를 질렀다.

"안 해다주니까 못 먹는 거지, 지금도 산송장인데 죽을 거 걱정해 미리 안 먹는다는 저 말이, 그래서 웃긴다는 거야. 내가 나 혼자 먹기가 뭣해서 통 오지 않는 저 할망구 자식들 욕을 좀 했더니 저 난리야. 뻔한 거짓말을 얼마나 잘하는지 몰라요."

그 와중에도 밥 한 그릇을 다 비운 민옥 어르신은 의기양양한 트림까지 내쉬고 있었다.

"아무거나 해온다고 그게 자랑할 일이야? 우리 자식들은 하나를 해와도 꼭 물어보고 해와. 남한테 유세하려고 이빨도 없는 늙은이한테 장조림이 웬 말이야? 그 비린 젓갈은 다 뭐고. 한번 해다주면 오래 먹으라고 졸이고 비린 것들이나 해오는 것도 자식이라고 편들기는?"

창희 어르신의 어깨가 이불 아래서 강한 벽처럼 자꾸 굳고 있었다.

"어미 입맛 돌라고 짭짤하게 해오는 게 뭐 어때서? 김치 하나 갖다 놓은 게 없는 할망구가 어디 남의 자식들 욕보이고 있어? 이 할망구야, 자식이 열 있으면 뭐해? 지들 어미가 뭘 얻어먹고 사는지도 모르고, 뭘 먹고 싶어 하는지도 모르는 놈들인데, 우리 자식들은 귀찮도록 물어. 다음엔 뭘 해다드릴까 하고."

식탁에 늘비한 반찬통을 훈장처럼 쓰다듬으며 끝까지 쐐기를 박는 민옥 어르신을 향해 기어이 곱지 않은 목소리가 내 안에서 나왔다.

"민옥 어르신, 어제 창희 어르신 자녀들 다 다녀갔어요. 어르신 재활 가셨을 때요. 간식도 저희한테 많이 맡겨놓고 가셨고요."

아마 다른 사람이 들었다면 내 목소리에 가시가 돋쳤음을 분명히 느꼈을 것이다. 그때 나는 그랬다. 과자와 두유 등이 3층 높이로 쌓여 있는 민옥 어르신의 협탁을 보며, 먹을 것 하나 없이 썰렁한 창희 어르신의 협탁에 내 작은 동조라도 얹어주고 싶었다.

병실을 나와 간호부 냉장고를 뒤지고 있는 내게 윤 간호사가 물었다.

"샘, 뭐해요?"

"창희 어르신 협탁에 좀 갖다 놓으려고요. 너무 아무것도 없어서…."

"어르신의 거짓말이 슬퍼서 그렇죠? 하지만 그대로 인정하

시게 해야 해요. 같은 병실 어르신들도 속아주지 않고요. 5호
병실도 난리 났던데요?"

"왜요?"

"또 그거죠 뭐. 누가 누가 잘하나, 우리 자식 최고지!"


남자 병실인 5호는 그야말로 쓰나미가 휩쓸고 간 것 같았
다. 서로 집어던진 베개랑 물통 등이 바닥에 뒹굴고 있었고, 숟
가락이랑 젓가락을 칼과 창처럼 양손에 잡고 있는 어르신들이,
서로를 노려보며 숨을 몰아쉬고 있었다.

"아들이 집에서 모신다고 사정하는 걸 내가 우겨서 왔다니
까, 왜 그걸 거짓말한다고 때마다 핀잔주는 거야? 자기가 자식
들이 끌어다 여기 갖다 놨으니 다 그런 줄 아는 거지."


일섭 어르신의 눈빛은 으르렁거리는 사자 같았다. 호경 어르
신도 지지 않았다.

"누가 모를 줄 알고? 여기 있다고 귀까지 다 먹은 줄 알아?
어쩌다 오는 아들놈한테 집에 간다고 사정하는 거 한두 번 들
은 것도 아닌데, 왜 거짓말을 해대는 거야?"

"그건 영감이 그런 형편이니까 남들도 다 그런 줄 아는 거
야. 나는 의사, 간호사가 있는 병원이 안심되고 좋아서 온 사람

이야. 우리 자식들이 얼마나 안 된다고 울며불며 말린 줄 알아? 아비 명이니 억지로 따라준 거라고. 지 자식 불효에 어디 감히 내 아들을 갖다 붙여?"

"이 영감탱이야. 내 자식들은 사방 백 리에 소문난 효자효녀들이야. 이 전화기도 큰 아들이 걸어준 거고. 전화기 하나 없어 걸핏하면 간호사한테 집에 전화해달라는 위인이 부러우면 부럽다고 해."

"나 참, 그거 왜 걸어준 줄 알아? 언제 죽나 그 소식 기다리는 거야. 뭐 당신 안부 궁금해서 그런 줄 알아? 사방 백 리, 효자효녀? 웃기고 있네. 전화기가 왜 필요해? 사흘이 멀다고 내 자식들은 오는데. 한번 불쑥 다녀가면 함흥차사인 영감탱이 자식들이니 전화질로 때우려고 그러는 거지."

"그래서 당신 자식들은 죽으면 입혀달라고 꼬질꼬질한 양복까지 미리 갖다 놨어? 우리 아들은 나 입혀 보내려고 최고급 명주로 만든 수의를 준비해놓은 효자야."

"봤어? 봤냐고? 집에 금송아지 있다는 말이지 그게. 나는 수의를 준비한다는 걸 어차피 불에 탈 걸 왜 하냐고 말린 사람이야. 집에 두고 온 양복이랑 한복이 철철이 많은데 뭐하려 수의를 해?"

"철철이 많다는 옷이 그 모양이냐? 당신이 보자기 끌러 펼쳐

볼 때마다 보면 옷감도, 재단도 싸구려 엉망이더구만."

입원 병동으로 이동된 후 가장 큰 변화가 환자들의 말소리를 듣는 일이 많아졌다는 거였다. 의식 없는 환자가 대부분인 중환자 병동은 보호자들의 말소리뿐이었는데, 입원 병동은 그렇지 않았다. 뇌졸중에 치매, 그리고 다른 복합적인 병들을 갖고 있어도 의식은 있어 그야말로 아수라장 같았다. 바로 옆 병실에서 두 어르신의 다툼을 막 겪고 나온 나는, 병실에 들어가지도 못하고 그대로 한참을 서 있었다.

저분들의 자식들은 자신의 어머니 아버지가 살고 있는 이곳을 얼마나 알고 있을까? 자신들의 어머니 아버지가 현실 속 시간을, 얼마나 많은 말과 상상으로 변형시키고 확대시켜, 자식들을 지키고 있는지 짐작이라도 할까?

내 어머니도 거짓말을 했을까? 오랜 병원 생활 동안 어떤 거짓말로 나를 천하의 효녀로 둔갑시켰을까? 어머니가 오랜 병상에 계셔서 보호자로 16년을 드나들었지만, 간호조무사가 되어 병원 직원이 되지 않았다면 짐작도 못했을 어머니의 나라, 어머니의 시간을 보는 마음에 도저히 막아지지 않는 울음이 차올랐다.

요양병원은 거짓말 공화국이다. 세상 많은 부모들의 마지막 나라, 자식들을 효자효녀로 둔갑시키는 프로젝트가 헌법 1조인 우리 부모들의 나라! 거짓말 공화국의 자식들은 자신들의 부모들에 의해 모두가 효자효녀로 다시 태어난다.

간호조무사로 일하면서 더 뼈아프게 어머니가 그리운 것도, 하늘나라에서조차 딸 효녀 만들기에 여념 없으실 어머니를 알기 때문이다.

부모가 되면 모두가 나라 하나를 다시 세운다. 거짓말 공화국. 그리고 헌법 1조는 똑같다. 자식을 효자효녀로 세상에 남기기. 세상에서 가장 아름다운 나라, 거짓말 공화국에 우리들의 부모들이 있다!

사위는
남이라고요?

아침부터 병동이 술렁거렸다. 퇴원 수속을 한다는 것은 행정적인 면은 물론 그 사람이 있었던 시간과 공간을 치우는 일도 포함되어 있다.

중환자 병동은 사망하지 않는 한 퇴원을 하는 경우는 거의 없었다. 그런데 일반 병동에선 드물게나마 퇴원하는 환자를 보는 일이 생겼다. 그러나 그건 완치되어 집으로 돌아가는 의미는 아니었다. 병원비를 감당하지 못한 가족들이 환자에게 장애 등급을 받게 해 요양원으로 옮겨가는 게 일반적이었다.

요양원은 요양병원의 30프로도 채 안 되는 비용으로 환자를 모실 수 있다. 이미 어떤 치료도 무의미한 말기의 환자나, 노령의 환자를 둔 가족 입장에선 그 또한 최선의 자구책일 수도 있다는 것을 모르지는 않는다. 자식들이 여럿이고, 형편이 그리 열악하진 않다고 해도, 아무 효과도 기대할 수 없는 환자에게 매달들어가는 병원비는 분명 녹녹한 것이 아니란 것도 알고 있다.

그러나 요양원은 병원이 아니기 때문에 의사, 간호사, 물리치료사 등 의료진이 없다. 간호조무사가 있을 뿐이다. 사회복지사와 함께 간호조무사는 요양원 설립의 필수 요건이기 때문이다. 하지만 의료진의 감독 없이는 어떤 의료 행위도 할 수 없는 간호조무사가 요양원에서 할 수 있는 일은, 요양병원과는 확연한 차이가 날 수밖에 없다.


의식이 있든 없든 환자가 자신의 의사와는 상관없이 요양원으로 옮겨가는 현장은 볼 때마다 가슴이 무너지는 일이었다. 24시간 의료진의 보호를 받으며, 작든 크든 신체에 일어나는 모든 상황에 의료적 혜택을 받아오던 사람과의 마지막 인사가, 그래서 나는 힘들었다.

적게는 수개월부터 많게는 수년 동안 익숙해진 공간과 자신을 보살펴준 사람들의 손길을 떠날 수밖에 없는 환자들. 자신이 어디로 가는지, 또 어떤 사람들에게 자신이 맡겨지는지 아무엇도 모른 채 무감각한 눈빛으로 떠나가는 환자들.

중환자실에서 사망해 병원을 떠나는 환자에게 마지막 인사를 건넬 때에는 차라리 안도의 숨이 쉬어졌다. '이제는 아프지 않으리라, 이제는 더 외롭지 않아도 되리라, 이제는 편히 쉬실 수 있으리라⋯.'는 위로가 따라왔기 때문이었다.

그런데 요양원으로 떠나가는 환자들과의 마지막 인사는 그 어떤 위로도 나를 찾아오지 않았다. 공연한 미안함, 공연한 죄스러움, 결국 끝엔 알 수 없는 분노가 몇 날 며칠은 나를 괴롭혔다.

"변재옥 어르신, 오늘 퇴원하세요. 딸네 집으로 모신대요."

출근해서 인계 시간에 김 간호사로부터 들은 말이었다. 요양원이 아니고 딸네 집이라는 이동지에 나도 모르게 가슴이 쓸어내려졌다.

며칠 전 방문했던 사위 얼굴이 떠올랐다. 할머니를 안아 휠체어에 태우고 병동을 왔다 갔다 하던 사위가 내게 물었었다.

"우리 장모님, 여명 3개월이라고 판정받았는데 이렇게 지나간 걸 보면 어쩌면 더 오래 우리 곁에 계실 수도 있겠죠?"

나는 그냥 고개만 끄덕였던 것 같다. 그가 말하고 있는 한 문장에서 유독 크게 두드러져 내 앞으로 튀어나오는 것 같은 단어들이 아팠다. '여명, 3개월, 판정, 오래, 우리 곁에…'라는 단어들 말이다.

"못 견뎌하시는 것 같아요. 제 처와 다른 형제들은 여기 계신 다른 분들도 다 그렇다고들 하는데… 제가 보기에 우리 장모님은 특히 이 상황을 더 힘들어 하시는 것 같아요."

아들도 아니고 사위가 눈자위가 붉어지며 그렇게 깊은 한숨을 쉬는 건 처음 보는 일이었다.

"아프시기 전부터 늘 하신 말씀이 자꾸 기억나요. 우리 장모님, 그러셨거든요. 당신이 병들고 정신 줄 놔도 절대 요양시설 같은 데는 보내지 말아달라고… 그러셨던 분인데 지금 다 표현을 못하셔서 그렇지, 가족 하나 없이 이렇게 병원에 계신 게 얼마나 힘들겠어요?"

그 사위가 모셔간다는 것이다. 이야기를 듣고 맨 처음 든 생각은 구십 노령에 대장암 말기, 중증 치매를 앓고 있는 재옥 어르신의 상태였다. 여명 3개월을 판정받고 편안한 임종을 위해 3개월 전에 입원한 환자였다. 중증 치매였지만 가끔 정신이 돌아올 때마다 어린아이처럼 두 손으로 얼굴을 감싸고 슬피 울던 할머니. 혈압 등 생체 사인은 언제라도 임종을 준비해야 할 만큼 바닥으로 떨어졌지만 어쨌든 진단 여명 3개월을 넘기고 있

초록 봄, 사랑 여행, 73cm x 91cm, acrylic on canvas, 2018

는 분. 하지만 오늘 밤에라도 떠날 수 있는 분.

요양병원에서 일하며 느낀 건, 환자가 정신이 있든 없든 한 달 정도면 자신이 있는 공간과 자신이 마주치는 사람들에게 적응을 하는 게 일반적이라는 것이다. 싫든 좋든 환자들은 여기가 자신이 있어야 되는 곳이고, 피 한 방울 섞이지 않은 남들이지만 여기 있는 사람들에게 자신이 의탁해야 한다는 것도 안다.

그런데 재옥 할머니는 석 달이 지났지만 그게 불가능한 분이었다. 따뜻한 성품에 교양도 있으셔서 모두가 좋아하는 분이었지만, 안타까울 정도로 자신이 처해진 모든 상황에 괴로워했다.

차라리 다른 치매 어르신들처럼 난폭한 행동을 하며 욕을 퍼붓거나, 울더라도 고래고래 소리를 질러 모두를 질리게 했다면 어르신의 고통을 그러려니 했을 것이다.

가까이 귀를 바싹 대고 듣지 않으면 들리지도 않는 작은 목소리, 사연을 듣지 않아도 너무 잘 알 것 같은 숨죽인 울음, 내가 병실을 들고 날 때마다 잠시라도 할머니의 손이나 발가락을 두 손으로 감싸고 가만가만 만지곤 했던 것은, 내가 할 수 있는 공감과 위로의 표시였다.

그렇게라도 당신의 아픔과 외로움에 나도 아프고 외롭다는 것을, 그리고 이런 내가 당신과 동행하고 있다는 것을 무언으로 느끼시게 해드리고 싶었다. 그랬던 재옥 할머니가 '퇴원'을 하신다고 한다. 요양원이 아니고 집으로!

재옥 할머니는 들것에 실려 병동을 나가면서도 사위 손을 놓지 않았다. 모두가 엘리베이터 앞까지 나가 인사를 하자 할머니가 웃었다. 아무 걱정 없는 맑은 웃음이었다. 엘리베이터 문이 닫히는데 사위의 목소리가 들렸다.
"엄마, 이제 집에 가자. 응? 아유, 그렇게 좋아? 우리 엄마 오늘 많이 웃네? 이제 진짜 오래 살아줘야 해. 알았죠?"

잠깐이지만 병동엔 정적이 감돌았다. 정적을 깬 건 재옥 할머니 침상을 정리하고 나오던 요양보호사가 던진 한마디였다.
"저런 사위도 있네요. 재옥 할머니 1년이라도 더 사시면 좋겠어요. 뭘 아시는지 옷을 입혀 드리는데 얼마나 환하게 웃으시던지…."
그때 모두가 짜 맞춘 듯 토씨 하나 틀리지 않는 말이 우리 모두의 입에서 나왔다.
"그러게요. 누가 사위를 남이라고 했죠?"

당신이
외로운
이유

사람
마흔

그 사람 앞에만 가면 온몸에 냉풍이 분다. 피의 흐름이 끊긴 듯 그를 만지는 손끝에 아무런 느낌도 닿지 않는다. 정서적 교감이 불가능한 기계와 기계처럼 나는 차가운 눈빛과 마음으로 그에게 내려진 처방대로 처치를 할 뿐이다. 돌아서 병실을 나올 때는 등을 뚫고 나오는 싸늘한 바람을 일부러 그 앞에 부려 놓는 일이 갈수록 늘어난다.

김문환 씨. 65세, 공기업에 입사해 승승장구했으나 20년 전, 쉰도 되지 않은 마흔여섯 살에 뇌경색이 왔다. 왼쪽 다리와 팔에 편마비, 그러나 치매나 그 밖의 다른 질환은 동반되지 않은 사람. 따라서 몸만 불편하지 정신은 일반인과 동일한 사람, 10여

283

년을 집에서 요양하다가 아내가 척추관협착증으로 몸이 불편해지자 가족회의 끝에 석 달 전에 입원했다.

"정말, 저분 제발 좀 퇴원해 다른 병원에 갔으면 좋겠어요."

그 병실에서 기저귀 케어를 끝내고 나오는 요양보호사들이 오늘도 역시나 고개를 절레절레 저으며 인상을 쓴다. 신기한 건 여기에서부터다. 그 말을 들은 다른 요양보호사들과 함께 간호부에 있던 간호사와 나도, 맞춘 듯이 같은 모양으로 고개를 젓고 같은 표정이 되는 것이다.

그만큼 김문환 씨는 이미 공공의 적이 되었다. 그는 치매 환자들처럼 소리를 지르거나, 시도 때도 없이 울지도, 폭력을 행사하지도 않았다. 집에 간다고 우격다짐으로 조르는 일도 없었다. 단식을 고집해 우리를 긴장시키지도 않았고, 가족들이 왔다가 돌아간 후 극심한 우울에 빠지지도 않았다. 환자로는 별로 손 갈 일 없는 무난한 환자라는 게 맞는 말이다.

그러나 우린 그가 싫었다. 사람이 사람에게 받는 모멸감이야말로 몸에 돋은 소름이 더 길고 더 넓게 뻗치게 한다는 걸, 우린 그로 인해 알았다.

그는 인간에 대한 예의가 없는 사람이었다. 자기 판단으로 사람에게 서열을 매기고 그 서열에 따라 자기가 무시할 사람, 호령할 사람, 하인 부리듯 지시할 사람을 구분하고 거기에 충실했다.

의사나 수간호사에게는 고분고분하고 예의와 경우를 차렸다. 담당 의사 회진 때나 수간호사의 수시 라운딩 때는 웃으며 반겼고 말투도 정중했다. 그러나 일반 간호사들과 간호조무사들을 비롯해 요양보호사들과 청소하러 매일 드나드는 미화부 여사님들에게는 경멸과 얕봄의 눈길과 말투를 있는 그대로 드러냈다.

"어이, 이리 와봐."

처음엔 잘못 들은 줄 알았다. 내가 잘못 들었나 하고 내 귀를 의심했다.

"어르신, 부르셨어요?"

옆 침대 환자에게 석션을 하던 중이라 대답만 먼저 했다. 그러나 그때 그가 나를 향해 던진 것이 분명한 베개가 내 앞으로 툭 떨어졌다.

"야, 부르면 사람을 봐야지. 이리 오란 말 안 들려?"

살이 떨린다는 게 아마 그런 걸 것이다. 그가 치매 환자였다면, 그래서 사리분별을 기대할 수 없는 사람이었다면, 나는 오히려 그런 그의 말투에 연민을 느꼈을 것이다. 그래서 더 다정하게 더 따뜻하게 그를 바라보고 그를 만졌을 것이다. 그러나 그는 몸만 불편할 뿐인 사람이었다. 머리는 전혀 이상 없는 정상적이고도 성숙한 인간의 입에서 나온 그런 저급한 언사를 어떻게 이해할 수 있는가.

정말 온몸의 털이란 털은 다 곤두서는 것 같았다. 나는 겨우 석션을 끝내고 벌벌 떨리는 가슴으로 그 앞에 갔다.

"어르신, 석션 중이라 그랬어요. 왜요? 어디 불편하세요?"

"핸드폰 충전 좀 시켜. 그리고 머리에 뭐가 난 것 같으니 연고 좀 발라. 발이 시리니 이불 하나 더 갖다 덮어주고. 아, 부르면 재깍재깍 와야지."

"죄송합니다. 도중에 석션을 멈출 수 없어서 지체됐네요."

그때였다. 그의 인간성에 쐐기를 박는 다음 말이 이어졌다. 이죽거리는 웃음이 깔려 있는 질편한 말이었다.

"야, 사람 봐가며 일의 순서를 정해야지. 저런 정신도 없는 늙은이 가래 뽑는 게 중하냐, 정신 멀쩡한 내가 부르는 게 급하냐? 그것도 판단 못 해? 아무리 간호조무사라도 그 정도는 판단할 수 있어야지. 간호학원인가 하는 데서는 그런 건 안 가르

치는 모양이지? 간호사도 아닌 것들이 간호복만 입으면 지들이 간호사인 줄 알고 서로 선생님, 선생님… 나 참 웃겨서."

병실을 나오는 내 표정이 불안했는지 마침 기저귀 케어를 끝낸 요양보호사 미순 씨가 다가왔다.

"샘, 그래도 샘에겐 욕은 안 했죠? 우리는 기저귀 갈 때마다 정말 똥 싼 기저귀로 얼굴을 덮어버리고 싶다니까요? 야, 자, 해가며 여기 닦아라, 저기 닦아라, 귀 처먹었냐, 너네는 이런 일 해주고 돈 버는 것들 아니냐, 하도 어이가 없어 한숨이라도 쉬면 바로 나와요. 쌍시옷 들어가는 욕이요. 휴… 말로 다 못해요. 정신도 멀쩡한 양반이 입이 왜 저렇게 더러운지 모르겠어요. 저분은 우리를 병원 직원으로 여기는 것이 아니라, 자기 치다꺼리를 해주는 시녀나 노예로 알아요."

나이 일흔여섯 살의 미순 보호사가 정수기에서 냉수를 거푸 들이켜더니 주먹으로 가슴을 치며 숨을 몰아쉰다.

"아니, 보면 모르나? 자기보다 나이도 훨씬 많은 나한테 이래라저래라 반말은 기본이고, 자기 맘에 조금만 안 들면 야, 자, 하며 애들한테도 못 할, 있는 신경질, 없는 신경질을 자기 분이 풀릴 때까지 부려대니, 요양보호사 생활을 오래했지만 정신도 멀쩡한 사람이 저러는 건 첨 봤다니까요?"

그때 같이 근무를 하던 이 간호사가 안쓰러운 눈빛을 감추지
못하고 한숨을 쉬며 거들었다.

"머리는 정상이라도 수족을 못 쓰니 마음에 병이 들어 그러
려니 하지만, 진짜 화가 나요. 나이도 그렇게 많은 사람이 아니
잖아요. 그런데도 어떻게 아무한테나 저런 반말이 예사인지 모
르겠어요. 요양병원은 자기 시중 들어주는 곳이고, 여기 있는
우리들은 자기 수족처럼 부려도 되는 사람들인 줄 아니까, 저
런 사람을 무슨 수로 당하겠어요? 야, 어이, 하며 부를 때는 정
말 그만두고 싶어요. 아니 다 좋아요. 사람한테 야가 뭐예요?
개돼지도 그렇게는 안 부르지 않나요?"

미순 요양보호사의 대꾸가 즉각 이어졌다.

"기가 막히는 건 어제 왔다 간 저 사람 부인이 갈 때 우리들
한테 한 말이에요. 자기 남편이 여기 와서 많이 외로워한대나?
그러니 좀 친절하게 대해달라고 하더라니까요? 예의 바르고 정
많은 사람이라 우리들의 일거수일투족에도 상처받을 거라며."

기가 막힌다는 표정으로 이 간호사가 대꾸했다.

"진짜 가족이 제일 모른다는 말이 맞아요. 듣기조차 내가 다 부끄럽네요."

사람들의 말을 듣는 내내 내 머릿속엔 어떤 문장의 말만 계속 떠돌고 있었다.

김문환 씨, 당신이 차라리 정신 줄 놓은 치매 환자였으면 좋겠다… 정신이 아파서 그러는 거라고, 당신 본심이 아니고 병이 그렇게 만든 것이라고 믿어졌으면 좋겠다… 그래서 이런 모멸감에서 우선 내가 빠져나갔으면 정말 좋겠다….

남편이 많이 외로워한다는 김문환 씨 부인의 말에, 동조는커녕 연민 한 가닥도 느끼는 사람이 없는 현실이 그저 안타까운 날이었다.

자신을 가두는 외로움의 벽은 남이 쌓는 게 아니라, 오로지 자신이 쌓은 것이란 걸, 내가 나에게 거듭 말했던 날이기도 했다.

울음방,
엘리베이터

사람
마흔하나

엘리베이터 앞, 시간이 지체되는 것에 조급증이 인다. 9층에서 내려오고 있는 엘리베이터는 각 층마다 멈췄고, 당연히 꽤 긴 시간이 공중에서 흐르고 있다. 1층 검사실에 환자들에게서 채취한 혈액과 소변 등을 내리고 다시 병동으로 올라가기 위해 기다리던 중이었다. 같이 근무에 들어온 간호사 혼자 병동에서 동동거리며 나를 찾지 않을까 자꾸 계단을 돌아보게 한다.

걸어서 올라갈까? 그런데… 힘이 없다. 아니 우선 아프다. 오늘만 해도 벌써 일곱 번이나 약국으로, 검사실로, 물품 창고로, 6층부터 지하 1층까지 가볍고 무거운 짐을 들고 오르내렸다. 근무 시간이 아직 반도 안 지났는데 다리며 허리, 양쪽 어깨가 모든 균형과 안정감에서 벗어나 있었다.

　이런 체력으로 뭘 하겠다고… 내 몸에서 질러대는 통증의 소리에도 자꾸 귀 막고 모른 체하면서, 지척에 둔 죽음을 매일 만나는 어르신들의 마음을 어떻게 받아 적겠다고… 자조 섞인 한숨이 계단으로 돌린 얼굴을 엘리베이터 신호 앞으로 돌리게 한다.

　드디어 엘리베이터 문이 열린다. 그런데, 훅! 하고 번져오는 슬픔이 먼저 내린다. 울고 있는 사람들이 옷걸이에 걸린 옷처럼 출렁거리며 눈물범벅이 된 얼굴로 서 있다. 내가 근무하는 병동에 있는 태란 어르신의 딸들이 나를 보자 피붙이를 만난 듯 끌어안는다. 울음소리가 커진다. 그 소리에 함께 있던 다른 병동을 다녀가는 보호자들도 눈치 보지 않고 흐느끼며 내린다. 이제 곧 다시 문이 닫히고 엘리베이터는 올라갈 텐데, 나는 저걸 타야 하는데… 죄인처럼 고개를 떨군 채 울고 있는 사람 곁을 떠나오기가 나로선 불가능하다.

　"여기서는 울 수 있으니까, 엄마 앞에서 꾹꾹 참았던 울음이 엘리베이터만 타면 누가 등짝을 후려치는 것처럼 쏟아져요. 우리 엄마, 이젠 딸도 모르잖아요. 수박을 잘라 드리니까 고맙다며 받더니 옆 침대 할머니에게 당신은 이런 딸들이 있어서 좋겠다 하시는 거예요."

태란 할머니는 70대 중반이지만 중증 치매로 가족은 물론 자신에 대한 모든 기억을 잃었다. 어디에 살았는지, 누구랑 살았는지도 당연히 모른다. 사물의 이름도 모르고, 어디에 쓰이는 물건인지도 모른다. 양치를 시켜 드리면 양칫물을 뱉는 것도 잊어버려 삼키기 일쑤고, 로션을 발라 드리면 손톱으로 긁어 먹는 것도 부지기수다. 그렇게 모든 걸 잊었으니 딸들이 와도 남 보듯 먼 시선으로만 흘깃거리다, 딸들이 안으면 이것들이 날 죽이려 한다며 소리소리 지른다.

그 딸들이 울고 있다. 나는 다시 계단을 노려본다. 후들거리는 다리로 계단을 올라야 하는 내 '지금'이 여기 이 사람들의 마음보다 아플까? 체력이 달려 헉헉거리는 내 숨소리가 이 사람들의 울음보다 가파를까? 어머니가 요양병원에 계실 때 나도 저랬다는 기억이 어머니 3주기를 앞둔 요즘 더 명료하게 떠오른다. 담당 의사를 보면 하느님을 만난 것 같았고 병동 간호사들을 보면 피붙이처럼 건너가는 마음에 늘 울음을 달고 다녔다.

무엇보다도 저 사람들은 내 마음을 알리라… 내가 얼마나 불안하고, 외로우며, 시간 시간 애끓고 있는지, 어머니 계신 병원의 의사와 간호부, 요양부, 청소하시는 미화부 여사님들까지 병원 식구들은 알아주리라….

그때 나는 무심코 가슴을 벌리며 솟구치던 '식구'라는 단어를 두 손에 받아들고 울었다. 어머니한테 갔다가 돌아가던 병원 엘리베이터 안에서였다.

식구! 아버지는 이미 오래전에 돌아가셨고 형제 없는 무남독녀 처지이니 친정 식구는 아예 내겐 없다 쳐도, 그래도 피가 흐르는 사촌이나 친척들이 있는데 그들에게는 써보지도, 쓸 생각조차도 못했던 단어! 그 식구라는 말을 나는 피 한 방울 섞이지 않은 남들에게 쓰고 있었다.

그것이 단초가 되었을까? 어느 날 나는 병원에서 나와 집으로 가지 않고 근처에 보이던 간호학원으로 발길을 옮겼다. 간호조무사로서의 변신과 여정은 그렇게 시작되었다. 식구가 되어주자. 저들이 내게 그랬던 것처럼, 병들고 늙은 부모를 죽음으로 가는 정거장에 모셔다 놓은 저들에게, 저들이 나도 '식구'라고 느끼고 기댈 수 있는 그런 시간을 살아보자….

"엘리베이터 안에서 또 울지 마요. 올 때 생글거리며 엄마한테 왔듯이 갈 때도 웃으며 가요. 우리들이 있잖아요. 철통방어로 어머니를 지키고 있을 테니 걱정 말고요. 어르신도 다 아세

'꽃으로 지은 집, 41cm x 53cm, acrylic on canvas, 2018

요. 우리 딸 또 울며 갔지요? 하고 맨날 물으세요."

어머니가 계시던 병원의 간호사가 엘리베이터 앞까지 따라 나와 문이 열리면 어깨를 힘주어 잡으며 늘 했던 말이다. 철통 방어… 나 아닌 누군가가 내 어머니를 그렇게 지켜주고, 함께 있다는 것이 그때 내겐 하늘에서 내려준 동아줄 같았다.

바라보는 시선만으로도 슬퍼하는 사람들에겐 백년지기 같은 정이 느껴지는 법이다. 슬픔의 두께를 덜어낼 이유가 찾아지는 것도 나를 바라보는 시선의 따뜻함 때문이다. 바라보고만 서 있는데도 태란 어르신의 딸들의 숨소리가 잦아지며 핼쑥한 얼굴이 들어올려진다.

또 한 차례 엘리베이터가 왔다가 올라간다. 계단을 뛰어오르는데 허리부터 찌릿찌릿하더니 이제 내가 울음이 차오른다. 죽음밖에 기다릴 것이 없는 어머니나 아버지를 보고 돌아가는 길, 그 무거운 발걸음과 그 무서움을 나는 아직도 생생하게 기억하고 있구나…. 더 오래, 더 반짝이게 닦아, 내 남은 생의 거울로 세워두리라.

2층, 3층, 4층, 5층 엘리베이터 앞에 세상의 딸들과 아들들이 그들의 울음 방을 기다리며, 이미 젖은 눈으로 서 있다.

곡기를 끊어야
죽을 수 있잖아

사람
마흔둘

벌써 며칠째인지 모른다. 식사 시간마다 505호 병실에서 실랑이가 벌어진다.

연순 할머니가 계신 병실이다. 직장암 수술 후 급성기 병원에서 할 수 있는 모든 조치를 끝내고 요양을 위해 입원하신 분, 사실은 여명이 얼마 남지 않았다. 연순 할머니의 배엔 대변을 받아내는 장루가 달려 있다.

"안 먹어. 안 먹겠다잖아?"

"그래도 이렇게 굶기만 하시면 어떡해요? 이거 봐요. 벌써 며칠째 이 주머니에 아무것도 나오지 않았잖아요?"

"그래서 안 먹는다고. 안 먹어야 아무것도 여기로 안 나올 것 아닌가?"

장루는 대장암이나 직장암 등의 수술 후 대변의 배출을 위해 복벽에 장의 일부를 노출시킨 것을 말한다. 모든 속살이 그렇듯 아주 부드럽고 빨간 색깔이며 크기는 사람에 따라 성인 엄지손가락 반만 한 것에서부터 그보다 작은 것으로 조금씩 차이가 있다.

장루엔 대변을 받아내는 장루 주머니를 접착시켜 걸어놓는다. 정해진 기간마다 장루 주머니를 교체해야 한다. 특수 비닐이라고는 하지만 변의 무게나 몸의 움직임에 따라 터질 수도 있고, 접착 부위에 따라 일부가 떨어져 안의 내용물이 샐 수도 있기 때문이다. 무엇보다 장루는 대변이 나오는 곳이고, 장루 주머니는 대변을 받아내는 것이기 때문에 위생과 냄새에 대한 우려가 크다.

4개월 전에 입원하신 연순 할머니는 장루 주머니에서 대변을 비워내는 일은 꼭 당신 자신이 하셨다. 일주일에 한 번 주머니 교체는 어쩔 수 없이 간호부에 맡겼지만, 매일 나온 대변을 비워내는 일만큼은 무서울 만큼 엄격하셨다.

대변이 차면 휠체어를 태워 화장실로 데려다 달라고 콜벨을 눌렀고, 요양보호사가 태워 드리면 내쫓듯 나가라고 밀쳐냈다. 낙상 위험이 큰 환자를 혼자 둔다는 건 요양병원 직원 규칙에 크게 어긋나는 일이다. 절대 그래선 안 된다. 화장실 문 밖에서 몰래 기다리는 요양보호사는 혹시 할머니가 자신의 기척을 느끼실까봐 숨도 크게 못 쉬고 기다려야 했다.

평소엔 교양 있고 따뜻한 성품으로 직원들의 사랑을 받는 분이지만, 장루와 관계되는 처치를 해야 할 때면 그동안 경험한 어떤 환자보다도 날카롭고 예민해져 우리는 늘 긴장시켰다. 눈빛도 경계의 철벽을 두른 것처럼 무서웠고, 말소리도 한 마디 한 마디가 죽창을 들고 달려드는 것 이상으로 공포스러웠다.


연순 할머니의 장루 주머니를 교체하는 날이면 나는 출근 전부터 긴장이 되었다. 먼저 할머니가 느낄 수치와 자존의 상처가 이해되기 때문이었다. 아니, 이해라는 말로는 부족하다. 그건 저절로 알아지는, 이미 오래전부터 체득되어온 본능이라는 게 옳다. 남의 마음이 내 마음으로 전달되고 전이되는 아픈 시간을 또 겪어야 한다는 게 나로선 너무 힘들었다.

그리고 숨길 수 없는 또 한 가지, 대변과 함께 가스로 터질 듯 팽팽하게 부푼 주머니를 떼어낼 때 정말 참기 힘든 냄새도 내겐 두려움이었다. 아무리 좋은 마음으로 간호에 대한 본분을 줄줄이 외우며 내가 할 일이라는 당위성을 상기시켜도, 일반적인 대변 냄새와는 확연히 다른 그것은 내 숨을 막았다. 그래서 매번 거의 숨을 쉬지 않은 상태로 하곤 나와서, 억지로 막아놓은 숨을 토해내느라 가슴을 주먹으로 친 적도 많았다.

그러고 나면 나는 내가 싫었다. 내가 나에게 환멸을 느끼는 시간에 빠져야 했다. 가증스러웠고 위선자 같았고 나쁜 사람 같았다. 차라리 찡그리거나 싫은 어떤 표현이라도 했다면 그렇게까지 나 자신이 싫진 않았을 것이다.


나는 연순 할머니가 그 순간을 민망해하고 수치를 느낄까봐, 그래서 그런 생각에 빠질 시간을 주지 않기 위해, 어느 때보다도 쉴 새 없이 다정하게 말을 걸었다. 주로 대답을 요구하는 말이었음은 말할 것도 없다. 그냥 듣기만 해도 되는 말은 할머니가 대답을 안 하면 그만이기 때문이었다.

"고마워요. 냄새도 고약하고 보기에도 흉물스러울 텐데 내색 하나 하지 않고… 수고했어."

장루 주머니 교체가 끝나고 나오려는 내게 연순 할머니는 늘 말씀하셨다.

"어르신, 그렇지 않아요. 우린 뭐 변 안 보나요? 변 냄새는 다 똑같아요. 그리고 어르신이 워낙 관리를 잘하셔서 수월해요.”

내가 늘 했던 대답이다. 그러고 나서 병실을 나오면 나는 어느 때보다도 손은 물론 팔뚝까지 살이 벌겋게 될 만큼 씻었고, 물 묻은 손으로 숨이 토해지지 않는 가슴을 두드려댔다.

나는 간호조무사 일을 할 자격이 없다… 나에 대한 회의와 자책은 간호조무사로 근무한 3년 동안 이미 수차례 찾아오고 경험한 것이지만, 젖 먹던 힘까지 다 모아 결정한 일이기에 그어느 것보다도 내겐 무력감을 가져다줬다. 습관처럼 퇴근 후집에 오면 한 시간이고 두 시간이고 석상처럼 소파에 앉아 있는 날이 쌓여갔다.

그런 연순 할머니가 벌써 며칠째 식사를 거부하고 계신 것이다. 간호사가 달려갔고 나도 달려갔다. 할머니는 아예 이불로 머리부터 온몸을 싸매고 계셨다. 요양보호사 이 여사가 이불을 걷어내려고 이리저리 손을 대자 어디서 그런 힘이 났는지 연순 할머니는 안으로 더 이불을 잡아끌어 솜으로 만든 작은 공처럼 자신을 말았다.

“어르신, 이렇게 식사를 거부하시면 콧줄 하셔야 돼요. 많이 보시잖아요? 콧줄 하신 분들. 그렇게 하실 거예요?”

김 간호사가 엄한 목소리로 말했다.

"나는 절대 콧줄은 안 할 거야. 그건 이미 내 자식들한테도 말해 놓은 거니 그거 할 생각은 말아."

작은 공 모양이 된 할머니가 이불 안에서 소리쳤다.

"그건 소용없어요. 여긴 병원이고 콧줄을 하고 안 하고는 담당 의사의 소견이 우선이에요. 자녀분들도 이렇게 어머니가 굶어 돌아가시게 하곤 싶지 않을 거예요. 어르신뿐만 아니라 건강한 사람도 이렇게 생짜로 굶으면 며칠 못 버텨요."

간호사도 작심한 듯 지지 않고 또 말했다. 그런데 그때였다. 연순 할머니의 울음과 함께 한껏 풀이 꺾인 목소리가 들렸다. 눈물이 터진 것도 바로 그 순간이었다. 할머니의 말이 채 끝나지도 않았는데 말이다. 나는 상대의 말이 다 나오기도 전에, 그 말의 뜻이 먼저 전달되는 순간을 경험했다.

"곡기를 끊어야 내가 죽을 수 있잖아. 곡기를 끊고 죽어야 이 더러운 주머니 안 찰 수 있잖아. 병원에 데려다 놨으니 자결도 할 수 없고 죽으려면 이 길밖에 없잖아. 똥주머니 차고 있는 거 자식 앞이라도 싫어. 더럽다고. 그래서 죽겠다는데, 그래서 곡기를 끊겠다는데 왜 다들…."

이불을 들춰내려던 요양보호사 이 여사가 '아이고, 어르신'

하며 엎어지듯 할머니를 안았다. 김 간호사도 얼굴을 감쌌다. 마침표를 찍는 느낌의 할머니 남은 말이 들려왔다.

"곡기를 끊어야… 내가… 죽을 수 있잖아."

유병장수시대! 하루 종일 입 안엔 쓴 물이 솟았다. 그날 이후 머리에 깊이 들어와 앉아 있는 단어, 곡기!

고백한다. 들어보시라. 어쩌면 말도 안 된다고 당신은 비난할지도 모르겠다. 그러나 그것이 당신의 내밀한 진심인가.

나는 그렇다. 곡기라는 말을 듣는 그 순간, 터지는 울음 속에서도 든든한 보루 하나 꿰차고 있는 기분이 들었다. 이 저주스러운 유병장수 시대에 살고 있는 '나'이기 때문에 말이다.

사흘 뒤 연순 할머니는 아들과 딸이 지켜보는 가운데 콧줄을 했다. 그리고 콧줄을 매달고 오늘도 혼자서 장루 주머니를 비우고 있다.

내일은 장루 주머니를 교체해야 하는 날이다.

아픈 거 들키지 않고
죽게 해줘요

그 병실에 들어간 사람이면 누구나 붙들린다. 의사도 붙들리고 간호사도 붙들리고, 간호조무사, 요양보호사, 심지어 청소하시는 미화부 여사님들도 붙들린다.

"내 부탁, 잊지 말아요. 내 저쪽에 가서도 그 은혜 잊지 않을 테니 꼭, 들어줘요."

들을 때마다 듣는 사람이 더 간절해지는 목소리, 아무리 바쁜 중에도 일단 정지하고 온 마음으로 고개를 끄덕이게 하는 깊고 뜨거운 눈빛, 602호 혁수 어르신이 그 주인공이다.

71세, 15년 전 50대의 젊은 나이에 뇌경색이 와 왼쪽 팔다리에 마비가 왔다. 외국계 은행에 입행해 지점장으로 정년퇴직 후 꼭 석 달 만에 일어난 일이라고 했다. 그동안 집에서 가족의 보호를 받으며 지내다가 1년 전에 요양병원으로 입원했다. 아내 혼자서는 도저히 간병이 불가능하다는 자식들의 판단이 그 이유였다.

한쪽 수족은 못 쓰지만 정신은 아직도 경제 뉴스를 즐겨 볼 만큼 명료하신 분. 말수는 적으나 얼굴엔 늘 침착한 미소로 보는 사람 모두에게 안정감을 주시는 분이셨다.

그런 혁수 어르신이 요즘 달라졌다. 하루 종일 사람을 부르고, 달려가면 붙들고 놓아주지 않는다. 그리고 같은 말을 반복, 고개를 끄덕이고 소리 내어 대답해도 도무지 믿어지지 않는 눈빛으로 열 번, 스무 번 같은 말을 반복하셨다.


혁수 어르신이 위암에 걸렸다. 한두 달 전부터 소화가 안 된다며 식사량이 평소의 절반 이하로 떨어졌을 때도, 속이 쓰리다며 거의 매일이다시피 약을 원하실 때도, 오심과 구토로 휴지를 손에서 놓지 않을 때도, 사실 그러려니 했다.

오래 누워 계셨고, 소화 기능이 떨어진 것은 다른 어르신들에게도 빈번히 일어나는 일이었기 때문이었다. 그런데 어느 날 주 보호자인 아들이 급성기 병원 소화기 내과로 아버지를 모시고 다녀오겠다며 열두 시간 금식을 요구했다.

"위암을 의심하시는 것 같아요. 할머니가 위암으로 돌아가셨 거든요. 저희 아버지, 그래서 위암은 다 안다고 생각하시는 분 이세요."


그리고…. 혁수 어르신은 위암 판정을 받았다. 그것도 이미 손쓸 수도 없는 4기 상태로! 처음 간 병원에서 다시 상급 대학 병원으로, 모든 검사를 완료하고 난 뒤의 결과였다.

혁수 어르신도 가족들도 모두 울었다. 최종 판정을 받고 돌 아오던 날, 병원 직원들은 어르신과 가족들의 빨간 습자지 같 던 얼굴을 보고 모두 숨을 들이쉬었다. 오랜 세월 이미 기운이 라곤 다 빠져나가 얇디얇은 습자지 같던 얼굴들이었다. 누군가 의 숨소리에도 파삭거리며 구겨지던 얼굴들이 울음으로 빨갛 게 젖어 있었다.


그때부터였다. 혁수 어르신의 말수가 평소의 제곱에 다시 제 곱을 더해도 모자랄 만큼 많아졌다.

"나 지금 그냥 가게 해주면 안 될까? 어차피 받아 놓은 시간 이잖아. 20년 가깝게 식구들 고생시켰어. 여기서 더, 뭘, 또 시 키라는 거야? 아직 큰 통증 없을 때 가게 해줘요. 더 진행되면 그거, 가족들 못 봐. 우리 어머니 가실 때 내가 그랬어."

붙들린 의사가 어르신 손을 잡는다. 붙들린 간호사가 숨도 못 쉬고 그냥 서 있다. 붙들린 내가 빨간 습자지가 되어 어르신처럼 젖는다. 붙들린 요양보호사가 또, 운다.

"통증 없는 것처럼 보이게 해줘요. 주사든 약이든 뭘 써서라도, 우리 식구들한테 나 아픈 거 보이지 않게 해줘요. 정신 줄 놓더라도 통증에 인상도 쓰게 하지 마. 우리 마누라 나 가고 난 후에 내 그 모습 생각나면 못 살아. 죽음은 아쉬운 것에 그쳐야지 간 사람이 불쌍하고 애통하면 살아있는 사람도 지레 죽어."

뇌경색 후유증으로 반신불수에 위암까지 겹친 환자가 가족들의 아픔을 걱정하고 있다… 그 가족들이 괴로울까봐 진통제를 요구하고, 나아가 지금 죽게 해달라고 빌고 있다… 붙들렸던 사람들이 하나둘, 슬그머니 병실을 빠져나온다. 나와서 운다.

요양병원! 죽음을 기다리는 마지막 정거장! 차라리 모든 인지 기능이 상실돼 가족도 집도 잊어버린 치매가 복이고 다행이라 여겨지는 곳! 정신은 멀쩡한데 몸만 병들어 같이 있을 사람도, 있어줄 사람도 없는 환자들은 하루가 천 년인 듯 길고 막막한 곳!

'나 언제 죽어? 몸만 이렇게 못쓰게 됐지 아무리 눈 끔뻑이며 기다려도 저승사자는 오지 않고, 저승사자뿐인가? 긴 병에 효자 없다고 자식들도 이젠 뜸한데 언제까지 숨 붙어 있어야 돼? 잘 때마다 하느님, 부처님, 공자, 맹자까지 다 불러 이 잠이 깨지 않게 해달라고 빌어도 그거 하나 안 들어주네.'

취침 약을 돌리면 병실에서마다 꼭 한두 번은 듣게 되는 어르신들의 하소연이다. 요양병원! 기다리는 것이 죽음인 것을 모두가 알지만, 그 죽음 앞에서는 환자만이 솔직한 곳! 보호자도 직원도 환자의 솔직함에 어떤 대답도 준비되어 있지 못한 곳!


'몸을 병들게 했으면 정신도 같이 병들게 해야지, 팔다리 이렇게 축 늘어지게 해 내 밥도 내 손으로 못 먹게 해놓고, 정신은 멀쩡하게 둬 온갖 눈치 주판알처럼 다 계산하게 하니 이게 어디 살아있는 거야?'

취침 약을 돌릴 때마다 안 먹고 모아둔 환자를 발견한 건 당연한 일이었는지도 모르겠다. 치매나 인지 없는 환자들은 직접 먹여 드렸지만, 의식이 명료해 스스로 식사를 하고 때마다 드리는 약도 스스로 드시는 분들은 약봉지를 쥐어 드리기도 했다.

그런데 그것을 모은 것이다. 전직 대학교수였다는 김태식 어르신 침대 옆 탁자 서랍 제일 뒤쪽 구석에서, 휴지에 싸서 다시 양말로 한 번 더 싼 작은 뭉치가 발견된 날, 우리는 누구 할 것 없이 자책과 놀라움으로 죄인이 되었다.

'이거 잠자는 약이잖아? 그래서 나중에 한꺼번에 먹으려고 모아뒀어. 잠자는 약이니까 많이 먹으면 죽을 수도 있을 것 같아서… 나 때문에 우리 선생님들 혼나서 어떡하지? 몇 알만 더 모아 먹으려고 했는데 이게 또 들키네.'

파킨슨으로 머리 아래 모든 기관이 다 흔들리는 김태식 어르신은, 빼앗긴 약 뭉치가 아까운 데다 사색이 된 우리들에게 미안해서인지 더 몸을 떨었다.


혁수 어르신이 또 콜벨을 누른다. 간호사도 모른 체하고 요양보호사도 못 들은 척 딴 일을 한다. 같은 병실 웅진 어르신에게서 나는 가래 끓는 소리가 기어코 날 그 병실로 불러들인다.

"절대 나 아프게 두지 말아요. 아픈 거 절대 우리 식구들 눈치 못 채게 해야 돼. 암이라도 우리 남편, 우리 아버지는 남들처럼 고통은 안 받고 돌아가셔서 다행이라고 우리 식구들이 서로 위안받게 해야 돼. 그거 하나뿐이잖아? 내가 해줄 수 있는 게. 혹시 의식이 흐려져 아파도 내색 못 하게 되면, 미리 잘 보고 있다가 식구들 오기 전에 꼭 진통제 줘야 돼. 약속해줘요."

내 가족들 대신 당신들이 괴로워 해달라고, 내 가족이 아쉬움

연가 — 황금 만월, 61cm x 61cm, acrylic on canvas, 2018

만 느끼고 일상으로 쉬 돌아갈 수 있게 당신들이 내 아픔, 내 고통 다 보아주고 다 숨겨달라고 혁수 어르신이 부탁 또 부탁한다.

나는 고개를 있는 힘껏 끄덕였다. 혁수 어르신 손을 잡은 내 손에 내 온 힘이 다 들어갔다. 간호사의 지시 감독 없이는 어떤 의료 행위도 할 수 없는 간호조무사인 내가 말이다.

자신이 겪게 될지도 모르는 통증이 두려운 게 아니라, 자신의 아픔을 가족들이 알게 돼 괴로울 것을 걱정하시는 혁수 어르신.

지키지 못할 약속도 위안과 기대를 줄 수 있다는 걸 아무나 붙들고 소리치고 싶은 날이었다.

# 이 양반, 진짜!
## 죽었나요?

그래서, 그렇게, 죽은 이들은 고요했는가. 지구를 얹어놓은 것처럼 꽉 덮인 눈꺼풀, 세상의 말은 다 삼키고 가겠다는 듯 숨길을 막은 입술, 정말 그는 죽었는가.

요란한 세상살이에 늘 쥐었던 주먹이 풀어진다. 처음으로 그의 손바닥과 손금을 본다. 손등 가까이까지 색연필로 그어놓은 것 같은 굵은 생명선이 보인다. 그의 나이 69세, 태어날 때 가지고 나온다는 운명이란 것에 또 속았다.

"구십은 너끈히 사셔야 하는 명줄인데… 내가 그 명命을 잘라 먹었나… 너무 일찍 가셨어요."

죽은 이보다 일곱 살 연상이라는 살아있는 그의 아내가 자신의 손바닥을 그의 손에 포갠다. 삶과 죽음의 합체가 저리도 쉽다니… 그러나 산 자의 체온은 죽은 자의 체온을 데우지 못한다. 오히려 산 자의 체온이 내려간다. 그래서 떨고, 그래서 운다.

온 힘줄을 모아 살 빠진 다리로 걷는 꿈을 꾸었던 그의 발목이 하얗게 탈색된 나뭇가지 같다.

"이 다리로 평생을 종종거렸어요. 나이 많은 마누라 배곯을까봐 벌목장으로 토목 공사판으로 한여름 지하방에서 도는 선풍기 날개처럼 밤낮없이 돌아다녔어요."

아내의 입에서 나온 한여름, 지하방, 선풍기 날개, 라는 말! 한 사람의 일생이 세 단어로 압축된다. 한여름 지하방 선풍기 날개가 사라진 그의 아내가 울음으로, 땀으로, 온몸이 젖고 있다.


진구 어르신이 돌아가셨다. 3개월 전 그가 병원에 입원하던 날이 떠오른다. 그는 왼쪽 쇄골 아래 오백 원짜리 동전 크기만 한 인공심장박동기를 삽관하고도, 산소 탱크까지 단 몸으로 실려왔다. 40대 때부터 자력으론 순탄한 호흡이 불가능해 삽관한 인공심장박동기는, 그 사이 네 차례나 교체 시술을 받았다고 했다.

그러고도 일을 쉬지 않을 만큼 잘 버텨왔는데, 1년 전 일하던 산에서 넘어지는 나무에 깔린 이후 다시는 일어나지 못했다. 부러진 뼈는 붙었으나 몇 달 누워 있는 동안 심장 기능이 급

속도로 떨어진 게 이유였다.

"저 양반 심장은 넘치게 뛰었대요. 동전 같은 저 기계를 속에 넣고도 산으로 공사판으로 그렇게 모진 일을 했다는 게 신기하다고 하더라고요. 대학병원에서 퇴원하라고 하는데 집으로는 언제 어떻게 될지 겁이 나서 못 데려가겠고, 요양원은 평생 나 벌어 먹인 사람 버리는 것 같아 지하 연립을 팔았어요. 다행히 월세를 놓는다길래 이사 안 가고 그냥 그 집에서 월세를 살아요. 그렇게 해서 그 돈으로 요양병원으로 오게 됐어요. 의사도 있고 간호사도 있고 간병하시는 분들도 있는 요양병원으로 앰뷸런스를 타고 오는데, 어찌나 좋던지요. 처음으로 우리가 부자 같던 날이었어요. 그래서… 누가 묻지도 않는데 우리 남편 지금 요양병원에 있다고… 요양원 말고 요양병원 하며 잔뜩 힘을 줘… 세상에 그런 자랑을 다 했네요. 제가요."

남편이 죽었는데 진구 어르신의 아내는 남편의 죽음보다 그의 삶을 우리에게 쉴 새 없이 말하고 있다. 그녀는 남편에게서 받은 게 많은 사람이다. 진구 어르신 부부는 참 잘 살아온 사람들이다. 죽은 사람 앞에서 그 죽음의 애통함보다, 그와 함께했던 삶을 말하는 사람들은 대부분 다 그랬다.

사랑하고 사랑받는다는 건 그런 거였다. 존중하고 존중받는다는 것도 다르지 않았다. 그래서 행복했고 평생이 서로에게 고마웠던 사람들은 상대가 죽으면 죽음보다 삶을 말했다.

　살았던 시간은 그래서 정직한 것이다. 사람은 죽었는데 그가 살았던 시간은 오히려 더 확실하게 살아나는 사람이 있는가 하면, 사망선고가 끝나자마자 체온도 아직 식지 않았는데 살았던 시간보다 먼저 백골이 되는 사람도 있다.


　"면 종류를 참 좋아했는데… 특히 냉메밀을 참 잘 드셨어요. 어쩌다 외식하면 두 판, 세 판도 거뜬했거든요. 그렇게 숨이 찬데도 산도 얼마나 잘 탔게요. 다람쥐 같은 양반이었어요. 지하 연립이지만 우리 집을 처음 샀을 때, 말도 없이 집 명의를 제 앞으로 했더라고요. 부부지만 제가 나이가 많으니 그것이 맞다면서요."

　시신 수습은 끝났지만 나는 그녀 앞에서 물러나올 수가 없다. 이웃에 사는 사람을 붙들고 일상을 이야기하듯 하고 있는 그녀를 어떻게 혼자 둘 수 있는가. 지금 당신이 말하고 있는 당신 남편은 죽어도 죽은 게 아니라는 말이, 그녀 말의 대꾸가 되어 안에서 솟구친다.

　"참 조용하네요. 산소 탱크 돌아가는 소리도 끊기고, 저 양반 숨이 내쉬어지지 않아 시퍼렇게 찡그려지던 얼굴도 확 펴졌고, 듣는 사람 오금이 졸아들 만큼 뻑뻑하던 가래도 다 어디 갔데요? 진짜 조용하네요. 진짜, 죽었나요?"

고개를 끄덕였던가? 잘 모르겠다. 이미 의사는 진구 어르신의 이름 석 자는 물론 날짜와 시간까지 정확한 발음으로 우리 앞에서 그의 죽음을 말했다. 간호부에서는 그의 몸에 달렸던 선들을 다 빼냈고, 요양부에서는 새 기저귀와 새 환의로 그를 정돈했다.

그런데 그의 아내가 묻는다. 진짜, 죽었나요?

"살았을 때는 천지 사방으로 일 다니느라 혼자서는 숨도 못 쉴 만큼 요란했는데… 죽고 나니 왜 이렇게 조용하데요? 그날 꿈자리 사나웠는데… 그 산에 보내지 말았어야 했어요. 안 보냈으면 그 나무에 깔릴 일도 없었고, 그랬으면 이렇게 빨리 가지도 않았을 텐데… 그놈의 돈이 뭐라고 돈, 돈 했네요. 자기가 뼈빠지게 벌어 장만한 집 팔아 다 쓰게 해주려고 했는데… 그것도 다 못 쓰고 이렇게 가네요."


연락을 받고 달려온 아들이 병실 입구에서 걸음을 멈추고, 죽은 아버지와 살아있는 어머니를 보고 있다. 아버지 머리맡에서 가동을 멈춘 채 서 있는 산소 탱크가 아들을 보고 있다.

"진짜 조용하네요. 세상이 이렇게 조용한 거 처음 보네요. 이 양반 진짜 죽었나요?"

진구 어르신의 아내가 또 묻는다.

첫눈과 연인 에처2

첫눈과 연인, 53cm x 33.3cm, acrylic on canvas. 2017

우리
언니
의

'
죽
음
잠,
'

"우리 큰언니 왜 저렇게 잠만 잔데요? 어제도 그제도 통 깨어 있는 걸 못 보네요."

민자 어르신의 여동생이 또 묻는다. 벌써 네 번째다. 그녀가 입고 있는 흰색 마 블라우스 앞섶이 눈에 보이게 오르내린다. 그녀의 불안과 답답함이 보인다. 들린다. 만져진다.

민자 어르신은 대퇴부 골절로 수술 후 재활과 요양을 위해 5개월 전에 입원하신 84세 여성 환자다. 수술 상처가 예상 외로 잘 아물어 곧 퇴원하실 거라 생각했는데, 노령에다 체력이 워낙 약한 탓인지 기력을 차리지 못하시더니, 한 달 전부터는 잠에 취해 계시는 시간이 하루의 거의 전부를 차지하고 있었다. 식사 때가 되어 억지로 깨우면 밥 한 그릇을 다 받아드시고도 곧바로 또 잠에 빠져드는 일상이 이어졌다.

"혼수상태인가요? 조카는 그건 아니라고 하던데…."

"네. 아니에요. 민자 어르신은 지금 주무시는 거예요. 혼수상태는 의식이 없는 거지만, 민자 어르신은 식사 시간에 깨우면 일어나셔서 밥도 드세요. 물론 저희가 먹여드리긴 해야 하지만요."

윤 간호사가 고개를 흔들며 다정하지만 단호한 표정으로 대답했다. 때로는 저런 단호함이 보호자들에겐 약이 되는 위로로 전해진다는 걸 이미 많이 봐왔다.

"그렇게 먹고 나면 또 자는 거… 저런 걸 죽음 잠이라고 하는 사람들도 있던데, 이제 곧 죽으려고 미리 길 만드는 거예요?"

설핏 보아도 70은 넘었을 민자 어르신의 여동생은 주머니에서 휴지를 꺼내 짓이기듯 눈을 닦았다. 진물처럼 번져 나오는 그녀의 눈물이 짙다.

"옛날 우리 고향에 노환으로 자리에 누운 옆집 어르신이 계셨는데, 저렇게 몇 날 며칠 잠만 자더라고요. 그때 어른들이 그러대요. 저게 저쪽 세상 미리 가보는 죽음 잠이라고. 저러다 진짜 간다고. 그 말이 맞는지 정말 열흘 뒤에는 돌아가셨어요. 생각해보면 그 어른만이 아니었어요. 많은 어르신들이 며칠을 자다가 어느 날 보면 숨이 끊어져 있었어요."

'죽음 잠?' 드레싱을 하기 위해 준비하고 있던 내 귀와 마음에 3음절짜리 단어가 단숨에 들어와 박힌다. 죽음 잠… 죽음과 잠… 외형적으론 가장 비슷하지만 실상은 가장 반대 지점에 있는 두 단어가 조합되자, 신생의 어떤 공간, 어떤 지점, 어떤 세상을, 보는 것 같은 경이로움이 느껴진다.

그곳에 가기 위해 미리 그곳 탐험을 한다? 이사를 가기 전에 미리 점찍어둔 그 동네 그 집을 몇 번이나 가보듯이, 죽음 후의 세상도 저렇게 긴 잠으로 미리 가본다?

그렇다면 민자 어르신은 지금 무엇을 보고 있을까? 어떤 사람들을 만나고 어떤 세상을 보느라 저리도 자고 또 잘까?

"사람들은 그래요. 저렇게 가는 게 호상이라고. 그냥 자다가 가는 거니 본인도 얼마나 편하겠냐고. 하지만 형제나 가족은 어디 그래요? 숨이 붙어 있는 동안은 그래도 산 사람인데, 서로 보고 말도 하고 그래야지요. 깨우면 일어나 밥도 먹는다지만 저렇게 깊게 자는데 깨우는 게 맞는가 싶기도 하고…."

윤 간호사가 일어나 민자 어르신 여동생의 어깨를 감싸 안고 병동 로비 의자로 가서 함께 앉는다. 간호사들의 남다른 따뜻함을 나는 또, 본다. 저런 순간들 때문에 간호조무사 생활이 지금까지 이어졌다는 생각이 이어진다.

병원 직원이라는 입장에서는 서운한 점, 이해불가의 위력 앞에서, 소리치고 대들고 조목조목 따지고 싶은 순간들도 적지 않았다. 하지만 그보다는 환자와 보호자들을 대하는 그들의 배려심이 그 순간들을 뒤덮었다. 솔직히 그들의 태도는 간호조무사나 요양보호사들과는 달랐다. 물론 전체, 전부의 간호사들이 다 그렇다는 건 아니다. 하지만 대부분의 간호사들은 환자나 보호자들을 대하는 마음에, 우리가 따라갈 수 없는 어떤 마음 하나를 더 가지고 있는 게 분명했다.

아픔 앞에서, 그 아픔을 바라봐야 하는 보호자들 앞에서, 간호사들은 아무리 나이가 어린 간호사라 해도 어른이었다. 지휘자였으며, 간호부와 요양부를 막론하고 따르게 되고 따라야 하는 '모범'이었다.

학과 수업과 실습으로 1,520시간을 이수하고 국가고시까지 대략 1년이라는 기간을 거친 간호조무사나, 이론과 실습까지 총 240시간만 이수하면 시험을 치르고 될 수 있는 요양보호사는 따라갈 수 없는 어떤 정신을 나는 분명히, 보았다.

적게는 2년 과정의 간호전문대학부터 시대에 따라 3년제,

학부 과정의 4년제 기간 동안 그들은 이론과 실기만 배우진 않았다. 나이팅게일 선서를 하며 그들은 자신이 나이팅게일화되는 체험을 가졌을 것이고, 그것이 간호 업무 전반에 걸쳐 굳건하게 자신을 지키는 다짐으로 이어졌을 것이다.

자신을 바라보는 내 눈빛에서 따뜻함과 존중의 느낌을 읽었을까? 드레싱 카를 끌고 그 앞을 지나가는데 윤 간호사가 슬며시 내 허리를 끌어안았다가 놓는다.

"샘, 드레싱 많죠? 와상 환자가 많으니 샘들 수고가 너무 크네요. 움직이지 못하고 누워만 계시니 우리 어르신들 어떡해요?"

윤 간호사의 말에 병실마다 꽉 찬 드레싱 일정표를 한 손에 들고 무거운 걸음을 옮기고 있던 나는 부채처럼 일정표를 크게 흔들었다.

"저희야 해드리면 되지만, 인지 있으신 분들은 아파하시니 그게 힘들죠."

내가 한 대답에 나도 모르게 미소가 지어졌다. 그러자 마음이 편안해지고 스스로가 좋아졌다.

이렇게 알게 모르게 좋은 것은 따라하게 되고, 옳은 것은 따라가게 되는구나… 나는 윤 간호사를 다시 바라보았다. 고맙습니다. 또 배웠네요… 그 말이 입 안에 가득 고이고 있었다.

"아이고, 저 아픈 걸 또 해야 되나요? 전에 보니 우리 언니 엉덩이가 손바닥 크기보다 더 넓게 파였던데…."

민자 어르신 여동생이 갑자기 불쑥 일어나더니 또 훌쩍거린다. 윤 간호사가 다시 그녀를 붙잡아 앉히며 이번엔 두 손을 꼭 잡는다.

"동생 분은 여기 계세요. 치료하는 거니 아프죠. 하지만 전보다 많이 좋아졌어요. 새살도 조금씩 차오르고 있고요. 그리고 지금 깊이 주무시고 계셔서 잘 모르세요. 그러니 주무시는 게 꼭 나쁜 것만은 아니죠?"

"그러게요. 얼마나 아프겠어요? 칼에 조금 베이기만 해도 쓰라린데 손바닥보다 더 크게 살이 파였으니… 저렇게 자는 게 다행이다 싶기도 하네요."

"그럼요. 지금 민자 어르신은 길게 쉬시는 거예요. 죽음 잠이라뇨? 그런 거 아니에요. 신생아들이 쑥쑥 크려고 먹고, 자고, 먹고, 자고 그러잖아요? 민자 어르신도 좋아지시려고 그러시는 거예요. 잠만큼 좋은 휴식이 어디 있겠어요? 그러니 동생 분도 울지 마세요. 아셨죠?"


윤 간호사가 일어서고 내가 막 603호 병실로 들어서려던 순간이었다. 날카로운 못에 발바닥을 찔린 것처럼 우린 둘 다 그 자리에 멈춰 섰다. 조금 진정되는가 싶던 민자 어르신 여동생이 한숨과 함께 내뱉은 말 때문이었다.

"간호사 선생님이 뭐라고 해도 저건 죽음 잠이 맞아요. 죽으려고 저렇게 자는 거라고요. 얼마나 무서운 곳이길래, 얼마나 멀고 험난한 곳이길래, 같이 가줄 동무 하나 없이 얼마나 외로운 곳이길래, 저렇게 오래 쉬어 힘을 내야 갈 수 있는 건지… 우리 큰언니는 지금 죽음 잠을 자는 거라고요. 죽으려고 지금 힘 고르고 있는 중이라고요. 이제 봐요. 우리 어머니도 저렇게 갔어요. 그때는 큰언니가 엄마 지금 쉬고 있는 거라고 간호사 선생님 말과 똑같은 말을 했지만, 며칠 못 가 어머닌 죽었어요. 이나이쯤 되니까 의사는 아니지만 보입니다. 쉬려고 자는 것과 죽으려고 자는 것은 달라요."

윤 간호사와 내가 서로를 바라보고도 아무 말도 못하고 서 있었던 건 무엇 때문이었을까?

죽음 잠… 듣지도 보지도 못한 생경한 이 잠이, 그날 이후 내가 가진 언어 목록에 추가되었음은 물론이다.

## 세상에서 가장 슬픈 위로

혼자 살아온 할아버지였다. 결혼을 했지만 아내는 둘째 아들을 낳은 후 산후풍으로 죽었다. 30대 초반에 그는 홀아비가 되었다. 홀로 열심히 키운 한 살 터울의 두 아들은 군 복무를 카투사에서 나란히 했다. 그리고 약속이나 한 듯 제대 후 나란히 미국으로 이민을 갔다.

아들들은 미국에서 결혼을 했다. 큰아들은 한국 여자와 결혼했으나 작은아들은 스페인 여자와 결혼했다. 아들들은 효자였다. 처음에 이민을 갈 때도 아버지를 모시고 가려고 형제가 정말 있는 노력, 없는 노력을 다했다. 그러나 영복 할아버지는 요지부동이었다.

"젊어서도 아니고 늙어 자기 나라를 어떻게 떠나요? 늙으면 이사도 가기 힘든데 이민을 가자고 하니 말도 안 되는 소리지요."

김영복 어르신, 82세, 7년 전부터 파킨슨으로 고생하다 본인의 의지로 요양병원에 입원했다. 병을 앓고 있는 아버지를 모셔가려고 두 아들이 번갈아 한국으로 나와 애원하다시피 이민을 권유했다. 그러나 병까지 얻은 아버지의 마음을 움직이는 건 더 불가능한 일이 됐다.

"죽을 때가 저만치 보이는데, 수구초심首丘初心이라는 말도 있잖아? 내 나라를 어떻게 떠나 길짐승처럼 남의 나라에서 죽어요? 남의 나라에서 살다가도 죽을 때가 되면 태어난 조국을 찾는 게 마땅하지."

그래서 자식들 마음이라도 편하게 해주려고 요양병원으로 들어왔다며 영복 어르신은 웃었다. 어깨며 팔이 잠시도 가만있지 못하고 떨렸다.

"이런 몸으로는 더더욱 못 가지. 내 나라에서 이런 꼴 보이는 것도 싫은데, 내가 왜 멀쩡한 나라 두고 남의 나라 가서 색깔도, 모양도, 말도 다른 남의 나라 사람들한테 이 꼴 보이며 살아?

아들놈들이랑 겨우 타협한 게 이거야. 그럼 병원으로라도 들어가시라, 이제 혼자 있는 건 절대 안 된다, 하며 나한테 윽박지르는 거야. 그래서 입원했지요."

파킨슨을 이미 7년이라는 기간을 앓아 온 영복 어르신은 보행이 자유롭지 않았다. 두 다리의 균형이 유지되지 못해 넘어지기 일쑤였고, 얼굴 근육도 경직되어 웃는 것인지 우는 것인지 알 수 없는 때도 많았다.

"내가 흉측하죠? 말해 뭐해? 내가 거울을 봐도 내 표정이 낯선데. 파킨슨이 떠는 병인 줄로만 알았는데, 표정까지 이렇게 넋 나가게 할 줄은 몰랐어요. 그래서 내가 죽었다는 연락받더라도 오지 말라고 했어. 그랬더니 아들놈들이 펄쩍 뛰더라고. 누구 3대까지 소문날 불효자 만들려고 그러냐며, 지들도 내가 늙어가는 게 그런지 울기까지 하더라니까?"

"당연하죠. 아드님들이 효자네요. 그 먼 미국에서 둘이 번갈아 6개월에 한 번씩은 꼭 아버지 뵈러 들어오는 거 봐요. 절대 아무나 할 수 있는 일은 아니에요."

입원하던 날 어색해하는 영복 어르신을 살뜰히 챙기며 도와준 민자 요양보호사가 대꾸했다. 두 사람은 어느새 가장 친한 친구 사이처럼 오며 가며 많은 대화를 나누고 있었다.

"우리 자식 놈들은 큰놈은 처가가 있는 광주에, 하나 있는 딸은 남편 직장이 있는 평택에, 장가 안 간 막내는 친구랑 찻집인가 뭔가 한다고 파주에 사는데, 저는 자식들 1년에 딱 두 번 명절에나 봐요. 생일? 어버이날? 당연히 전화 한 통화로 땡이죠. 그것도 목소리 듣는 전화도 아니에요. 왜 있잖아요. 요란하게 그림 같은 걸로 축하, 축하하며 보내는 카톡이요. 그 먼 미국에서도 1년이면 두 번은 꼭 나와, 아버지를 보러 오는 어르신 자식들은 만고에 효자들이라고요."

민자 요양보호사는 말끝에 한숨을 땅 꺼지듯이 쉬었다. 그 한숨을 영복 어르신이 혀 차는 소리로 받는다.

"그래도 보호사님 자식들은 같은 한국에 사니 무슨 일이 있으면 당일로 올 거 아니요? 우리 자식들은 나 죽었다는 연락을 받아도, 이미 내 몸이 차갑게 식어야 도착할 거란 말이오. 그게 서럽지요. 평소에 몇 번 보나가 뭐 그리 중요해? 어차피 두 발 달린 짐승 저 갈 데로 갔고, 지 가정 꾸려 제 짝, 제 자식들까지 있는 어른들인데… 사실 나는 여기 들어오기 전 혼자 있을 때, 아무것도 겁나지 않는데 이거 딱 한 가지가 겁납디다."

"혼자 돌아가실까 봐서요?"

그 말을 하는 민자 요양보호사의 눈가가 붉어졌다.

"아니야."

"그럼 보고 싶은 자식들 못 보고 갑자기 돌아가시게 될까봐요?"

"그건 운명이니 어쩔 수 없지 않소. 자기가 갈 시간을 미리 알 수 있는 사람이 어디 있겠어요?"

두 사람 사이에 잠시 공백이 흐른다.

"아유, 어르신. 물병 거둬 새로 채우려고 들어왔다가 또 신세한탄을 했네요. 어르신이 겁났다는 그 딱 한 가지는 다음에 들을게요."

민자 요양보호사가 병실에서 시간이 지체된 것이 떠올랐는지 병실 침대를 돌며 물병을 모아 나가며 말했다. 그때였다. 힘든 상황을 설명해야 할 때마다 눈과 입이 더 일그러지며 온몸을 떠는 영복 어르신이 온 힘을 모아 말했다.

"혼자 죽었는데, 아무도 그걸 모를까봐⋯ 며칠이 지나도 아무도 모른 채 내가 상해갈까봐⋯ 그게 겁났어요. 그래서 신문에 나고 뉴스에 나올까봐⋯ 우리 자식들 가슴에 빼내지도 못할 큰 못을 박게 될까봐⋯."

민자 요양보호사가 돌아보지도 못하고 그 자리에서 굳은 듯 걸음을 멈췄다.

"그런데 여기… 요양병원에서는 그 걱정은… 안 해도… 될 것 같으니… 잘 들어왔어. 그지?"

민자 요양보호사가 킁킁거리며 목을 가다듬더니 큰 소리로 말했다.

"저는 또 뭐라고. 어르신, 어르신은 절대 신문에 나고 뉴스에 나오는 스타는 못 돼요. 더욱이 우리 병원에 오셨으니 더더욱 그럴 일은 없고요. 여긴 밤에도 당직 의사가 계시죠. 24시간 간호부 선생님들이랑 저희 요양부가 근무하죠. 이제 그런 걱정일랑 딱, 끊어버리세요."

"그러게. 병든 노인네들에겐, 더욱이 배우자도 없고 자식들이 멀리 있는 노인네들에겐, 그게 가장 걱정이야. 오늘 아침에 내가 뭐했는지 알아요? 우리 동네에 나처럼 혼자 사는 친구한테 전화했어. 어디 특별히 병난 데는 아직 없는 노인네지만 나이가 팔십이 넘었으니 황천길 예약은 이미 끝났고, 그래서 집 팔아서 자식들한테 조금씩 나눠주고 요양병원에 들어오라고."

"그러니 뭐라세요?"

"말은 했지만 펄쩍 뛸 줄 알았는데, 그럴 참이라고 하더라고. 혼자 죽는 건 괜찮은데 아무도 몰라서 지 흉측한 꼴을 세상에 보일까봐 겁난다면서 말이야."

"어디 어르신들만 그런 걱정하겠어요? 저도, 다른 사람들도, 늙어가니까 배우자가 있든 없든, 다 그런 생각들을 해요. 오죽하면 늙도록 일하는 사람들이 하나같이 그런 말 하겠어요? 나중에 요양병원에 갈 돈을 모으려고 한다고 말이에요. 내가 가진 돈이 있어야 내 몸도 불쌍하지 않게 거둘 수 있는 세상이니까, 한집에서 2, 3대가 살았던 세상은 이미 전설이 됐잖아요."

우연이었다. 그날 그 시간에 내가 영복 어르신 병실에 머물렀던 것은! 그래서 두 사람의 속말을 듣게 된 것은!


그날 오전에 폭력성에 환각과 환청까지 있는 심한 치매 환자가 영복 어르신이 있는 병실로 입원했다. 입원하면 바로 신체 계측과 바이탈을 측정해야 하는데 워낙 강하게 거부하는 바람에 도저히 진행할 수가 없었다. 그러다가 마침 그때서야 겨우 진정돼 시도할 수 있었던 것이다. 그러나 쉽게 진행되지는 않았다. 체온을 재려면 고개를 흔들어대고, 혈압기 퍼프에 압력이 올라가면, 다른 손으로 쥐어뜯고, 신장을 재려고 몸을 바로 누이면 발로 차는 것도 부족해 벌떡벌떡 일어서는 통에 시간이 많이 지체되었다.

그래서 듣게 되었다. 가슴이 먹먹하고 아파왔다. 요양병원에 간호조무사로 근무하면서 가슴이 안 먹먹하고 안 아플 때는 사실 없었다. 늙은 사람, 병든 사람, 늙고 병든 사람. 죽은 사람, 죽어가는 사람, 죽지는 않았는데 죽은 것 같은 사람. 가족이 많은 사람, 가족이 없는 사람, 가족이 많은데도 늘 혼자인 사람, 가족이 없어서 눈길이 더 가는 사람… 이런 환자들을 보며 평상심으로 못 산 지도 근무 날짜 수만큼 됐다.

슬펐다. 무서웠다. 그러나 냉정한 이성도 찾아왔다. 체온이 영하로 떨어지는 것 같은 오싹함마저 느껴졌다. 누구든 할 수 있고, 해야 하는 고민이었기 때문이었다.

백세시대란 번쩍이는 플래카드가 세상에 나부낀 지도 벌써 여러 해다. '60은 어린애, 70은 소년, 80은 청년….' 이라는 말도 안 되는 궤변이 플래카드와 함께 펄럭이며 세상을 홀린 지도 꼭 그만큼 됐다.

그러나 우리는 이미 안다. 그 플래카드 뒷면은 누더기로 기워져 있다는 걸 말이다. 고독사, 노년 우울증으로 인한 노인 자살 인구 급증, 유병 30년….

처음으로 우리 병원에 입원해 계신 많은 어르신들이 가엾지 않은 날이었다. 처음으로 요양병원에서 떠나보낸 어머니에게 죄스런 마음이 조금은 옅어지던 날이었다.

　아니다. 처음으로 여기 어르신들, 우리 엄마가 복 받은 사람 이라는 생각이 든 날이었다. 그래서… 진짜 슬펐던 날이었다.

　세상에서 가장 슬픈 위로가, 그날, 내게로 왔다.

꽃길 — 사랑 풍경, 53.3cm x 53.3cm, acrylic on canvas, 2019

니는 딱
예쁘게만 살그래이

사람
마흔일곱

나도 모르게 할아버지 손을 두 손으로 감싸고 내 가슴에 대었다. 겨울 나뭇가지 같은 앙상한 할아버지의 손가락이 내 손바닥 안에 얌전하게 들어 있다.

"이런, 또 운다. 와? 내가 죽을까봐 그라나? 이래 마음이 약해 우째 환자를 간호하고 돌보노?"

내가 할아버지 손을 감싸고 있는 건지, 할아버지가 내 두 손을 붙잡고 있는 건지도 분간이 안 되는 시간에 내가 또 있다.

"선생이 너무 약해 보여 늘 맴이 쓰이더라. 이리 봐도 저리 봐도 이 일보다는 편한 일을 해야 될 사람인데… 뭐했던 사람이고? 혹시 선생질 안 했나? 늙으면 앉아서 천 리를 본다고, 선생 몸태나 말 태나 사농공상士農工商 중에 사士 같은 기라. 맞제? 그런데 와 병자 간호질하노?"

할아버지의 손이 따뜻했다. 앙상한 손 마디마디에서 푸른 이파리들이 돋아나는 것 같았다. 삽시간에 가슴에 푸른 녹음이 자욱해졌다.

"몸태도 말 태도 고운 사람이 맨날 피 보고, 고름 보고, 정신 줄 놓은 양반들 악다구니 받고, 한시도 앉을 여가 없이 새 다리 같은 다리로 종종거리는 거 보믄, 안씨러버 못 보겠더마. 와? 돈 벌어야 되나? 그래 보이지는 않는데… 니 아프면 다 끝난대이. 사람은 지 단도리가 최곤기라."

정훈규 어르신, 90세, 상세불명의 복합 질환으로 한 달 전 입원했다. 두 살 연상인 아내와 동반 입원이었다. 그러나 아내는 중환자 병동으로 입원했다. 상세불명의 복합 질환이라는 것은 할아버지와 같았으나 상태가 위중했기 때문이었다.

"여 와보니까 진짜 사람만큼 질긴 생명도 없다 싶다. 누가 그랬노? 사람을 만물의 영장이라고! 영장? 이렇게 지 맘대로 죽지도 못하는데 이기 무슨 영장이고? 택도 없는 소리제. 그라고 그 뭐고? 제목 참 웃긴 노래 안 있나? 아, 인자 생각난다. 사람이 꽃보다 아름답다? 뭐 그런 노래."

멜로디가 들려오는 것 같다. 밝고 활기차고, 긍정적인 가사가 이미 온몸에 퍼지고 있다.

"늙어보지도 않고, 병들어 보지도 않은 젊은것들이, 만들고 부른 그 노래 말이다. 그거 새빨간 거짓말 아이가? 우째 사람이 꽃보다 아름답노? 늙고 병들면 사람만큼 더럽고 추잡시런 짐승도 없대이. 영장은커녕 사람만큼 불쌍한 짐승도 없단 말이다."

남은 할아버지 왼손마저 끌어올려 가슴에 안는다.

"뭐 할라꼬 늙은이 손을 자꾸 만지노? 니는 우리가 안 더럽나? 늙으면 지 냄새에 지가 놀라는 법이대이. 자식들도 찡그린다 아이가. 니가 이카니가 자꾸 남달라 보이는기라. 야는 진심이대이… 야는 진짜로 이카는기대이… 야는 대체 누굴꼬? 우째 여기에 이런 아가 있노… 맨날 생각하는기라. 니 무슨 속사정 있제? 혹시 부모님이 이런 데 계시나? 그래서 부모 생각나서 그라나?"


어머니가 요양병원에서 떠나셨고, 그래서 나도 다른 어르신들한테 내 어머니가 받은 이곳 사람들의 정성을 베풀고 싶었고, 그리고 내 어머니의 숨은 말과 어머니가 견딘 시간을 받아 적듯, 이곳 어르신들의 숨은 말, 남은 시간을 받아 적어 세상에 알리고 싶었다고… 나는 말하지 못한다.

"혹시 그기 맞다믄, 부모를 요양병원에 모셨다고 맘 쓰려 하지 말거래이. 그건 잘한 일인기라. 늙으면 지 몸도 지가 못 씻는데, 마누라고 남편은 같이 늙었으니 힘 빠져 못 씻겨주고, 아들이고 딸이고 며느리고 자식들은 씻겨준대도 민망해서 또 못 맡기는기라. 그런데 여기 오니 간병하시는 저 여사님들이 얼마나 잘 씻겨주는지, 마 몸이 펄펄 날아가는 것 같더래이. 늙고 병들면 그래서 남이 더 편한기라. 핏줄은 건강할 때, 내 몸에서 냄새가 안 날 때까진기라."


돌아가실 때까지 휠체어를 타고 간병인과 함께 화장실에 가서 용변을 보셨던 어머니가 생각났다. 어머니는 화장실에서조차 어쩌다 내가 함께 있으면 나가 있으라고 하셨다. 간병인만 화장실 문 앞을 지킬 수 있었다. 내가 무안해하니까 간병인은 말하곤 했다.

"할머니, 딸인데 어때요?"

어머니의 대답은 한결같았다.

"딸이니까, 뭐하러 딸한테 에미 용변 보는 거까지 보여요?"

어머니의 말이 훈규 할아버지의 말과, 어머니의 목소리가 훈규 할아버지의 목소리와, 어머니의 마음이 훈규 할아버지의 마음과 섞인다.

어머니가 가신 지 3년이 되었지만 어머니의 시간은 그대로다. 어머니의 시간을 살고 있는 우리 병원 어르신들을 보며 나도 흘러가지 못한 그때의 시간을 산다. 아니, 흘러가지 못하게 그때의 시간을 붙잡는다. 기억은, 정면에서 마주할 때 정직한 순도로 우리를 데워줄 것이기 때문이다.

병실을 나오려고 훈규 할아버지 손을 가만히 침대에 내려놓는데 할아버지가 말간 눈으로 나를 본다.
"할아버지, 좀 주무세요. 여덟 시에 혈당 체크하러 올게요."
그런데 발길이 붙잡힌다. 붙잡힌 발등 위로 기어코 눈물이 또 떨어진다.
"아프지 말그래이. 너무 오래 살지도 말그래이. 니는 딱 예쁘게만 살그래이."

사랑스풍。 나 잠아 놓이소

사랑 소풍 — 나 잡아보이소!, 140.5cm x 75.2cm, acrylic on canvas, 2018

이제 긴 이별 앞에
섰습니다

603호 병실 수란 어르신이 돌아가셨다. 새벽 출근길 병원 앞에 세워져 있던 앰뷸런스를 보는 순간, 나는 알았다. 가셨구나…. ㄴ자 모양으로 바깥쪽을 향해 굳은 양팔은 어떻게 펴졌을까… 우리 수란 할머니, 몸에 주렁주렁 달고 있었던 수액줄, 콧줄, 소변줄, 산소줄이 빠져나간 몸이 가볍겠다….

일주일 전부터 우리 모두 알았다. 60대로 떨어진 혈압, 130회를 넘는 불안한 심박수, 산소호흡기를 하고 있는데도 70 아래로 자꾸 떨어지는 산소포화도, 30킬로그램도 안 되는 얇은 천 주머니 같은 몸으로 겪어내고 있는 가파른 숨.

이제 곧 떠나시겠구나…. 저 먼 곳으로부터 출발해 수란 할머니를 태우러 오고 있는 차 엔진 소리가 지척에 있는 것처럼 크게 들렸다.

어제 퇴근하면서 수란 할머니 병실로 들어가 할머니의 이마며 코며 뺨이며 굳은 손가락까지 만져본 것은 그 때문이었다. 내일 출근하면 수란 할머니를 태운 차는 떠나고 없으리라… 주인을 떠나보낸 할머니의 침대는 비었을 것이고, 할머니의 물건들이 치워진 탁자엔 침대 번호 21만 덩그렇게 보이리라….

엘리베이터 앞에 서 있는데 수란 할머니가 내려온다. 흰색 면 침대 시트로 머리부터 발끝까지 꼼꼼하게 감싼 할머니 몸이 정말, 작다. 밤잠을 못 자고 어머니에게 긴 배웅을 했을 수척한 표정의 딸 민영 씨가 그 뒤에 서 있다.

수란 할머니의 딸은 나를 보는데, 나는 시선을 들지 않는다. 아니 들 수가 없다. 어떻게 눈을 마주칠 수 있는가. 무슨 수로, 어떤 말로, 어떤 온도로, 어머니가 세상을 떠난 딸을 대해야 할지 나는 아직도 알지 못한다. 내려다보는 신발 코가 뿌옇게 울컥울컥 구름을 일으킨다.

수란 할머니가 병원을 나간다. 사람이 죽어 나가는 새벽이 이리도 조용할 수 있는가. 이리도 어제와 똑같을 수 있는가. 뒷문이 열린 앰뷸런스로 할머니를 실은 들것이 들어간다. 동트는 새벽하늘이 앰뷸런스에 시동을 건다.

90도로 내가 수란 할머니를 향해 절하고 있다. 이렇게 배웅할 수 있게 기다려 주셔서 감사합니다. 편안히 가세요.

이별과 _____
_____이별할 때

'이별은 늘 곁에 있는 무서움'이라는 글을 쓴 적이 있다. 무서움. 그것도 늘 곁에 있는 무서움. 그 엄청난 정의를 나는 이별 앞에 붙였다. 이별! 서로 갈리어 떨어짐. 국어사전을 찾아보면 이런 해석 앞 괄호 속엔 '오랫동안 떨어져 있어야 할 일로 해서'라는 전제가 붙어 있다.

전제는 당위성이다. 그렇다면 이별은 자의든 타의든 '오랫동안 떨어져 있어야 할 일'이 당연하게 벌어진 결과물이라고 할 수 있다.

그런 이별이 왜 내겐 늘 곁에 있는 것 같았을까. 형제 없는 무남독녀로 태어나 대학교 2학년 때 아버지가 돌아가시고 병약한 어머니와 단 둘이 살며 나는 늘 조마조마했었다. 어머니마저 어느 날 세상에 없다면, 그것이 오랫동안 떨어져 있어야 할 상황이 된다면, 이 세상은 나 혼자 서 있는 벌판이 되리라…. 그때부터 '벌판'은 내가 살아내고 있는 모든 시간의 화두가 되었다.

그러나 결혼을 하고 아이를 낳아 애착 관계가 늘어날수록 점점 넓어지던 벌판의 크기. 커지는 벌판이 너무 버거워 세상을 향해 차가움과 무심함으로 무장하고, 극소수의 사람들과의 관계만 허용했던 세월을 살아온 것도 언젠가 닥치게 될 이별이 무서워서였다.

부딪치는 그 무엇 하나 없이 황량하기만 한 벌판, 당연히 메아리도 돌아오지 않고 퍼져 나가기만 하다가 이윽고 사라져버리고 마는… 그 사라짐이 무서웠다. 사라짐… 모양이나 자취가 없어지는… 두 눈을 부릅뜨고 지켜도 끝내 다시는 볼 수 없는, 보이지 않는, 사라진다는 것!

이별은 내게 그런 것이었다. 나를 벌판에 세우고 또 나를 사랑한 사람들을 벌판에 세우는 그 어떤 시간… 그래서 무서웠다.

벌판… 그런데, 그렇게 무서웠는데, 지금 나는 벌판에 서 있다. 그것도 사방 길이와 넓이를 환산할 수 없는 무주공산 같은 벌판 한가운데에 서 있다. 낮과 밤도 없고 천둥이나 폭우도 없으며 바람은 물론 내 숨소리의 기척도 느껴지지 않는 어떤 생면부지 세상이 홀연히 내 앞에 나타났다.

3년 전, 어머니가 돌아가셨다. 그토록 무서워했던 이별을 그렇게 나는 기어이 맞아야 했다. '오랫동안 떨어져 있어야 할' 이유를 어머니는 자신의 죽음으로 내 앞에 드러냈다. 그날 이후 내가 서 있는 벌판엔 지푸라기 하나 날아오지 않았다. 대체 불가인 어떤 사람, 어떤 인연의 사라짐 앞에서 비로소 이별을 실감하는 나날은 그렇게 이어졌다.

살아오는 동안 소소한 이별이야 어찌 없었겠는가. 하지만 아무리 얕은 관계였다 해도 나는 상대야 알든 모르든 그가 있던 시간을 최대한 선한 마음으로 보내기 위해 나름 충분한 애도의 시간을 가져왔다. 조용해졌으며 조용한 만큼 홀로 아팠다. 그러면서 이별은 역시 무섭다고 이별에 대한 내 정의에 확신을 더했다.

그런데, 어머니가 죽음으로 나를 떠났다. '늘 곁에 있는 무서움'이던 이별의 모습을 어머니는 죽음으로 내 앞에 펼쳐 놓았다. 곁에 있는 무서움이 아니라 무서움이란 핵 한복판에 나는 던져졌다. 중심은 적막했다. 슬픔도 그리움도 외로움조차 뚫고 들어오지 못했다. 비로소 이별이란 것도 감정이 낳는 감상의 하나라는 사실이 깨달아졌다. 어머니의 죽음과 그에 따른 어머니의 사라짐, 그렇게 두려웠던 이별의 실체 앞에서 나는 이름 지어 붙일 수 있는 어떤 감정도 사치요 허영이라는 사실을 절감하지 않을 수 없었다.

전제를 깔거나 수식을 붙이면 모든 감정은 위태로워진다. '늘 곁에 있는 무서움'이라고 이별을 명명했던 데서 나는 오랜 세월 벌판에 홀로 서 있는 것 같은 형刑을 살아왔다. 그러나 어머니의 죽음 이후 비로소 그 무서운 벌판에 서보니 3년이 지난 지금 지평선 저 끝에 서 있는 또 한 사람, 아득하게 정말 아득하게 어머니가 보인다.

살면서 겪을 수 있는 모든 상황들 중에 내겐 가장 무서웠던 이별. 그것도 생사를 가르는 이별!
지금도 나는 알지 못한다. 어머니가 나를 떠났는지, 내가 어머니의 삶과 시간에서 떠나왔는지, 그것도 아니면 어머니와 내가 공모하여 서로를 떠났는지… 아니 우리는 정말 이별한 것이 맞는지, 어머니 살아계실 때는 아주 귀한 개체였던 어머니가 지금은 하루 온종일 내 안에 서 있는데, 거리가 너무 멀다 하지만 내가 나이 들어감과 함께 그 거리는 하루하루 가까워지고 있을 텐데, 이것을 이별이라 부를 수 있는지….

결국 이별이란 만남의 휴지기라는 생각이 건져 올려진다. 이제는 이별과 이별하려 한다. 벌판의 한복판에서 나보다 먼저 당도해 서 있던 어머니를 나는 분명히 보았다. 이별은 늘 곁에 있는 무서움이 아니라, 똑같은 그리움으로 벌판에서 마주 볼 사람을 세우는 일!

어머니의 유해를 안고 안치소로 향하던 그 날, 식어가는 항아리를 안고 눈도 뜰 수 없었던 그날 이후, 흐르는 날수만큼 무수히 많은 어머니가 내 벌판에 나와 함께 서 있었다.

이별!
이제는 이별과 이별할 때다!

詩

# 당신의 선물

서석화

이상하지요?

요즘은 자꾸 낮은 것들이 눈에 보여요
바람도 파묻히면 녹색 물이 될 것 같은
길가의 버드나무야 미처 못 본 풍경처럼
스치면 그만인데
보도블록 사이에 핀 키 낮은 풀꽃들
그 고요한 손짓에 저는 붙잡혀요

이상하지요?

담벼락에 물드는
어스름 당겨
팔월 폭염 어깨엔 내려 쏟아도
무심한 걸음에 풀꽃 그림자 금이 갈까
길을 나서면 조바심에 발끝이 붉어요

이상하지요?

몸 안에 바닷길 산길 들길이 열려요
숨 쉴 때마다 파도며 나무며 바람이 쏟아지네요
저만치에 봄과 가을이
이만치에 여름과 겨울이
새벽 조간신문처럼 서릿발로 찾아와요

당신
이상한 게 아니라고 말해 줄래요?

# 이별과 이별할 때

**초판 1쇄 인쇄** 2019년 10월 11일
**초판 1쇄 발행** 2019년 10월 18일

**글** 서석화
**그림** 이영철

**발행인** 구우진
**사업총괄본부** 박성인
**편집팀장** 김민정 **책임편집** 권은정
**마케팅** 이승아 이석영
**제작** 이성재 장병미 고영진
**디자인** 김미성(섬세한 곰)
**발행처** 메가스터디(주)
**출판등록** 제2015-000159호
**주소** 서울시 마포구 상암산로 34 디지털큐브빌딩 15층
**전화** 1661-5431 **팩스** 02-3486-8458
**홈페이지** http://www.megabooks.co.kr
**이메일** megastudy_official@naver.com

ISBN 979-11-297-0516-7 03810